KAMPENWAND
VERLAG

ISBN: 978-3947738212

© 2021 Kampenwand Verlag
Raiffeisenstr. 4 · D-83377 Vachendorf
www.kampenwand-verlag.de

Versand & Vertrieb durch Nova MD GmbH
www.novamd.de · bestellung@novamd.de · +49 (0) 861 166 17 27

Text: Andrea Reinhardt
Covergestaltung: Anke Koopmann · www.designomicon.de
Lektorat: Luise Deckert · luise-deckert.de Korrektorat: Stella Herrero Otero
Druck: CUSTOM PRINTING
Wał Miedzeszynski 217, 04-987 Warszawa, Polen

# GEFÄHRLICHE ANGST

THRILLER

ANDREA REINHARDT

*Für Sarah Baumann, Jessica Ohlenforst*
*und Daniela Bertram*

*„Your nightmare comes true.“*

# KAPITEL 1

*Sonntag, 18. Oktober 2020*

Sie hastete über den unebenen Weg am Rande des Waldes.

Er konnte ihren Angstschweiß riechen und ihren schweren Atem hören. Es war nicht so, dass ihm das gefiel. Er war kein Gestörter, der Gefallen daran fand, Menschen zu jagen, zu foltern und zu töten. Aber ihm blieb keine andere Wahl.

Ohne Mühe rannte er ihr hinterher, obwohl er um einiges älter war als dieses junge Ding. Die harten Trainingseinheiten alle zwei Tage zahlten sich aus. Er hätte noch ewig weiterrennen können, doch er würde die Frau bald erlösen.

Die Arme. Sie war nur in dieser ausweglosen Situation, weil sie sich einmal im Leben auf die falsche Person eingelassen und dann noch einen fatalen Fehler gemacht hatte. Dieser war ihr mit Sicherheit noch nicht einmal bewusst. Trotzdem würde er ihren Tod bedeuten. Es war ein Jammer, dass sie nie erfahren würde, warum sie sterben musste.

Immer wieder drehte sie sich um. Schaute mit schreckgeweiteten Augen, wie nahe er ihr war.

Im Morgengrauen sah er ihre dunkelbraunen Rehaugen. Sie war eine Schönheit. Fast empfand er Mitleid, doch das durfte er sich auf keinen Fall leisten. Er hatte sich geschworen, keine Gefühle zuzulassen, den Mord eiskalt durchzuziehen und anschließend auch nicht mehr darüber nachzudenken.

Der Arzheimer Wald in Koblenz war perfekt für den Plan. So früh am Morgen konnte er sie ungestört jagen und brauchte keine Sorgen haben, dass jemand ihre Hilfeschreie hören würde. Erst in ein paar Stunden würde sie gefunden werden, wenn die Wanderlustigen den Weg nutzten. Doch dann würde jede Hilfe zu spät kommen.

Ein kurzer Aufschrei der Frau sorgte dafür, dass er sich wieder auf seine Aufgabe besann. Er musste sich konzentrieren.

*„Purple rain, purple rain"*, sang Prince.

Ihr bodenlanges, lilafarbiges Kleid flatterte über den feuchten Boden.

Er schüttelte den Kopf, als er daran dachte, wie lange er nach so einem Kleid gesucht hatte. Es stand ihr hervorragend, sie sah aus wie eine schwebende Fee.

Die lila Haarschleife hatte sich aus den langen, lockigen Haaren gelöst und lag nun irgendwo auf dem Weg. Der durchsichtige Stoff des Kleides blieb an den Ästen hängen und zerriss. Wäre es ihm nicht so egal, dass das Kleid Unmengen gekostet hatte und binnen weniger Minuten zerstört wurde, hätte er sich darüber geärgert. Es spielte jedoch keine Rolle.

„Hilfe!", schrie sie. „Ich kann nicht mehr."

„Laufen Sie weiter, Sie rennen schließlich um Ihr Leben." Es war nur ein Antrieb, den er ihr vorgaukelte, damit sie rannte. Schlussendlich hatte sie gar keine Chance. Bereits als sie sich mit ihm getroffen hatte, war ihr Tod besiegelt worden.

Es war so leicht gewesen, sie aus dem Haus zu locken. Das dumme Ding hatte nichts hinterfragt. Sie war freiwillig zu ihm gekommen, so hatte er sie betäuben, mitnehmen und sie in diesen Traum aus Lila hüllen können. Dann hatte er warten müssen, bis sie wach wurde, und schon hatte die Jagd begonnen.

Wäre sie nur eine Spur skeptischer gewesen, hätte sie vielleicht überlebt. Zumindest an diesem Tag. Irgendwann hätte er sie sich geholt, denn ihr Schicksal stand fest.

Sie hatte ihn angefleht, sie freizulassen. Versprochen, niemandem etwas zu sagen. Ihre Panik war zum Greifen nah.

Er verspürte etwas Mitleid mit der Frau, doch ihm blieb nichts anderes übrig, als sie zu jagen. Der Mord war nicht aufzuhalten.

„Bitte … Ich … kann nicht … mehr. Lassen Sie … mich gehen", flehte sie ihn an. Ihr Atem ging schnell. Sie verlangsamte ihr Tempo.

Wenn sie schlapp machte und resignierte, wäre der ganze Plan hinüber. Ihr Sterben war minutiös geplant und bald würde es so weit sein.

„Halten Sie durch, nur noch ein Stück", forderte er sie auf. „Sie haben es gleich geschafft."

„Lassen … Sie … mich dann … wirklich gehen?" Sie kämpfte mit der Luft.

„Danach sind Sie frei, ich verspreche es Ihnen." *Nur nicht so, wie du denkst.*

Das Haar der wunderschönen Frau flatterte wild umher. Von hinten war es ein traumhaftes Bild, so sinnlich, fast malerisch. Beide rannten sie durch die Morgendämmerung.

Äste knallten ihm ins Gesicht. Er schwang das Seil wie ein Lasso. Nur noch ein kleines Stück, dann war die Zeit der Jagd vorbei.

„Hilfe!", rief sie verzweifelt in den Wald, betete zu Gott.

Das Echo klang bedrohlich. Doch er machte sich keine Sorgen, niemand würde ihre Schreie hören. Nur die Tiere und Bäume waren stumme Zeugen.

Plötzlich huschte ein Reh aus einem Busch und kreuzte ihren Weg.

Sie erschrak, fiel hin. Ihr Körper bebte. Sie machte keine Anstalten, wieder aufzustehen und weiter zu rennen.

So lief es nicht nach Plan und das ärgerte ihn. *Keine Gefühle zulassen. Du musst sie jagen.* „Stehen Sie auf! Laufen Sie weiter! Ihr Leben hängt davon ab."

Sie rührte sich nicht.

„Stehen Sie auf!", brüllte er erneut.

Schluchzend erhob sie sich. Ihre Beine zitterten, sie wankte und hielt sich kurz an einem Baum fest. Als sie sich dann endlich bewegte, verhedderte sie sich mit den Beinen in dem langen Rock und strauchelte, fing sich aber rechtzeitig, um nicht noch einmal auf den Boden zu knallen.

Ungeduldig wartete er, schaute in den Himmel, wo sich die Wolken weiter aufhellten. Es war Eile geboten, denn den Weg, den sie bisher gegangen waren, musste er noch zweimal laufen. Und das alles, ehe es die ersten Wanderer in den Wald zog.

Endlich rannte sie weiter. Sie war völlig fertig.

Aber es war auch endlich an der Zeit.

Er startete erneut das Lied *Purple Rain* und sang leise mit. Sein Herz pumpte. Nicht weil es erschöpft war, sondern weil das Finale bevorstand. Gleich würde er zum ersten Mal einen Menschen töten. Er würde schuld daran sein, dass zwei kleine Kinder ihre Mutter verloren und ein Ehemann seine geliebte Frau in die Hände Gottes geben musste. Doch auch wenn die Gedanken an die Trauer, die ihre Familie erleben würde, grausam waren, würde er es tun.

Er schwang das Lasso über seinem Kopf, rannte schneller, um näher an sie heranzukommen, und holte tief Luft. Die Kälte verursachte einen Hustenreiz. Kurz musste er das Schwingen unterbrechen. Er spuckte Speichel aus, schlenkerte erneut das Lasso und holte zu ihr auf.

„Purple rain, purple rain."

Dann warf er das Seil aus. Direkt beim ersten Mal traf die Schlinge ihren Hals. Er hatte lange dafür geübt.

Panisch griff sie an das Seil, schaute nach unten, wurde fahrig, sodass sie stolperte. „Bitte nicht! Geben Sie mir noch eine Chance. Ich laufe schneller." Ehe sie die Schlinge abziehen konnte, bremste er abrupt ab und zerrte so fest an dem Seil, dass die Frau nach hinten fiel. Panisch wälzte sie sich auf dem Boden hin und her, strampelte mit den Füßen. Laute Gurgelgeräusche entwichen ihrer Kehle. Sie ruderte mit den Armen und griff immer wieder an das Seil.

Er hangelte sich daran bis zu ihr und zog es dann zu. Anschließend blickte er in ihre angstgeweiteten Augen, die starr auf ihn gerichtet waren. Flehend, voller Tränen. Er spürte ihre Angst und legte eine Hand auf ihre Stirn. Mit der anderen zog er das Seil nach oben. „Gleich bist du frei."

„Purple rain, purple rain."

Das Lied bereitete ihm Gänsehaut. Er stand in einem Wald, schaute einer Frau beim Sterben zu und hörte dabei einen Welthit. Hätte er ein derartiges Verbrechen im Fernsehen gesehen, hätte er wahrscheinlich nicht glauben können, dass es solche kranken Täter gab.

Er mahnte sich, diese Gedanken wegzuschieben, denn er durfte nicht zu sentimental werden.

Geduldig beobachtete er ihren Kampf mit dem Tod, den sie langsam verlor. Ihre Beine zuckten, ihre Augen quollen heraus und ihr Gesicht war aufgedunsen. Dann erschlaffte ihr Körper.

Er tastete nach ihrem Puls.

Nichts. Jennifer Lorenz war tot.

Er bekreuzigte sich, richtete sie gerade hin, glättete das wunderschöne lila Kleid und legte eine lilafarbene Rose auf ihre Brust. Er strich ihr das Haar von der schweiß-nassen Stirn und murmelte ein kurzes Gebet.

Dann rannte er den Weg zurück. Es war noch nicht vorbei, er musste sich beeilen.

# KAPITEL 2

Hey, du kleines Energiebündel. Dein Lieblingsonkel ist da." Marcel streichelte seiner Nichte über die rosa glühenden Wangen.

Marlene lag in ihrer Stubenwiege, strampelte vergnügt mit den Beinen, ruderte wild mit den Armen und starrte Marcel aus großen Augen an.

„Schön, dass du dir mal Zeit genommen hast."

Marcel stieg Hitze ins Gesicht. Er hatte gehofft, dass ihm eine Diskussion über seine ständigen Absagen erspart bleiben würde, denn er wusste nicht, wie er diese rechtfertigen sollte. Mühsam richtete er sich auf. Ein stechender Schmerz schoss ihm in den Rücken, nachdem er zu lang gekrümmt vor der Babywiege gestanden hatte. Das Teil war geschätzt hundert Jahre alt und er musste sich beinahe bis zum Boden hinunterbeugen, um seine Nichte zu berühren. Er hielt seine Flanken. „Gibt es heutzutage nicht schon höhere Betten für die Babys? Das sind ja Folterinstrumente für die Erwachsenen."

Carolin lächelte. „Sie ist antik. Jörg hat viel Geld dafür bezahlt und ich liebe sie."

Marcel ging auf seine Schwester Carolin zu und gab ihr einen Kuss auf die blasse Wange. „Es war eine ganz schöne Überraschung, als ich erfahren habe, dass du Mutter geworden bist. Warum hast du denn nicht vorher was gesagt?"

Carolin seufzte. „Du hast nie Zeit, vorbeizukommen, und ich fand, es war keine Ankündigung, die man mal eben am Telefon macht. Ich habe dich so oft gebeten zu kommen." Ihr standen Tränen in den Augen.

Marcel schaute Carolin in die feuchten Augen, konnte ihrem Blick jedoch nicht lange standhalten. Jedes Mal, wenn er sie ansah, kamen die schrecklichen Erinnerungen an ihren Unfall wieder hoch. Hilflos kramte er nach einer weiteren Ausrede, stellte sich dabei aber nicht sonderlich schlau an. „Tut mir leid. Ich habe in einem schlimmen Fall ermittelt und hatte wenig freie Zeit. Das bisschen, das ich hatte, habe ich zum Schlafen gebraucht. Aber hättest du gesagt, um was es geht, wäre ich gekommen." Er konnte seinen Worten selbst keinen Glauben schenken, sie hörten sich wie eine billige Ausflucht an. Den wahren Grund dafür aber wollte er ihr nicht sagen, weil er sich dafür schämte.

Carolin humpelte zum Küchentresen, der aus dunklem Marmor bestand und mitten im Raum platziert war. Darüber befand sich ein Gestell, an dem Pfannen und Töpfe hingen, alle in derselben Farbe und nach Größe geordnet. Die Küche musste ein Vermögen gekostet haben.

„Ich wünschte, du würdest einfach mal kommen, um deine kleine Schwester zu sehen." Obwohl der Tresen blitzblank war, wischte Carolin mit einem feuchten Tuch darüber. „Du musst dir doch auch Zeit für die Familie nehmen, Marcel. Mama und Papa haben dich bald ein Jahr nicht mehr gesehen."

„Hamburg liegt eben nicht um die Ecke. Ich mache das doch nicht, um sie zu ärgern." Insgeheim wusste er, dass er durchaus auch mal ein Wochenende hätte hinfahren können. Doch er fand jedes Mal, wenn er plante seine Eltern zu besuchen, eine andere Ausrede, die sechs Stunden Fahrt nicht anzutreten.

„Wäre ich nicht in deine Nähe gezogen, hättest du deine Nichte wahrscheinlich erst mit einem Jahr kennengelernt", sagte Carolin enttäuscht. Sie schnitt eine wütende Grimasse, doch ihre grünen Augen verrieten, dass sie eher Kummer hatte.

„Es tut mir wirklich leid. Die Arbeit nimmt mich ganz schön ein."

Carolin stellte zwei Tassen auf den Tresen, wobei sie eine so fest auf die Platte schlug, dass sie brach. Sie schrie kurz auf. „Mist, verflucht."

Marcel ging auf sie zu, nahm sie in die Arme. „Dass ich so ein Idiot bin, ist doch aber nicht dein einziges Problem, oder? Du wirkst extrem gestresst."

Carolin schluchzte. Ihr Körper zitterte. Vorsichtig löste sie sich aus der Umarmung und sammelte die Porzellansplitter auf. „Es ist alles schwerer, als ich gedacht habe. Die Kleine brüllt ununterbrochen und ich habe Schmerzen an meinem Stumpf. Ich bin ein Wrack. Es ist, als hätte der Unfall meine ganze Energie geraubt. Ich werde die Bilder einfach nicht los. Und die Schmerzen auch nicht mehr."

Marcel schaute an Carolin hinunter, konnte die Prothese unter dem weiten, langen Rock aber nicht sehen. „Warst du beim Arzt?"

Sie nickte. „Es ist ganz normal, sagt der. Durch die Schwangerschaft hat sich Wasser angesammelt und es ist alles angeschwollen. Die Prothese hat nicht mehr gepasst. Und dann hat es sich wund gescheuert."

„Ist es nicht besser, wenn du sie auslässt, bis es wieder verheilt ist?"

Carolin holte eine neue Tasse und füllte sie mit Kaffee. Sie hielt Marcel diese hin und zeigte auf den Tisch.

Kaum hatten sie sich gesetzt, quengelte die Kleine.

Carolin ließ ihre Schultern hängen. „Ich sollte die wirklich nicht tragen, aber die Maus muss ständig auf den Arm und das ist mit der Prothese einfach leichter, als wenn ich immer erst mit dem Rollstuhl hinfahren müsste."

Marcel nahm einen Schluck Kaffee und erhob sich. Dann lief er zu der Babywiege und schaute hinein. „Na, du kleine Prinzessin?" Fröhliches Kindergequietsche erfüllte den Raum und hob Marcels Stimmung. Sein schlechtes Gewissen rückte in den Hintergrund und er ärgerte sich, dass er das süße Mädchen nicht schon viel früher kennengelernt hatte. Er beobachtete Carolin, die abwesend zu ihm sah. „Sie ist wirklich niedlich", sagte er.

„Das ist sie, aber sie braucht einfach ständig Beachtung."

„Was ist mit dem Vater? Du bist völlig fertig, da muss er dich doch unterstützen."

„Jörg arbeitet den ganzen Tag. Er ist Psychologe und hat seine eigene Praxis. Siehst du, all das weißt du nicht, weil du nie Interesse zeigst."

Marcel senkte den Blick. Seine Wangen glühten. „Das stimmt so nicht. Das hat nichts mit Interesse zu tun. Ich habe einfach wenig Zeit."

Es entstand betretenes Schweigen.

Carolins Augen füllten sich erneut mit Tränen. „Wäre nur dieser schreckliche Unfall nie passiert, dann wäre ich auch nicht so eine Heulsuse." Sie schnäuzte ihre Nase.

„Hast du mal über eine Therapie nachgedacht, um den Unfall zu verarbeiten?", fragte Marcel.

„Ich habe eine gemacht, aber die Bilder werde ich nicht los. Sie haben sich in mich reingefressen. Es ist eben nicht leicht zu verdauen, wenn man über den Haufen gefahren und schwer verletzt liegen gelassen wird. Aber mit Jörg wird nun alles anders. Ich bin so glücklich mit ihm." Langsam kehrte das Leuchten in ihre Augen zurück. „Er ist ein wunderbarer Mensch, der mir meine Wünsche von den Augen abliest." Nun lächelte sie auch.

Das Aufbrüllen seiner Nichte ließ Marcel zusammenfahren. „Du hast ein ganz schön lautes Organ für dein Alter." Er lachte. „Na komm schon, Onkel Marcel nimmt dich auf den Arm."

Seine Schwester sprang auf. „Weißt du überhaupt, wie man ein Baby hält?"

Marcel beugte sich grinsend hinunter, hob die Kleine hoch, unterstützte den Kopf und legte sie in seine Armbeuge. „Natürlich, ich bin ein Naturtalent." Er beobachtete Marlenes unkontrollierte Bewegungen und versuchte den Eindruck zu erwecken, als wäre er völlig entspannt. Innerlich jedoch hatte er Angst, dem kleinen Wesen etwas zu brechen.

Carolin lachte. „Mal im Ernst. Wo hast du das gelernt? Deine Eroberungen gehören doch nicht gerade der Kategorie Mutter an."

Marcel lief wie auf heißen Kohlen zurück zum Tisch. „Das bringt der Beruf mit sich, wir retten ja Leute jeden Alters." Er setzte sich so vorsichtig, dass er befürchtete, einen Krampf in sein Gesäß zu bekommen. Dann wiegte er Marlene in seinen Armen hin und her.

Carolin neigte den Kopf und betrachtete ihre Tochter lächelnd. Dann schaute sie auf.

Marcel fühlte sich von ihren Blicken durchleuchtet. „Was ist?"

„Wie geht es dir denn eigentlich?"

„Mir geht es gut. Ich freue mich über ein paar freie Tage."

„Also hast du dich von dem letzten Fall wieder erholt? Ich habe sogar durchs Telefon gespürt, wie nah dir der Tod dieser Autorin gegangen ist."

Marcel winkte ab. „Es war kein schöner Fall. Welcher Mord ist das schon? Außerdem habe ich die Frau kaum gekannt."

Carolin hob die Augenbrauen und musterte ihn. „Aber ein wenig hat sie dir gefallen. Sonst schwärmst du am Telefon nicht so für die Opfer." Sie grinste.

Marcel schüttelte den Kopf. „Du und deine Fantasie." Er zwinkerte.

„Na ja, immerhin hast du wegen ihr einen Bestseller geschrieben. So unwichtig war sie dir also nicht."

„Ich habe ihn nicht geschrieben. Frau Hader hatte das Buch bereits fertig. Das Mädchen, das sie gerettet hatte, und ich haben nur das Ende dazu verfasst und den Thriller für Frau Hader veröffentlicht."

„Hast du noch Kontakt zu diesem Mädchen?"

Marcel nickte. „Wir telefonieren oft. Marie geht es gut. Sie schreibt bereits an einem neuen Buch. Einem Folgeband von *Divinus imperavit*, der die Geschichte aus ihrer Sicht erzählt. Sie ist ein großartiges Mädchen."

„Das klingt gut. Diese Autorin wäre sicher sehr stolz."

Marcel war sich sicher, dass Lena Hader stolz auf Marie wäre, doch er wollte das Thema nicht weiter vertiefen. „Mal was anderes … Ich denke, ich fahre die nächsten Tage zu Mutter und Vater nach Hamburg."

„Das wird nicht nötig sein."

Marcel blickte sie erstaunt an. „Nicht?"

„Nein, sie werden in ein paar Tagen herkommen."

„Ich verstehe, sie wollen ihre süße Enkeltochter kennenlernen." Er schaute auf seine Nichte und strich ihr über die Wange.

„Das ist nicht der einzige Grund."

„Welchen gibt es sonst noch?"

„Das, mein lieber Bruder, erfährst du heute Abend, denn du bist zum Essen eingeladen. Wenn Jörg nach Hause kommt, kannst du ihn kennenlernen. Dann habe ich noch eine Bitte an dich."

Marcel verdrehte die Augen. „Muss ich etwa in meinem Frei arbeiten?"

Carolin schaute auf ihre Tochter und grinste.

Er folgte ihrem Blick und stellte stolz fest, dass die Kleine unbemerkt in seinen Armen eingeschlafen war.

„Babysitten scheint dir zu liegen."

Marcel riss die Augen auf.

Carolin lachte laut auf, sodass Marlene kurz zuckte, Gott sei Dank aber weiterschlief. „Keine Sorge, du musst nicht auf sie aufpassen. Momentan zumindest noch nicht."

„Was soll ich sonst tun?"

„Lass dich überraschen." Carolin lächelte verlegen. „Ich würde mich freuen, wenn du deine neue Freundin mitbringst."

Marcels Wangen wurden heiß. „Wie bitte? Was für eine Freundin?"

„Nun tu nicht so. Ich weiß, dass du jemanden kennengelernt hast. Bringst du sie mit?"

Marcel räusperte sich. „Woher …"

„Woher ich das weiß?" Sie kicherte frech. „Ich habe Konrad in der Stadt getroffen und er hat sich verplappert."

Marcel seufzte. „Diese Plaudertasche. Wenn man solche Kollegen hat, kann man keine Geheimnisse mehr haben."

Carolin prustete laut los. „Wenigstens erfahre ich so mal etwas von dir."

Marcel stimmte in ihr Lachen ein.

„Also, heute Abend achtzehn Uhr mit Freundin?" Carolin stemmte die Hände in die Hüften.

„Ich weiß nicht, ob sie Zeit hat."

„Dann ruf sie an."

Marcel schüttelte fassungslos den Kopf. „Du Feldwebel." Er stand auf, übergab seine Nichte an seine Schwester und verließ den Raum. Dann wählte er Kims Nummer. Er hatte etwas Sorge, dass die Einladung bei ihr nicht gut ankommen würde. Sie kannten sich noch nicht lange und er wusste nicht einmal, was Kim überhaupt für ihn empfand. Es war noch sehr früh, ihr seine Familie vorzustellen.

Sie nahm nach dem vierten Klingeln ab. „Marcel, wie schön, dass du anrufst."

„Störe ich dich?"

„Nein, ich habe gerade Feierabend gemacht. Was gibt es denn? Willst du mich etwa zum Essen einladen?"

Marcel lächelte. In seinem Bauch schwirrten Schmetterlinge. Er hätte die ganze Welt umarmen können. „Woher wusstest du das?"

„Tja, ich habe bestimmte Fähigkeiten. Aber wenn das eine Einladung war, nehme ich sie sehr gern an."

„Das wollte ich hören. Es ist aber ein etwas anderes Essen."

„Anderes Essen? Willst du mit mir zum Mond fliegen?" Kim lachte laut.

„Ich würde mit dir überall hinfliegen, doch heute Abend hat meine Schwester uns eingeladen. Sie will mir etwas verkünden und ich soll meine Freundin mitbringen."

Am anderen Ende blieb es einen Augenblick still.

Marcel kniff die Augen zu. „Es ist okay, wenn du nicht möchtest."

„Nein, schon gut. Mir hat nur gerade das Wort *Freundin* etwas Herzklopfen verursacht. Dann fliegen wir ein anderes Mal zum Mond. Wann holst du mich ab?"

Marcel grinste und da war wieder dieses Kribbeln in seinem Bauch. „Ist halb sechs in Ordnung?"

„Ja, total. Ich freue mich."

„Bis später." Marcel legte auf. Er zuckte zusammen, als Carolin auf seine Schulter schlug. Er drehte sich um. „Bist du verrückt? Schleich dich niemals von hinten an einen Polizisten an, das könnte böse für dich enden."

„Ach was." Carolin winkte ab. Dann grinste sie. „Deinen strahlenden Augen zufolge hat sie zugesagt."

Marcel nickte. „Wir sind achtzehn Uhr da." Er gab ihr einen Kuss auf die Wange. „Ich fahre noch mal zu mir. Bis später."

Er verließ die Villa mit gemischten Gefühlen. Seine Schwester schien mit ihrem neuen Leben glücklich zu sein. Aber er war sich sicher, dass die Blitzliebe und das Kind ihr Trauma nicht verbessern würden. Sie war innerlich gebrochen.

# KAPITEL 3

*Sonntag, 18. Oktober 2020*

Zum gefühlt hundertsten Mal schaute er sich in seinem Rückspiegel an. Er wischte sich den Schweiß
von der Stirn. Dann rubbelte er über seine Falten, als
könne er sie so wegstreichen. Marcel schüttelte den Kopf
und lachte über sein merkwürdiges Verhalten. Nie hatte
er sich um sein Aussehen Gedanken machen müssen. Er
kam immer gut bei Frauen an. Doch bei Kim war es ihm
besonders wichtig, gut auszusehen.

Kurz glitten seine Gedanken zu Susanne, die sich dau-
ernd über ihn lustig gemacht hatte, wenn er sich ewig
im Spiegel betrachtet hatte. Er vermisste seine Partnerin
noch schmerzlich. Sein schlechtes Gewissen rührte sich,
weil er eine andere Frau datete. Doch er war mit Susanne
nie ein Paar gewesen. Er hatte sie aufrichtig geliebt und
noch immer bereute er es, dass er ihr nie gesagt hatte,
wie wichtig sie ihm gewesen war. Aber es war Zeit, nach
vorn zu blicken und wieder glücklich zu werden. Und er
glaubte fest daran, dass ihm das mit Kim gelingen könnte.

Sie war genauso eine starke Frau wie Susanne, und
Marcel hatte sich schon beim ersten Kennenlernen ein

wenig in sie verguckt. Auch wenn Susanne immer in seinem Herzen bleiben würde, konnte er sich mit Kim mehr als eine kurze Liebschaft vorstellen.

Noch einmal warf er einen prüfenden Blick in den Spiegel, wischte sich die Hände an seiner Jeans trocken und atmete tief ein und aus.

Sein Magen flatterte. Er freute sich, sie wiederzusehen. Es war erst das fünfte Date und viel lieber hätte er an diesem Abend mit Kim allein Zeit verbracht. Doch er hatte es Carolin versprochen.

Er klatschte in die Hände. *Schluss jetzt mit dem Wahnsinn. Genieße einen schönen Abend.* Er stieg aus und lief auf das Einfamilienhaus zu.

Es war ein altes uriges Haus, das anscheinend erst vor Kurzem modernisiert worden war. Der Garten war allerdings etwas verwildert.

Marcel musste grinsen. Er selbst war das Chaos in Person und froh, dass er keinen Garten hatte. Er war mit seinem Einpersonenhaushalt schon überfordert.

Vor der Haustür zupfte er sich noch einmal das Hemd gerade, holte tief Luft und drückte auf die Klingel.

Es dauerte nicht lange, da stand Kim vor ihm und ließ seinen Atem stocken. Sie trug eine enge Jeans und eine weiße Bluse, die ihren knackigen Hintern versteckte. Ihre natürliche Schönheit faszinierte ihn. Ein süßlicher Duft wehte ihm entgegen.

„Du siehst wunderschön aus."

Kim gab ihm einen Kuss auf die Wange und strahlte ihn an. „Übertreib mal nicht." Sie schüttelte ihre braunen Locken nach hinten.

Eigentlich stand Marcel auf Frauen mit langen Haaren, doch Kim sah mit ihrem kinnlangen Bob einfach umwerfend aus. Die Frisur passte perfekt zu ihrem schmalen Gesicht.

„Bist du jetzt fertig mit Staunen?", fragte sie.

Marcel räusperte sich. „Ich kann doch nichts dafür, dass du so schön bist."

Sie schlug ihm leicht gegen die Brust. „Spinner."

„Bist du bereit?"

„Einen kleinen Augenblick noch. Komm kurz rein."

Marcel streifte seine Schuhe ab und ging in den Flur, der durch die helle Mustertapete größer wirkte, als er wirklich war.

„Ich bin ganz schön nervös", sagte Kim, während sie ihre Wimpern tuschte.

„Das ist nicht nötig. Meine Schwester ist nett." Marcel musste lächeln, als er beobachtete, wie Kim sich ihre Haare genauso nervös zurechtzupfte, wie er es im Auto getan hatte. „Es ist nur ein lockeres Abendessen, mehr nicht."

„Trotzdem sollte ich mich von meiner anständigen Seite zeigen. Sie wünscht sich nur das Beste für ihren Bruder."

„Ich glaube, sie wird dich mögen." Er hoffte es zumindest, konnte sich aber nicht vorstellen, warum Carolin sie ablehnen sollte. „Hast du überhaupt eine unanständige Seite?"

Kim grinste und kam auf Marcel zu. Sie schaute ihm verschmitzt in die Augen und schlang ihre Arme um seine Hüften.

Marcels Puls raste. Diese Frau machte ihn verrückt. Sie küsste ihn so leidenschaftlich, dass er am liebsten auf das Abendbrot verzichtet hätte. Nur schwer konnte er seine Hände bei sich halten. „Gott, du machst mich so an."

Kim küsste ihn abermals. Dann wanderte ihre Zunge an seinem Hals entlang.

Marcel schloss seine Augen und genoss die Wärme, die in ihm aufstieg. Er schluckte. Seine Hände fuhren über ihren Po. „Wir müssen los", hauchte er.

„Sicher?" Sie hörte auf, ihn zu liebkosen, und schaute ihn lächelnd an.

„Meine Schwester wird mir den Hals umdrehen, wenn wir nicht pünktlich sind."

Kim drückte sich fest gegen seine Hüfte und berührte sein Glied, das zunehmend härter wurde. „Dann wollen wir sie lieber nicht warten lassen."

Er schnappte nach Luft, presste sie fester an sich und küsste ihre weichen Lippen. „Du bist ein kleines Biest."

Sie löste sich von ihm und hob die Augenbrauen verführerisch. „Ich kann es gar nicht erwarten, wieder nach Hause zu fahren."

Marcel leckte sich über die Lippen. „Verstehe ich gut." Er zeigte den Flur hinunter. „Darf ich kurz dein Bad benutzen?"

Kim lachte. „Natürlich. Ich ziehe mir in der Zwischenzeit die Schuhe an."

Marcel lief ins Bad, drehte das kalte Wasser am Waschbecken auf und wusch sich den Lippenstift ab. Er schloss die Augen und versuchte, seine Lust zu dämpfen. Kurz überlegte er sich eine Ausrede, um seiner Schwester abzusagen, dann nach draußen zu stürmen und über Kim herzufallen. Doch als er aufsah, starrten ihm Carolins traurige Augen aus dem Spiegel entgegen und seine Lust war schlagartig vorbei. Also verschob er den Sex mit Kim auf später. Er ging noch auf die Toilette, wusch sich die Hände und lief aus dem Badezimmer.

Kim stand fertig im Flur. „Kann es losgehen?"

Marcel schlüpfte in seine Sneakers und bot ihr den Arm an.

Sie griff nach ihrer Tasche und hakte sich unter. „So ein Gentleman."

Sie gingen hinaus und die kühle Prise half Marcel, wieder klarer zu denken.

Er öffnete die Beifahrertür, ließ Kim einsteigen und lief dann zur Fahrerseite.

Ein vorbeirasendes Auto zog Marcels Aufmerksamkeit auf sich. Wütend schaute er dem Wagen hinterher und erblickte dann den schwarzen Honda, der an der Straßenseite parkte und ihm schon vorher aufgefallen war.

Ein Mann saß am Steuer. Es sah aus, als beobachtete er die beiden.

Marcel stieg ein. „Kennst du den Wagen da vorn?"

Kim schaute die Straße hinunter. „Nein, warum?"

„Ich habe vorhin eine Weile im Auto gesessen, da stand der auch schon dort. Ich habe das Gefühl, dass er uns beobachtet."

„Ach, Herr Kriminalkommissar, Sie haben zu viele Verbrechen gesehen. Bestimmt wartet er auf jemanden."

Marcel lächelte. „Dann lässt sich derjenige aber ganz schön lange Zeit."

„Vielleicht ist es eine Frau." Kim zwinkerte ihm zu. „Die brauchen manchmal etwas länger."

Marcel startete den Motor. „Dann soll er eben warten, bis er alt und grau wird."

# KAPITEL 4

*Sonntag, 18. Oktober 2020*

Das war nicht gut. Es könnte alles zerstören. Verdammt, dieses dumme Mädchen.

Mit zittriger Hand nahm er eine Zigarette, zündete sie an und inhalierte einen kräftigen Zug.

Er hatte ihn von seinem Auto aus beobachtet. Den Star-Kommissar Schweißer, der letzten Sommer ständig in der Zeitung gestanden hatte, weil er mit einem Opfer das Buch einer getöteten Autorin veröffentlicht hatte.

Es war fast amüsant gewesen, zu beobachten, wie nervös der Kommissar noch vor wenigen Minuten gewesen war. Aber da hatte er noch nicht gewusst, zu wem dieser Schweißer gehen würde, sonst hätte er es alles andere als lustig gefunden.

Als dieser auf das Haus zugelaufen war, hatte er geflucht.

Das gefährdete seinen Plan. Es könnte für alle Beteiligten schiefgehen. Die monatelange Vorbereitung wäre dahin. Er konnte nur hoffen, dass das Auftauchen des Kommissars keine Konsequenzen haben würde.

Musste sie ausgerechnet den Fehler machen und von so vielen Männern dieser Welt einen Kommissar wählen?

Er nahm einen letzten Zug von der Zigarette, schnipste sie aus dem Auto und holte sein Handy aus der Jackentasche. Es waren keine Nachrichten drauf. Das hieß, dass er noch nicht vermisst wurde.

*Was machen die so lange in dem Haus?* Genervt wippte er mit den Beinen.

Endlich wurde die Tür geöffnet.

Verliebt schlenderten die beiden aus dem Haus und zum Auto.

Bevor Schweißer einstieg, schaute er zu ihm in den Honda. Hatte er ihn bemerkt?

*Bleib ruhig, von dort kann er dich nicht erkennen.*

Er ballte eine Faust und drückte seine Fingernägel fest in die Handinnenfläche. Der Drang, auszusteigen und Kim aus dem Auto zu zerren, war enorm. Doch diesen Fehler durfte er sich nicht erlauben, es würde die Sache nur noch schlimmer machen.

Als er dann Schweißers Wagen auf sich zukommen sah, stieg ihm die Hitze in den Kopf. *Verflucht. Hatte der Kommissar doch Lunte gerochen?* Er zog seinen Hut tiefer ins Gesicht, rutschte im Sitz nach unten und schaute auf seine Beine. *Ganz ruhig, er wird dich nicht erkennen.*

Schweißer fuhr langsam an ihm vorbei und er spürte dessen Blick in sein Auto. Er schickte ein Gebet nach oben, dass dieser nicht aussteigen würde, um ihn anzusprechen. Und es wurde erhört.

Als das Auto vorbeigefahren war, schaute er in den Rückspiegel.

Der Wagen hielt und wendete dann.

Sein Herzschlag beschleunigte sich.

Würde er ihn doch gleich ansprechen?

Er schluckte den Kloß in seinem Hals hinunter, überlegte sich ein paar passende Worte. Er sah im Seitenspiegel die Lichter von Schweißers Wagen näher kommen. Er blickte nicht auf, hielt den Atem an und atmete erst erleichtert aus, als das Auto vorbeigefahren war. Nachdem die Rücklichter um die Ecke verschwunden waren, entspannten sich seine Muskeln. Sein Kiefer schmerzte, weil er seine Zähne zu fest zusammengebissen hatte.

Er schüttelte den Kopf und verharrte einige Sekunden still. Er dachte an nichts, wartete, bis sich sein Herzschlag beruhigte.

Dann legte er die Hände auf das Lenkrad und umgriff es fest, sodass seine Knöchel weiß hervortraten. Wütend schlug er mehrmals auf die Hupe. „So eine verdammte Scheiße!", schrie er.

Ein Mann, der seinen Hund gerade Gassi führte, fuhr zusammen und schüttelte verständnislos den Kopf.

*Bloß weg hier.* Nervös wischte er sich den Schweiß von der Stirn.

Diese Beziehung zwischen den beiden war eine mittelschwere Katastrophe. Sich mit einem Kommissar anzulegen, war das Letzte, was er gebrauchen konnte. Er könnte dieses Mädchen ohrfeigen. Nun konnte er nur noch hoffen, dass diese Liebelei nicht von Dauer sein würde.

Er startete den Motor und fuhr los.

Die Zeit drängte. Nun hieß es umdenken. Auf der Fahrt würde ihm schon etwas einfallen. Und es dauerte auch nicht lang, da kam ihm eine Idee, wie er in die Beziehung der beiden grätschen konnte.

# KAPITEL 5

*Sonntag, 18. Oktober 2020*

Kim lachte laut auf. „Was hast du denn erwartet, in dem Honda zu sehen?"

Marcel wurde rot. „Ich weiß jetzt zumindest, dass der Mann in Ordnung ist. Es hätte ja sein können, dass es ihm nicht gut geht."

„Und das zweite Mal bist du nur daran vorbeigefahren, um hundertprozentige Gewissheit zu haben?"

„Ganz genau." Marcel lachte.

Kim schüttelte den Kopf. „Ich sehe schon, bei dir kann ich mich sicher fühlen."

„Selbstverständlich."

Wahrscheinlich hatte der Hondafahrer wirklich nur auf jemanden gewartet. Jedenfalls hatte Marcel nichts Verdächtiges erkennen können. Und anzuhalten, um den Mann anzusprechen, erschien ihm doch etwas übertrieben.

Er verdrängte den Vorfall aus seinen Gedanken und konzentrierte sich wieder auf Kim, deren bloße Anwesenheit ausreichte, seinen Körper verrückt spielen zu lassen. „Bist du denn aufgeregt?", fragte er sie.

„Ein wenig. Ist deine Schwester nett oder wird sie mich auf Herz und Nieren prüfen?"

Marcel hob die Schultern. „Ich weiß es nicht. Ich habe ihr noch nie eine Frau vorgestellt."

„Weil es nicht nötig war oder weil deine Schwester ein Drachen ist?" Sie schaute ihn unsicher an.

„Wir werden es heute beide erfahren." Er zwinkerte und schaute sie dann ernst an. „Schön, dass du mitkommst."

Sie lächelte zurück und blickte auf die Straße. „Hast du ein gutes Verhältnis zu deiner Schwester?"

„Eigentlich schon. Ich muss zugeben, dass ich sie in letzter Zeit ziemlich vernachlässigt habe. Die Arbeit und die Trauer um meine Kollegin und Freundin haben nicht zugelassen, sie regelmäßig zu besuchen. Nach Susannes Tod habe ich mich etwas gehen lassen und mich lieber im Fitnessstudio verkrochen."

„Aber das sind jetzt nicht wirklich gute Gründe. Sie klingen eher nach Ausreden."

Marcel räusperte sich. Er spürte, wie Hitze in seine Wangen stieg.

„Ich hab recht, nicht wahr? Statt ins Fitnessstudio zu gehen, hättest du sicher auch mal Zeit gehabt, zu deiner Schwester zu fahren. Was ist der eigentliche Grund dafür, dass du so lange nicht bei ihr warst? Hast du doch kein gutes Verhältnis zu ihr?"

Marcel riss die Augen auf. „Doch, ich liebe meine Schwester. Sie ist alles für mich. Wir haben eine sehr enge Bindung."

„Warum dann der Abstand?"

Marcel seufzte. Es nervte ihn, dass Kim weiterbohrte. Doch er war sich sicher, dass sie nicht nachgeben würde, also antwortete er: „Caro hatte vor drei Jahren einen Unfall."

„Was ist passiert?"

Marcel schluckte, als er an das grausame Unglück dachte. „Sie wurde angefahren. Der Fahrer ist geflüchtet. Ihr Leben konnten die Ärzte Gott sei Dank retten. Dabei hat sie ein Bein verloren. Man hat dieses Schwein nie gefunden."

Kim senkte den Blick. „Das ist furchtbar. Tut mir sehr leid." Sie schaute wieder zu Marcel. „Aber hättest du dann nicht gerade deshalb mehr Zeit mit ihr verbringen sollen?"

Kims Worte ließen seine Schuldgefühle noch mehr an die Oberfläche steigen. „Ja, ich weiß, ich bin ein Idiot. Aber ich konnte das nicht, denn ich habe gesehen, wie sie daran zugrunde ging. Den Schmerz, die Resignation in ihren Augen … Jedes Mal, wenn sie gefragt hat, ob wir den Fahrer oder die Fahrerin gefunden haben, hat mich das schlechte Gewissen aufgefressen. Vielleicht hätte ich noch mehr tun müssen, um den Fall aufzuklären, anstatt mich so schnell entmutigen zu lassen, weil es keine Hinweise gab."

„Ich kann mir gut vorstellen, dass Carolin unbedingt wissen möchte, wer es getan hat."

„Ja, die Unwissenheit macht sie wahnsinnig. Sie sucht nach einer Erklärung, warum sie einfach liegen gelassen wurde. Vielleicht hätte man ihr Bein retten können, wäre sie sofort ins Krankenhaus gekommen. Sie war jedes Mal so enttäuscht, wenn ich ihr keine neuen Fakten reichen konnte. Und als der Fall immer mehr in den Hintergrund rückte, traute ich mich kaum noch, ihr in die Augen zu sehen. Ich konnte einfach nicht mehr ertragen, wie enttäuscht sie war, dass niemand dafür bestraft werden würde. Es ist so ungerecht."

„Ich verstehe das. Hast du mal mit ihr darüber gesprochen?"

Marcel schüttelte den Kopf und wischte sich die Tränen aus den Augen. „Ich bin sicher, dass sie es heute noch immer schlimm findet. Aber ich glaube, sie fühlt sich nun besser, denn sie hat jetzt mit ihrem Partner und meiner Nichte wieder einen Sinn in ihrem Leben."

Kim schluckte und sah wieder nach vorn.

„Alles klar?"

„Ich … na ja", Kim räusperte sich, „ich denke gerade darüber nach, was wäre, wenn mir so etwas passiert. Würdest du mich auch allein lassen?"

Marcel stockte der Atem. In diesem Moment wurde ihm richtig klar, wie egoistisch er sich verhalten hatte, nur weil er nicht mit Carolins Emotionen zurechtgekommen war.

„Schon gut, du musst nicht darauf antworten." Kim schlang ihre Arme um seinen Oberkörper, so gut es vom Beifahrersitz aus ging. Dann löste sie sich wieder von ihm. „Es war ein blöder Gedanke."

An ihrem enttäuschten Gesichtsausdruck konnte er erkennen, dass die gute Stimmung gelitten hatte. Und er konnte es ihr nicht einmal verdenken. „Wir lassen uns jetzt nicht von trübsinnigen Erinnerungen und Was-wä-re-wenn-Fragen den Abend versauen. Ich freu mich auf ein paar lustige Stunden. Im Übrigen lerne ich ihren Freund auch erst heute kennen."

„Im Ernst? Ich dachte, sie haben ein Kind zusammen. Wie lang sind sie denn schon ein Paar?"

„Das war eine Blitzliebe. Ich habe meine Nichte ja auch erst heute kennengelernt, sie ist drei Monate alt. Caro-lin hat mir das alles verheimlicht. Als Strafe, weil ich nie vorbeikomme, denn am Telefon wollte sie es mir nicht sagen." Marcel deutete, in der Hoffnung auf einen The-menwechsel, auf die Mosel. „Ist das nicht herrlich hier?"

„Ja, in Koblenz-Moselweiß lässt es sich gut wohnen." Kim streckte den Rücken gerade, ihre Hände zitterten und ihr Gesicht war mit einem Mal ganz blass.

„Alles in Ordnung?"

„Ja, klar." Sie lächelte, doch es sah gezwungen aus.

Marcel fuhr in die Einfahrt zum Haus seiner Schwester. Der Kies trommelte gegen die Reifen und es knirschte. Noch immer konnte er nicht fassen, in was für einer Villa seine kleine Schwester lebte. Marcel erschrak, als plötz-lich das Tor schloss, nachdem er hindurchgefahren war.

Kim saß wie betäubt auf dem Beifahrersitz und be-trachtete das riesige Gebäude mit offenstehendem Mund.

„Beeindruckend, nicht wahr?"

Kim antwortete nicht. Sie starrte nur.

„Hallo? Was ist denn auf einmal los?"

Sie schluckte. „Ähm, nichts. Hier wohnt also deine Schwester?" Kim klammerte sich an ihrer Handtasche fest.

„Ja, seit Kurzem. Sie ist zu ihrem Freund gezogen, als sie erfahren hat, dass sie schwanger ist. Man muss sich nur den richtigen Partner suchen." Er lachte, doch Kim saß noch immer wie versteinert da. Marcel stieg aus, öffnete die Beifahrertür und reichte ihr die Hand. „Du siehst aus, als hättest du ein Gespenst gesehen. Nun komm schon. Es ist kein Geisterhaus, auch wenn es so aussieht."

Kim griff nach seiner Hand. Ihre war schwitzig und zitterte noch immer.

„Nun raus mit der Sprache." Marcel runzelte die Stirn und beobachtete Kim, die immer noch wie gebannt auf das Haus starrte. „Geht es dir nicht gut?"

„Doch, alles in Ordnung. Ich hatte nur einen Flashback. Meine Adoptiveltern hatten auch eine Villa und so ein riesengroßes Anwesen. Ich erinnere mich nicht gern daran."

„Das klingt nicht gut. Möchtest du darüber reden?"

„Sie wurden ermordet. In ihrer Villa." Kim schluckte schwer, stieg dann aber aus. „Okay, also wollen wir?"

„Wenn es dir zu viel ist, können wir auch gern wieder gehen. Ich sage Caro, dass dir nicht wohl ist."

„Nein, schon in Ordnung. Es ist nur …"

„Da seid ihr ja endlich." Carolin kam die große Marmortreppe hinuntergehumpelt. Sie lief mit offenen Armen auf Marcel zu, umarmte ihn herzlich und gab dann Kim die Hand. „Carolin Schweißer. Schön, dich kennenzulernen."

„Kim Berger. Vielen Dank für die Einladung."

Carolin betrachtete Kim eindringlich. Marcel konnte nicht sagen, woran er es festmachte, aber der freundliche

Gesichtsausdruck seiner Schwester wirkte nicht echt. Ob es ihr unangenehm war, nicht richtig laufen zu können?

Er räusperte sich. „Wollen wir auf dem Hof stehen bleiben oder essen wir drinnen?"

Carolin lachte gekünstelt auf. „Gehen wir rein. Jörg müsste jeden Moment kommen. Das Bier steht auch schon kalt." Sie lief vor.

Marcel nahm Kim wieder an die Hand und zog sie mit sich.

Sie zögerte.

Plötzlich hupte es und der Kies knirschte hinter ihnen, als ein Auto in die Einfahrt bog.

„Da ist er ja schon", sagte Carolin. Sie humpelte zu dem hochgewachsenen Mann, der aus einem grünen Rover stieg, umschlang seinen Hals und gab ihm einen Kuss. „Du kommst genau richtig, Liebling."

Er war in einen legeren Pullover und einer Stoffhose gekleidet. Sein Gesicht war aalglatt rasiert, was ihn jünger wirken ließ als seine fünfzig Jahre.

Der Mann lief auf Marcel und Kim zu und reichte Kim die Hand. „Schönen guten Tag, mein Name ist Jörg Krüger. Ich bin Carolins Partner."

Kim starrte den Mann an. Ihr Mund öffnete sich kurz, sie blieb aber stumm.

Marcel runzelte die Stirn. „Kennt ihr euch?"

Jörg lachte. „Nein, obwohl ich die Dame wirklich hinreißend finde."

Carolin gab ihm einen Stoß in die Seite. „Untersteh dich. Ich werde dich nie wieder gehen lassen."

Alle lachten, nur Kim stimmte nicht mit ein. Sie schaute verängstigt und klammerte sich an Marcels Hand fest.

Marcel bekam immer mehr das Gefühl, dass Kim irgendetwas belastete.

Jörg reichte Marcel die Hand. „Sie sind also der legendäre Bruder, der nie Zeit hat?", fragte er mit tiefer Stimme.

„Vielen Dank für die Einladung", antwortete Marcel. „Der Job lässt nicht immer Möglichkeiten für private Treffen."

„Nun kommt doch erst einmal rein." Caro ging vor.

Als Kim an der Türschwelle stand, zögerte sie erneut. Ihre Haut war noch weißer geworden und Schweißperlen standen auf ihrer Stirn.

„Alles in Ordnung?", fragte Jörg.

Kim nickte hastig und trat ins Haus. Sie schaute sich nervös um.

„Wir können immer noch gehen", flüsterte Marcel ihr ins Ohr.

Sie schüttelte kaum merklich den Kopf. „Ich habe mich gleich gefangen."

Im Haus zeigte Carolin in das große Wohnzimmer, das fast mehr Quadratmeter hatte als Marcels Untergeschoss. „Nehmt Platz."

Kim und Marcel setzten sich an den liebevoll gedeckten Tisch.

Jörg goss jedem einen Schluck Rotwein ein. Immer wieder warf er einen kurzen Blick auf Kim, nie länger als für den Bruchteil einer Sekunde, trotzdem bemerkte Marcel es. War dieser Jörg ein Schürzenjäger?

Noch bevor er weiter darüber nachdenken konnte, betrat seine Schwester den Raum. „Ich würde sagen, wir beginnen gleich mit der Vorspeise." Carolin stellte einen grünen Salat, etwas Antipasti und Baguettes in die Tischmitte. Dazu bot sie Kräuterbutter und andere Dips an.

Marcel grinste. „Hmmm, lecker." Er nahm sich ein bisschen von dem Brot und schmierte sich etwas Paprika-Schafskäse-Dip darauf, nachdem sich alle gesetzt hatten. „Mamas Rezept?"

„Ganz genau. Der beste."

Kim knabberte am Baguette. Dabei rutschte sie nervös auf dem Stuhl hin und her.

„Was machen Sie denn beruflich, Jörg?", fragte Marcel, obwohl er die Antwort schon kannte. Er schaute dem blonden Mann in die blauen Augen. Da dieser nicht antwortete, zeigte Marcel durch das stilvoll eingerichtete Wohnzimmer. „Es muss ein toller Beruf sein."

Jörg Krüger nickte lächelnd. „Könnte man meinen, nicht wahr? Wir sollten uns duzen. Schließlich bin ich jetzt Teil der Familie." Er schaute Carolin verliebt an, die nach seiner Hand griff.

„Okay." Marcel nahm einen Schluck Wein.

Der Mann war ihm unsympathisch. Sein Auftreten wirkte arrogant. So gar nicht der Typ, den seine Schwester sonst so bevorzugt hatte.

Marcel schaute Jörg erwartungsvoll an.

„Also ich bin Psychologe. Ich habe in der Stadt meine Praxis."

„Interessanter Beruf", sagte Marcel etwas abwertend.

Ausgerechnet einen Psychologen hatte sich Carolin aussuchen müssen. Alle, die er bisher kennengelernt hatte, waren arrogante Arschlöcher gewesen. Er hoffte, dass Jörg sich nicht auch als eins entpuppen würde, aber bisher sah es nicht gut für ihn aus.

Seine Schwester schaute ihn mit einem missbilligenden Blick an.

Marcel atmete tief ein und aus. „Nun, Schwesterchen, dann mal raus damit. Warum dieses Essen heute?"

Carolins Wangen wurden rot. „Na gut. Wenn du die Hauptspeise nicht abwarten kannst …" Sie blickte zu Jörg. „Ich bin der glücklichste Mensch überhaupt. Wir beide lieben uns und Marlene ist die Krönung unserer Liebe."

Ein vergnügliches Quieken ertönte aus dem Babyfon.

Kurz blieben alle still und starrten auf das Teil.

Es kam nichts mehr.

„Es ging alles sehr schnell", fuhr Carolin fort, „aber manchmal ist das eben in der Liebe so. Jörg und ich werden heiraten."

Es klirrte, als Marcels Gabel zu Boden fiel.

Jörg stand auf, hob sie auf und holte eine neue. „Ist die Vorstellung so erschreckend?" Er lachte.

„Sorry."

„Ach quatsch." Jörg setzte sich wieder und nahm Carolins Hand. „Wer hätte gedacht, dass ich mit fünfzig Jahren doch noch Vater werde und eine Braut abbekomme?"

Carolin lächelte ihn an und drehte sich dann zu Marcel. „Ich möchte, dass du mein Trauzeuge wirst. Wir lassen zeitgleich Marlene taufen und da wirst du in einem auch noch Patenonkel."

Marcel hielt die Luft an und blies sie dann geräuschvoll aus. Er kratzte sich am Kopf. „Ist das nicht ein wenig viel für mich?" Er zwinkerte. Dann stand er auf und umarmte seine Schwester. „Herzlichen Glückwunsch."

„Ja, ich gratuliere euch auch", sagte Kim.

Carolin schüttelte sich wie ein Kleinkind, das vor Freude ausrastete, und grinste breit. „Danke schön. Ich habe so lange darauf gewartet, den Richtigen zu finden. Noch nie habe ich mich so glücklich gefühlt. Es ist ein Traum."

Jörg lachte. „So, und nun lasst uns essen. Sonst wird alles kalt."

Marcel setzte sich wieder und lächelte Kim an.

Sie schmunzelte schüchtern zurück und er war erleichtert, dass sie nun etwas gelöster wirkte.

„Jetzt haben wir einen Grund zum Anzustoßen." Marcel hob sein Weinglas und alle taten es ihm gleich. Es folgten erneut Umarmungen und Ausdrücke der Freude. Aber Marcel wusste nicht recht, ob er sich wirklich über die Hochzeit freuen sollte.

„Wann ist es denn so weit?", fragte er.

Carolin zog verschwörerisch die Schultern nach oben. „Schon nächsten Sonntag."

Marcel pfiff leise. „Doch so schnell. Ich dachte, wir reden hier von Monaten." Er fühlte sich nicht wohl damit, als Trauzeuge und Taufpate zugesagt zu haben.

Carolin lachte und schien seine Bedenken nicht zu spüren. Oder sie ignorierte sie gekonnt. „Ach, warten ist doof. Ich weiß, es kommt etwas überraschend, aber wir haben den Termin schon länger."

Marcel wollte nicht schon wieder mit dem Thema anfangen, dass er nie Zeit hatte. Also hob er erneut das Glas und prostete allen zu. „Ich freu mich für euch", presste er gequält heraus.

Jörg stand auf. „So, aber nun wird gegessen." Er tischte einen Braten mit Semmelknödeln und Gemüse auf.

Marcel war der Appetit vergangen, doch er riss sich zusammen.

„Ich freue mich so auf unseren Tag", säuselte Jörg, sodass es Marcel fast schlecht wurde.

„Kommen Mama und Papa auch?", fragte er.

„Selbstverständlich. Die lassen sich doch nicht entgehen, wenn ihre kleine Tochter heiratet."

Marcel lächelte. Er sah seinen Vater vor sich. Niemals würde dieser seiner Tochter die Heirat ausreden, doch Marcel war sich sicher, dass auch er alles etwas überstürzt gefunden hatte, als er davon erfahren hatte.

Kim schien zu spüren, dass Marcel mit sich haderte, und griff unter dem Tisch nach seiner Hand.

Er schaute ihr in die Augen und wusste, was er nun nur noch tun wollte: mit ihr nach Hause fahren. Er aß also schnell seinen Teller leer und strich sich über den Bauch. „Bin ich voll."

„Kein Nachtisch mehr?", fragte Carolin.

„Auf keinen Fall. Da passt nichts mehr rein." Er schlug auf seinen Bauch. „Wir werden uns jetzt verabschieden. Ich bin erledigt."

„Ach wie schade, ich dachte, wir trinken noch ein Bier zusammen", sagte Jörg.

„Vielen Dank, der eine Wein hat gereicht. Ich bin wirklich kaputt." Marcel lächelte Carolin an. „Ich muss ja nächsten Sonntag fit sein." Er zwinkerte, dann erhob er sich. „Ich komme morgen wieder vorbei, um alles mit dir zu besprechen."

„In Ordnung." Carolin stand auf und umarmte ihn. „Ich freue mich wirklich."

# KAPITEL 6

*Sonntag, 18. Oktober 2020*

Das war eine ganz schöne Überraschung, nicht wahr?" Kim musterte ihn mit ihren blauen Augen. Seit sie das Haus verlassen hatten, war sie wieder deutlich gesprächiger geworden.

„Das war es in der Tat und ich weiß noch nicht, ob ich es gut finde. Sie sind gerade mal ein Jahr zusammen. Das geht doch alles viel zu schnell."

„Findest du? Sie scheinen glücklich zu sein und in dem Alter kann man eben nicht mehr lange warten, um eine Familie zu gründen."

„Das ist es ja. Jörg ist schon fünzig, da muss man doch kein Kind mehr bekommen."

„Vielleicht wollte er deiner Schwester den Wunsch erfüllen, sie ist noch nicht so alt."

Marcel seufzte. „Ich weiß nicht, irgendwie passen sie gar nicht zusammen. Aber es ist natürlich ihre Entscheidung." Er bog in die Straße, in der Kim wohnte, und hielt direkt vor ihrem Haus. „Ich war jedenfalls froh, dass du mich begleitet hast, da hatte ich jemanden zum

Festhalten." Er drehte sich zu ihr und wischte ihr ein Haar aus der Stirn.

„Ich bin gern mitgekommen."

„War es für dich denn schrecklich?"

Sie riss die Augen auf. „Was? Nein, absolut nicht. Es war ein schöner Abend."

„Ich hatte den Eindruck, dass du dich unwohl gefühlt hast."

Sie ließ die Schultern sacken und wich seinem Blick aus. „Ich weiß auch nicht. Dieser Jörg war mir unangenehm."

„Ich habe gesehen, wie er dich angeschaut hat." Marcel spitzte die Lippen. „Vielleicht steht er wirklich auf dich."

Kim grinste. „Blödmann. Möchtest du noch mit reinkommen?"

„Wenn du so lieb bittest, gerne."

Sie stiegen aus und liefen über die Straße.

Als sie die Treppe vor dem Haus hochgingen, stellte sich ihnen plötzlich eine dunkle Gestalt in den Weg. Sie wirkte durch den langen schwarzen Mantel und die Kapuze auf dem Kopf fast wie der Sensenmann.

Marcel ging in Kampfstellung.

„Mattes, was willst du denn schon wieder hier?", fragte Kim genervt.

„Du hast dich schnell getröstet, du Schlampe." Der Mann glotzte Marcel abschätzig an. „Du stehst doch gar nicht auf solche Schmierlappen."

„Verschwinde von meinem Grundstück."

„Du meinst unser Grundstück."

Kim schaute Marcel beschämt an. Dann drängelte sie sich an dem Typen vorbei. „Ich habe dich ausgezahlt, du stehst nicht mehr im Grundbuch. Also geh jetzt." Sie nickte Marcel zu.

Marcel schaute dem Typen in die grünen Augen. Sie waren voller Hass. Der Mann zog seine Kapuze hinunter und band sich seine langen braunen Haare zu einem Zopf zusammen. „Hat sie dir von mir erzählt?"

„Mattes, geh jetzt!", forderte Kim ihn erneut auf.

Er stellte sich breitbeinig hin. „Ich bin ihr Ex-Mann, den sie eiskalt abserviert hat. Sie hat mir keine Chance gegeben, zu beweisen, dass ich mich bessern kann. Gnadenlos rausgeschmissen aus dem Haus, das wir gemeinsam aufgebaut haben, hat sie mich." Er schaute Marcel provozierend an.

Marcel drehte sich zu Kim. Ihm war die Situation mehr als unangenehm. Warum hatte sie ihm nie erzählt, dass sie verheiratet gewesen war? Er schüttelte den Gedanken ab und wandte sich wieder dem Mann zu. „Es ist besser, wenn Sie jetzt gehen und Kim in Ruhe lassen. Mir scheint, es ist nicht erwünscht, dass Sie sich hier aufhalten."

Der Typ rotzte auf die Straße. „Ach ja? Das interessiert mich aber nicht im Geringsten."

Kim kam die Treppe wieder hinuntergelaufen. „Du sollst jetzt gehen. Du hast kein Recht mehr, hier zu sein."

Plötzlich schnappte er sich Kims Haare und riss ihren Kopf nach unten. „Ach ja? Du kleines Miststück. Ich weiß, was du getan hast, und könnte dich mit einem Schlag vernichten."

Marcel ergriff das Handgelenk des Mannes und knickte es nach vorn. „Lassen Sie sie sofort los!"

Der Mann schrie vor Schmerz auf und ließ von Kim ab. „Du Idiot hast mir fast das Handgelenk gebrochen."

Kim wich zur Seite und schaute ihren Ex fassungslos an.

Marcel zückte seinen Dienstausweis und hielt ihm den Mann unter die Nase. „Sie können gegen mich Beschwerde einreichen, aber wir wissen beide, dass Sie mir keine Wahl gelassen haben."

„Spar dir das, ich kenne dich. Glaubst du, dass es mich interessiert, ob du ein Bulle bist?"

„Entweder Sie gehen jetzt oder ich rufe meine Kollegen und lasse Sie abholen. Die Entscheidung liegt ganz bei Ihnen."

Der Typ funkelte Kim zornig an. „Du wirst mich nicht los. Du kannst unsere Ehe nicht einfach so wegwerfen, als wäre sie Müll. Ich werde immer wiederkommen und dich an deine Vergangenheit erinnern, das schwöre ich dir. Davon kann mich auch dein Bullenfreund nicht abhalten. Und eines Tages werde ich dein kleines Geheimnis ausplaudern, Kim Berger. Dann wirst du mich auf Knien um Verzeihung anflehen." Er drehte sich zu Marcel. „Mach dir für sie nicht die Finger schmutzig. Kim ist nicht das liebe brave Mädchen, das sie vorgibt zu sein." Er sprang die zwei Stufen vor dem Haus in einem Satz hinunter und verschwand in der Dunkelheit.

„Geh ins Haus!", forderte Marcel Kim auf und wartete noch einen Moment, ob der Typ wirklich verschwunden war.

Dann folgte er ihr.

Sie stand zitternd im Flur, ihre Augen waren tränennass.

„Alles in Ordnung?"

Sie rieb sich die Stelle, an dem ihr Ex sie an den Haaren gezogen hatte. „Ja, ich habe mich nur erschrocken. Es tut mir leid, dass du das mitansehen musstest. Ich hätte dir gern in Ruhe erzählt, dass Radi mein Ex-Mann ist."

Marcel runzelte die Stirn. „Radi?"

„Mattes Radow. Wir waren vier Jahre lang verheiratet. Er hat mich betrogen und da habe ich mich getrennt. Wir sind auch schon geschieden, aber er gibt einfach nicht auf."

Marcel sah sie schweigend an. Er konnte sich kaum auf ihre Worte konzentrieren, weil ihm das, was der Kerl gesagt hatte, nicht losließ.

„Es tut mir leid, dass ich es nicht schon früher erzählt habe." Sie nestelte an den Fingern und vermied einen direkten Blick zu Marcel.

Die Tatsache, dass sie ihm die Ehe verheimlicht hatte, machte Marcel nichts aus, denn jeder hatte seine Vergangenheit. Viel mehr fragte er sich, was Kim für ein Geheimnis hatte.

„Marcel, sag doch bitte was." Kim sah ihn verzweifelt an. „Wollen wir uns setzen?"

Marcel schluckte. Die ganze Situation trübte die Stimmung und schlug ihm auf sein Gemüt. Ein entspannter Ausklang des Abends mit ihr war nicht mehr möglich. „Ich denke, ich fahre nach Hause, es ist spät geworden. Lass uns morgen in Ruhe darüber sprechen", sagte er deshalb.

Kim schaute ihn traurig an. „Bitte sei nicht sauer, Marcel. Es tut mir wirklich leid, dass ich nicht schon früher etwas erzählt habe."

Er gab ihr einen Kuss auf die Wange. „Es ist okay, ich bin nicht sauer, sondern einfach nur müde." Dann lief er die Treppen hinunter zum Auto. Er setzte sich hinein, öffnete das Fenster ein Stück und winkte Kim noch einmal zu.

Auf der Fahrt nach Hause geisterten die Worte ihres Ex-Mannes weiter durch seinen Kopf. Am nächsten Tag würde er ins Präsidium fahren und den Typen durch die Datenbank jagen. Und obwohl er sich für den Gedanken schämte, würde er auch nach Kim suchen. Er brauchte nur noch eine gute Begründung für Konrad, warum er sich in seinem Frei im Büro herumtrieb.

Der Abend hatte so schön angefangen und hätte noch viel besser enden sollen. Doch Marcel würde in dieser Nacht keinen Schlaf mehr finden. Also fuhr er in die Stadt, parkte sein Auto im Parkhaus am Elektrogeschäft und lief zum Münzplatz. Vielleicht würde ein Bier im *Rushhour* ihn von den bohrenden Gedanken ablenken. Und er wusste auch genau, wer ihm dabei Gesellschaft leisten konnte.

Unweigerlich musste er grinsen, als er darüber nachdachte, wie Susanne reagieren würde, wenn sie wüsste, wessen Anwesenheit er mittlerweile sehr genoss. Sie würde zweifelsohne den Mund nicht wieder zubekommen. Marcel konnte es ja selbst nicht glauben.

Er wählte Karl Hohlbeins Nummer.

„Marcel, welch eine Freude, von dir zu hören. Was kann ich für dich tun?"

„Hallo, Karl, Lust auf ein paar Bierchen im Rushhour?"

„Da lasse ich mich nicht zweimal bitten. Ich bin schon unterwegs."

Marcel atmete erleichtert aus. Er war froh, nicht alleine trinken zu müssen.

Eine Dreiviertelstunde später saßen sie an einem Tisch im Rushhour und tranken ihr erstes Bier.

Karl trug eine Jeans sowie ein T-Shirt, ein Anblick, an den sich Marcel noch gewöhnen musste, denn der Fallanalytiker erschien im Präsidium immer nur im Anzug.

„Wie geht es dir, Karl?"

„Sie fehlt mir. Es ist nicht immer leicht, aber der Schmerz ist nicht mehr ganz so marternd."

„Ich verstehe dich gut", antwortete Marcel und war wieder einmal erstaunt darüber, dass ausgerechnet der Tod zweier Frauen sie zusammengebracht hatte.

Hohlbein grinste. „Wer hätte das gedacht, was?"

Marcel nickte. „Du warst aber auch ein ätzender Kerl. Wie habe ich es gehasst, deinen Fallanalysen zuzuhören."

Karl lachte laut. „Du warst eben nie offen für die Analyse der Täter. Aber du musst zugeben, dass die Profile euch oft weitergeholfen haben."

„Hmm, als Fallanalytiker bist du mir weiter unsympathisch, nur dass du es weißt."

„Kann ich gut mit leben." Er hob die Bierflasche und prostete Marcel zu. „Wie läuft es bei dir?"

„Meine Schwester heiratet und ich bin ganz überraschend Onkel geworden."

Karl betrachtete ihn eindringlich.

„Was?"

„Das sind erfreuliche Nachrichten, aber dein Gesicht sieht nicht aus, als würdest du vor Freude und Stolz platzen."

„Du analysierst mich doch nicht, oder?" Marcel hob seine Hand, um die Bedienung zu sich zu rufen. „Bitte noch zwei Bier und zwei Kräuter."

„Tut mir leid, das ist eine Berufskrankheit", antwortete Karl.

Marcel winkte ab. „Ich freu mich für meine Schwester, aber es kommt alles etwas plötzlich. Außerdem ist ihr Verlobter ein Psychologe."

Karl lachte laut auf. „Also ist er ein schrecklich netter Mann."

„Dem kann ich jetzt nicht widersprechen."

Die Bedienung brachte die Getränke und lächelte Marcel an.

Er trank den Kräuter auf ex und spülte das Brennen im Hals mit einem Schluck Bier hinunter.

„Nun aber mal ehrlich. Die Hochzeit ist nicht der Grund, warum du dich gerade volllaufen lässt, oder?"

Marcel hob die Schulter und drehte das leere Schnapsglas in seiner Hand. „Ich habe frei und wollte etwas Zeit mit einem netten Freund verbringen."

Karl seufzte und leerte auch sein Glas. „Wie läuft es mit den Frauen? Schon jemand Neues kennengelernt?"

„Hören wir mit diesem Thema lieber auf."

„Also hatte ich doch recht." Karls Grinsen reichte von einem zum anderen Ohr.

Marcel zeigte ihm den Mittelfinger und lachte. „Ist eine komplizierte Geschichte. Ich habe eine Frau kennengelernt und ihr Ex-Mann findet es gar nicht toll, dass sie mich datet."

„Das sollte dir doch egal sein."

„Sollte es, ist aber trotzdem ein scheiß Gefühl. Irgendetwas ist da noch zwischen den beiden."

Karl lehnte sich an die Stuhllehne und verschränkte die Arme. „Könnte dein mulmiges Gefühl vielleicht daran liegen, dass du noch nicht ganz mit der Vergangenheit abgeschlossen hast?"

Marcel starrte Karl entsetzt an. „Nein, Herr Psychologe, kann es nicht. Ich war mit Susanne nie zusammen."

„Ja, aber du hast sie geliebt und sie hat es nie erfahren. Das kann schon ein starkes Ungleichgewicht deiner Gefühle hervorrufen."

„Ach, das ist doch Blödsinn."

„Gut, dann lass deine Vergangenheit ruhen, aber auch die deiner neuen Freundin."

Marcel bestellte eine weitere Runde. „Wechseln wir das Thema."

Karl hob die Arme. „Wie du willst."

# KAPITEL 7

R ed, red wine", drang der Song zu ihm durch.
Er öffnete die Augen und verspürte sofort einen bohrenden Schmerz in seiner Stirn. „Ah, Scheiße." Zu dem Stechen gesellte sich Übelkeit. Marcel beugte sich über den Bettrand, weil er das Gefühl hatte, sich übergeben zu müssen. Er würgte, doch sein Mageninhalt blieb drinnen.

Erschöpft legte er sich auf den Rücken, schaute an die Decke. Sein Schlafzimmer drehte sich, was seine Übelkeit nur verstärkte. Er ließ ein Bein aus dem Bett baumeln und stellte es auf den Boden. Jemand hatte es ihm empfohlen, da er so das Karussell mit dem Fuß abbremsen konnte und dadurch der Schwindel besser werden würde. Erstaunlicherweise half ihm das immer wieder.

Erneut ertönte *Red Red Wine* aus dem Lautsprecher seines Handys.

Stöhnend und mit geschlossenen Augen drehte er sich auf die Seite, griff nach seinem Telefon und drückte blind den grünen Hörer. „Hallo?"

„Sag mal, wieso gehst du nicht ran?", fragte Konrad.

„Ich schlafe. Ist das verboten, wenn ich freihabe?"

„Du klingst, als hättest du ein Reibeisen als Stimme. Alles klar bei dir?"

Marcel hielt sich die schmerzende Stirn. „Konrad, was willst du?"

„Wir haben einen Fall."

„Ich sagte doch, ich habe frei. Warum rufst du mich an?"

„Weil ich dich brauche. Drei kranke Kollegen. Dein Frei ist hiermit aufgehoben."

„Das ist nicht dein Ernst. Meine Schwester heiratet, meine Nichte wird getauft, ich muss helfen. Nein, Konrad, diesmal kann ich es mir nicht erlauben, nicht aufzutauchen."

„Ich verspreche dir, dass du genügend Zeit bekommst, um für deine Schwester da zu sein. Aber bei den Ermittlungen brauche ich dich. Wir haben einen Mord. Also schwing die Hufe und komm zum Arzheimer Wald."

Marcel öffnete vorsichtig die Augen. Er schaute auf sein Handy. Es war bereits elf Uhr, eigentlich wollte er schon längst bei seiner Schwester sein. Seufzend setzte er sich auf. „In Ordnung. Ich ziehe mich an. Carolin wird stinksauer sein. Das machst du wieder gut."

„Beeil dich."

„Hetz mich nicht. Außerdem musst du mich holen. Ich habe kein Auto." Das stand noch in der Stadt. Der Abend mit Karl war etwas ausgeufert, der Alkohol mehr geflossen als beabsichtigt. Deshalb hatte er ein Taxi nach Hause nehmen müssen.

Konrad seufzte. „Ich bin in einer Viertelstunde da." Er legte auf.

Marcel streckte sich. Auf dem Weg ins Bad stolperte er über seine Klamotten, die er in der Nacht achtlos auf den Boden geworfen hatte. Er wunderte sich, dass er es überhaupt noch geschafft hatte, sich auszuziehen.

Am Waschbecken spritzte er sich kaltes Wasser ins Gesicht, nahm etwas Deo und schrubbte sich den Pelz von der Zunge. Um den unangenehmen Geschmack nach Alkohol wegzubekommen, putzte er sich zweimal die Zähne und gurgelte mit Mundspülung.

Dann ging er in die Küche, füllte ein Glas mit Leitungswasser und schluckte zwei Aspirin. Obwohl sein Magen flau war, aß er schnell ein trockenes Brötchen, damit ihm nachher nicht schlecht werden würde. Währenddessen zog er sich seine Kleidung über.

Marcel steckte sich einen Pfefferminzkaugummi in den Mund, dann stellte er sich auf die Straße vor seinem Haus. Er schaute auf sein Handy.

Kim hatte ihm eine Nachricht geschickt. *Hast du Lust, heute Abend zu mir zu kommen?*

Er antwortete ihr knapp, dass er nicht wisse, ob er es schaffen würde. Marcel wollte sie gern sehen, aber noch immer bereiteten ihm die Worte ihres Ex-Mannes Bauchschmerzen. Doch eigentlich wollte er ihr Geheimnis gar nicht wissen. Kim war eine wunderbare Frau und nach Susannes Tod die erste, für die er solche starken Gefühle hegte.

Er war froh, als Konrad vor ihm hielt, und stieg in den Wagen.

„Du stinkst", sagte dieser und wedelte mit der Hand vor der Nase.

Marcel lachte. „Sei nicht so empfindlich. In meinem Frei darf ich ja wohl tun und lassen, was ich will."

Konrad fuhr los. „Hattest du einen schönen Abend mit Kim?"

„Das Essen war schön, doch dann stand ihr Ex vor der Tür."

Konrad warf ihm einen kurzen Blick zu. „Und danach musstest du dich besaufen?"

„So ungefähr. Aber das erzähle ich dir später. Also, warum holst du mich aus meinem wohlverdienten Frei?"

„Ein Jäger hat zwei Leichen gefunden."

„Im Arzheimer Wald?"

Konrad nickte. „Hättest du eigentlich von dir zu Hause aus hinlaufen können." Er grinste. „Aber so wie du aussiehst, war es besser, dass ich dich geholt habe."

Marcel verdrehte die Augen. „Beides Mord?"

„Ja, aber Wolfgang Becker meinte, er wüsste nicht, ob die etwas miteinander zu tun haben."

„Das verstehe ich nicht. Wurden zwei Leichen durch Zufall im selben Wald an unterschiedlichen Orten gefunden?"

„Sie liegen sogar an der gleichen Stelle. Beide Opfer wurden aber auf unterschiedliche Weise ermordet. Mehr wollte Becker nicht sagen. Wir sollen es uns selbst ansehen."

Marcel schmiegte sich in die Rückenlehne und war froh, dass die Aspirin langsam wirkte. „Das wäre ja schon sehr merkwürdig, wenn zwei oder mehrere Täter unabhängig voneinander den gleichen Platz nutzen, um ihre Opfer abzulegen."

„Warten wir es ab." Konrad schaltete das Radio ein.

„Ich bin heilfroh, dass du wieder diensttauglich bist." Bei dem Gedanken an seinen ehemaligen Partner verkrampfte sich Marcels Magen.

„Nun komm, der Ersatz von Schrein ist doch nicht übel. Und Steffen ist auch aus seiner Elternzeit zurück. Mittlerweile sind wir ein nettes Team."

„Das möchte ich gar nicht abstreiten, doch wir beide zusammen sind nun mal das beste Team."

„Wie ein altes Ehepaar, meinst du?"

Marcel lachte. „Ich würde dich vom Fleck wegheiraten." Er zwinkerte.

„Um Gottes willen, ich würde es mit deiner Unordnung keine Stunde aushalten." Konrad schmunzelte. „Aber ich bin auch froh, wieder dein Partner zu sein."

„Das nächste Mal gehe jedoch ich vor, ehe du dich von jemandem so verprügeln lässt, dass du danach Jahre ausfällst, haben wir uns verstanden?"

„Schauen wir mal."

Die Späße hatten Marcel gefehlt. „Wie geht es denn deiner bezaubernden Familie? Ich habe sie lange nicht gesehen."

Konrad massierte sich die Augen. „Sonja und ich haben allerhand zu tun. Unsere Prinzessin steckt in einer schlimmen Phase. Jungs sind blöd. Ach, eigentlich ja doch nicht. Mama nervt. Mama ist die Beste. Papa meckert nur. Papa, kannst du mal, machst du mal. Schule ist anstrengend. Schule ist toll."

„Ich beneide dich nicht."

Konrad fuhr auf den Parkplatz in der Hinterdorfstraße in Arzheim und stellte das Auto ab.

Auf dem Parkplatz des acht Kilometer langen Wanderweges standen bereits die Autos der Kriminaltechnik, der Schutzpolizei und der Bestatter.

„Die Opfer waren wohl auf dem roten Wanderweg unterwegs. Ein Stück müssen wir laufen."

„Ein Mord auf gekennzeichneten Waldwegen … Wenn das in der Presse kommt, wird das Wandern hier einen faden Beigeschmack haben", sagte Marcel. „Das schürt Panik."

„Warten wir mal ab, was wir da haben."

Nachdem sie ein Stück gelaufen waren, sah Marcel von Weitem das Absperrband und das weiße Zelt. Sie zogen sich jeder einen weißen Overall und Handschuhe an und gingen ins Zelt.

Dort fotografierte Wolfgang Becker von der Kriminaltechnik die Leichen.

„Mahlzeit", grüßte Marcel.

Becker schaute auf und grinste, was aufgrund seiner halbseitigen Gesichtslähmung wie immer gequält aussah. „Die feinen Herren des elften Kommissariats sind auch eingetroffen, wie schön. Und dann noch die Crème de la Crème. Ich bin begeistert, dass Konrad Malter wieder mit an Bord ist."

Marcel lachte. Er liebte Becker. Dieser war einer der witzigsten Typen, die er kannte, auch wenn sein Gesichtsausdruck durch die Lähmung immer das genaue Gegenteil vermuten ließ.

„Schön, dich zu sehen, Becker", antwortete Konrad grinsend. „Was haben wir?"

Becker wurde ernst. „Das ist wirklich sehr merkwürdig." Er zeigte auf eine Leiche. „Diese Dame wurde stranguliert. Da bin ich mir sicher, ohne einen Rechtsmediziner hinzuzuziehen. Das Seil hängt noch um den Hals, sie hat einige Abschürfungen an den Füßen. Es sieht aus, als wäre sie durch den Wald gerannt. Außerdem hat sie Erde und ein paar Schrammen an den Händen."

Marcel schaute auf das Opfer, das in ein lila Kleid gehüllt war, was für den Alltag viel zu pompös wirkte. Sie lag auf dem Rücken, als hätte sie sich zu einem Schläfchen niedergelegt und sich mit dem Kleid zugedeckt. Eine Rose lag auf ihrer Brust. „Ziemlich krasse Garderobe für eine Wanderung im Wald. Wir haben weiter vorn am Weg eine lila Schleife gefunden, die sie vielleicht verloren hat."

Becker nickte. „Das könnte eine Bedeutung haben."

Konrad zeigte auf das andere Opfer. „Und was ist bei ihr die Todesursache?"

Die Frau befand sich nur wenige Meter vom ersten Opfer entfernt. Jedoch war sie in Jeans und Pullover gekleidet. Der Leichnam lehnte sitzend an einem Baum, die Hände im Schoß wie zu einem Gebet gefaltet.

„Ich kann auf Anhieb keine äußerlichen Verletzungen sehen, die zum Tod geführt haben. Das muss der Rechtsmediziner genauer untersuchen. Vielleicht eine Intoxikation. Sie hat Fesselspuren an Hand- und Fußgelenken. Deshalb gehe ich nicht von einem natürlichen Tod aus."

„Was ist das wieder für eine kranke Scheiße?", fragte Marcel.

„Tja, findet es heraus", antwortete Becker.

Konrad notierte sich etwas in seinem Notizbuch. „Was habt ihr noch für Spuren?"

„Eine kleine Botschaft." Becker hob eine Tüte hoch, in der ein Zettel lag. „Hatte die Leiche am Baum in der Hand."

„Jetzt bist du frei von deiner Qual. Gab es bei dem anderen Opfer auch eine Notiz?" Marcel runzelte die Stirn.

„Keine Botschaft." Becker hob die Schultern. „Ansonsten habe ich noch nichts weiter. Wir suchen wie immer alles zusammen, was wir finden."

„Glaubst du, die Morde sind vom selben Täter verübt worden?", fragte Marcel.

„Keine Ahnung. Aber es wäre schon ein merkwürdiger Zufall, wenn dem nicht so wäre."

Marcel massierte sich das Kinn. „Sind sie hier gestorben?"

Becker schaute ihn mit gehobenen Augenbrauen an. „Herr Schweißer, ich bitte Sie höflichst, mich nicht mit einem Rechtsmediziner zu verwechseln." Er zwinkerte. „Aber aufgrund meiner Erfahrung mit solch schrecklichen Verbrechen bin ich mir fast sicher, dass das hier der Tatort ist."

„Hast du noch eine ungefähre Zeit, auch wenn es nicht in deinen Bereich fällt?", fragte Konrad.

„Dem Zustand der Leichen zufolge sind sie kurz nacheinander gestorben. Irgendwann in der Nacht oder den frühen Morgenstunden."

Marcel presste die Lippen zusammen und stemmte die Hände in die Seite. Der Schweiß war ihm unter dem Overall ausgebrochen. Auch die Übelkeit meldete sich zurück.

„Das würde erklären, warum niemand etwas mitbekommen hat. Um die Uhrzeit wandert wohl kaum einer durch den Wald", sagte Konrad.

Becker nickte. „Mehr dann vom Rechtsmediziner. Ich kümmere mich um meine Arbeit."

„Schickst du uns die Bilder der Opfer?", fragte Marcel.

„Mach ich." Becker drehte sich zu einer der Leichen, schaute dann aber noch mal zu den beiden. „Ach so, da wäre doch noch etwas. Unser lila Opfer trägt ein auffälliges Tattoo am linken Arm. Eine lange Schlange mit Rosen. Fotos davon schicke ich mit. Und das andere Opfer hatte eine Brustamputation. Die linke Brust fehlt. Könnte für euch eventuell bei der Suche nach Vermissten von Nutzen sein."

„Perfekt, Kollege." Konrad hob die Hand. „Du weißt, wie du uns erreichst. Wir machen uns auf den Weg."

Marcel und Konrad zogen die Overalls aus. Auf dem Weg zurück zum Auto hielten sie bei dem Jäger, der durch die Kollegen der Schutzpolizei betreut wurde.

Seine Hände zitterten und sein Gesicht war kreidebleich. Mit einem Stofftaschentuch wischte er sich den Schweiß von der Stirn.

„Guten Tag", sagte Konrad und zeigte seinen Dienstausweis. „Kommissar Malter, das ist mein Kollege Schweißer. Sie haben die Leichen gefunden?"

Der Mann würgte, hielt sich das Tuch vor den Mund und nickte. „Dieser Anblick ist grausam."

„Konnten Sie etwas beobachten?"

„Nein, ich habe niemanden gesehen."

„Von wo sind Sie gekommen?", fragte Marcel.

„Vom Parkplatz. Ich gehe hier jeden Morgen meine Runde. Das hält mich fit. Und da habe ich die beiden plötzlich liegen sehen."

„Stand noch ein anderes Auto auf dem Parkplatz?"

Der Mann schaute Marcel einen Augenblick an, als müsste er überlegen. „Nein, meins war das erste Auto, bis die Polizei kam."

„Kennen Sie eine der beiden Frauen?"

„Nein, ich habe sie noch nie gesehen."

„In Ordnung", sagte Konrad. „Wir haben Ihre Personalien, Sie können nach Hause gehen. Wenn Ihnen weitere Details einfallen, melden Sie sich bitte. Manchmal vergisst man im Schock kurz kleine Dinge."

Der Mann nickte. „Das mache ich selbstverständlich. Auf Wiedersehen."

Marcel und Konrad liefen zum Auto.

„Dann fahren wir mal ins Präsidium und schauen die Vermisstenanzeigen durch." Konrad startete den Motor.

„Mit was haben wir es da wieder zu tun?" Marcel bemerkte, wie sich das Stechen in seiner Stirn zurückmeldete, und kramte in seiner Jackentasche nach einer weiteren Aspirin. Er schluckte die Tablette ohne Wasser hinunter. „Vielleicht ein Eifersuchtsdrama?" Er hustete, weil ihm das Medikament im Hals hing.

Konrad reichte ihm eine Flasche Wasser. „Das glaube ich nicht. Die Leichen wurden ja schon irgendwie drapiert. Hinter diesen Morden steht irgendeine Bedeutung. Die Farbe Lila bei dem einen Opfer, die Nachricht bei dem anderen."

„Jetzt bist du frei von deiner Qual. Ist mit Qual das Opfer in dem lila Kleid gemeint?"

Konrad hob die Schultern und seufzte. „Ich frage mich, ob ich nicht einfach hätte wegbleiben sollen. Solche Verbrechen fallen mir zunehmend schwerer."

„Ach, komm schon, du bist der Beste. Wir können gar nicht ohne dich", sagte Marcel betont positiv.

„Lass uns einfach schnell herausfinden, was das alles zu bedeuten hat."

# KAPITEL 8

*Montag, 19. Oktober 2020*

Die Jagd hast du grandios umgesetzt. Ich hatte einen Heidenspaß. Jennifers Angst war faszinierend. Gute Arbeit."

Er schaute auf den Bildschirm, der die Verfolgungsjagd durch den Wald von Jennifer Lorenz zeigte. Zufrieden beobachtete er, wie das lila Kleid im Wind flatterte, als sie panisch über den Waldboden fegte. Sein Knoten im Hals löste sich etwas. Ein Teil der kranken Fantasie dieser gestörten Person, deren Namen er nicht über die Lippen brachte, weil er sie so abgrundtief hasste, war damit vollbracht.

„Ich finde, du hast es sehr originalgetreu umgesetzt. Perfekt. Ich gehe jetzt. Beobachte du unsere Patienten, ob sie auch fein schlafen."

Er antwortete nicht. Sein Blick fiel auf die Überwachungsmonitore über dem Schreibtisch.

In Zimmer eins lag der Mann, den er am vorherigen Tag frisch aufgenommen hatte. Er hatte noch Welpenschutz und sollte erst einmal mehr Angst bekommen.

In Zimmer zwei lag eine Frau, die ihm leidtat. Bei Frauen war er immer etwas emotionaler. Es fiel ihm schwerer, sie zu quälen.

Seine Gedanken gingen wieder zu Jennifers aufgequollenen Augen und dem hochroten Gesicht, als er die Schlinge um ihren Hals immer fester zugezogen hatte.

Hatte man sie schon gefunden und Hinweise auf ihn?

Leichte Übelkeit übermannte ihn. Zwar hatte er sich selbst in diese dermaßen scheußliche Situation manövriert, doch es fiel ihm nicht leicht, Menschen zu töten.

Wenn die Polizei schnell auf ihn kommen würde, könnte er aufhören zu morden. Er würde im Knast landen. Aber was hatte er denn schon für ein Leben? Er musste jeden Tag mit der Angst verharren, erwischt zu werden. Er konnte sich kaum vorstellen, dass es im Knast viel schlimmer sein würde.

Er griff sich an den Kopf und schüttelte ihn, fassungslos darüber, wo er hineingeraten war.

Den Gedanken, erwischt zu werden, verdrängte er schnell wieder. Das durfte nicht passieren. Dafür hing zu viel von seinem Erfolg ab.

Kurz schloss er die Augen und erinnerte sich an die Zeit zurück, als sein Leben von purem Glück geprägt gewesen war. Er dachte an die Frau, die er so sehr geliebt und die ihm das größte Glück geschenkt hatte. Tränen sammelten sich in seinen Augen.

Schlagartig war es vorbei gewesen. Und das Ende seiner großen Liebe hatte auch das Ende seines Lebens besiegelt.

Sein Herz krampfte. Schnell öffnete er die Augen, um die Bilder loszuwerden.

Ein Lachen aus Zimmer drei lenkte seinen Blick auf die Monitore.

Was sollte das? Wieso lachte der Mann, der als Nächstes auf dem Plan stand? Das lief ganz und gar nicht nach seiner Vorstellung.

Er ballte die Hände zu Fäusten und starrte wütend auf den Monitor. Da war nichts von Angst und Panik zu sehen. Er donnerte seine Faust auf den Tisch. Dann zoomte er auf die Augen.

Sie bewegten sich unter den geschlossenen Augenlidern schnell hin und her, was bedeutete, dass der Patient träumte.

Er schaute auf das EEG, ob der Schlafende sich in einer REM-Phase befand.

Es zeigte niederfrequente Wellen, die bestätigten, dass der Mann gerade träumte. Aber offensichtlich hatte er einen schönen Traum. Sein Gesichtsausdruck war entspannt und ein Lächeln lag auf seinen Lippen.

Das war nicht der Plan. Der Typ sollte Angst haben.

Er biss so fest seine Zähne aufeinander, dass es knirschte. Kurz überlegte er, wie er die Situation retten konnte.

Er benötigte die Angst des Patienten. Das war wichtig, um die nächste Aktion zu planen.

Wütend stand er auf und ging zu Zimmer drei. Er knipste das Licht an und prompt waren auch die beiden anderen in Zimmer eins und zwei wach.

Mit angsterfüllten Augen beobachteten sie ihn durch die großen Glasscheiben, die die Zimmer trennten.

Die Räumlichkeiten hatte er damals errichten lassen, als er sich ein eigenes kleines Schlaflabor hatte aufbauen wollen. Niemals hatte er gedacht, dass diese Räume je einmal genutzt werden würden, nachdem der Traum seines eigenen Schlaflabors gescheitert war.

Er stellte sich vor das Bett, aus dem der Mann ihn mit aufgerissenen Augen anstarrte. „Hatten Sie einen schönen Traum?"

Der Mann schluckte. „Ich kann mich nicht daran erinnern."

Er stöhnte. „Lügen Sie nicht. Stehen Sie auf!"

Der Mann gehorchte. Er stand in Unterhose und Unterhemd da und zitterte. Die Kabel des EEG-Gerätes hingen nach unten. Der Arme sah mit den vielen Elektroden am Kopf aus wie ein Alien. „Habe ich etwas falsch gemacht?"

„Wissen Sie, warum Sie hier sind?"

Der Mann nickte und senkte seinen Blick. Sein Angstschweiß roch erbärmlich. „Sie wollen mir helfen, diesen schrecklichen Albtraum loszuwerden."

„Setzen Sie sich auf den Stuhl."

Der Mann tat, wie ihm geheißen. „Ich finde Ihre Methoden wirklich sehr fragwürdig. Sie machen mir eher Angst, als dass Sie mir helfen."

„Ich kann Ihnen nicht helfen, wenn ich Ihre Angst nicht greifen kann. Es nützt deshalb rein gar nichts, wenn Sie etwas Schönes träumen und keine Angst haben."

„Ich kann das doch nicht steuern. Außerdem habe ich Angst. Im Moment allerdings mehr vor Ihrem merkwürdigen Verhalten als vor dem Albtraum."

„Wir drehen uns im Kreis. Es ist eine neue Forschung, das habe ich doch erklärt. Sie haben sich darauf eingelassen, also müssen Sie auch mitarbeiten."

Der Mann seufzte. „Es dauert alles so viel länger als gedacht. Könnten Sie mir nicht wenigstens mein Handy geben, damit ich meine Familie benachrichtigen kann? Die machen sich sicher schon große Sorgen."

„Das geht nicht, das wissen Sie. Es ist bald vorbei. Ich helfe Ihnen jetzt, dass Sie schlecht träumen und Furcht bekommen."

„Bitte, glauben Sie mir. Ich habe Angst. Sie brauchen mir nicht wieder so schreckliche Bilder zeigen. Vielleicht ist es besser, die Therapie zu beenden."

„Das wäre das Dümmste, was Sie tun könnten. Sie sind schon so weit." Er öffnete den Medizinkoffer. „Ich gebe Ihnen gleich ein Mittel. Vorher dürfen Sie einen gruseligen Film schauen." Er schaltete den Fernseher an und steckte den USB-Stick in die Buchse.

Der Film begann mit der Jagd von Jennifer Lorenz, die gleich das Seil um ihren Hals geworfen bekommen würde.

„Schauen Sie nur hin." Er öffnete eine Ampulle Ketamin, zog zwei Milliliter auf und streckte es mit einer 0,9-prozentigen Kochsalzlösung auf fünf Milliliter.

Nachdem der Film zu Ende war, konnte er den Schrecken des Mannes in seinen Augen lesen. „Wer war die Frau?"

„Unwichtig, es ist doch nur ein Film. Ich gebe Ihnen jetzt ein wenig von dem Mittel." Dann spritzte er ihm das Ketamin.

Nur in einer geringen Dosis, denn der Mann sollte schnell wieder wach werden. Schließlich sollte er sich später daran erinnern, was ihm Angst gemacht hatte. Mit den grausamen Bildern und der Nebenwirkung des Ketamins würde er ganz sicher keine schönen Träume mehr haben. Hoffentlich war es stattdessen der gleiche Traum, der ihn schon so oft heimgesuchte hatte.

Er griff dem Mann unter die Arme und begleitete ihn zum Bett. Dann kontrollierte er die Elektroden, schaltete das EEG-Gerät an und lief zur Tür.

Durch die Glasscheiben warf er noch einen Blick auf die anderen beiden Opfer, die in ihren Betten verharrten und darauf warteten, endlich therapiert zu werden. Auch sie wollten ihre Qualen loswerden.

Seufzend schaltete er das Licht aus und verließ den Raum mit einem schrecklichen Gefühl. Er wusste, dass diese Menschen nie mehr lebend nach Hause gehen würden.

Im Überwachungsraum ließ er sich erschöpft auf dem Sessel nieder und beobachtete den Mann in Zimmer drei. Er war sich sicher, dass nun alles nach Plan laufen würde. Gespannt betrachtete er das EEG und wartete auf den REM-Schlaf.

Nach einer Weile atmete er erleichtert auf. Schnell zoomte er das Gesicht des Mannes näher und war zufrieden, als er in die gequälte Mimik sah. Entspannt lehnte er sich in dem Sessel zurück.

Nun würde es nicht mehr lange dauern, dann würde er seinen nächsten Plan hoffentlich zur vollen Zufriedenheit umsetzen.

# KAPITEL 9

*Montag, 19. Oktober 2020*

Marcel rührte in seinem Kaffee und musterte den Monitor seines Computers, ohne wirklich etwas zu lesen. Seine Gedanken waren bei Kim und ihrem Ex-Mann. Was hatte dieser Radow nur gemeint? Welches Geheimnis trug sie mit sich herum?

„Na, schon etwas gefunden?" Konrad stellte sich neben ihn. „Oder hattest du gerade schöne Träume?" Er grinste frech.

„Ich wünschte, es wäre so. Womöglich habe ich es wieder mal mit einer sehr komplizierten Frau zu tun."

Konrad setzte sich ihm gegenüber und faltete die Hände. Es hatte etwas von einem Therapiegespräch. „Kompliziert wie bei Susanne, die dich nicht wollte? Oder wie bei der Thrillerautorin, die schon tot war, ehe du sie kennenlernen konntest?"

Marcel verdrehte die Augen. „Kim will mich und mit Lena Hader lief nie etwas. Eigentlich ist alles prima, nur war da gestern etwas, das mich beunruhigt."

Konrad hob die Augenbrauen und schaute Marcel fragend an.

„Ihr Ex-Mann stalkt sie wohl und kann die Trennung nicht akzeptieren. Er war ziemlich sauer, als er sie mit mir gesehen hat."

„Das gibt es immer wieder mal."

„Ja, aber im Streit hat er gedroht, ihr Geheimnis auszuplaudern."

„Und? Hast du mit ihr darüber gesprochen?"

Marcel schüttelte den Kopf. „Ich bin gegangen."

Konrad seufzte. „Typisch Schweißer. Kopf einziehen, sobald es etwas schwieriger wird."

Die Worte trafen Marcel. Nicht, weil er darüber erbost war, sondern viel mehr ärgerte er sich, dass Konrad damit recht hatte. Sobald im Privaten etwas kompliziert wurde, zog er den Schwanz ein. „Lassen wir das."

„Siehst du, es ist dir unangenehm, also würgst du das Thema ab."

Marcel trank einen Schluck Kaffee. „Ich konzentrier mich jetzt auf den Fall. Später fahre ich zu ihr und rede mit ihr."

„Ich glaube, es hat dich ganz schön erwischt."

Marcel stieg Hitze in die Wangen. „Ich mag sie, ja."

Ein Räuspern unterbrach die Unterhaltung. „Entschuldigt, wenn ich die lustige Männerrunde störe." Stefan hob eine Akte. „Ich habe da etwas."

„Schieß los", antwortete Konrad.

„Ihr sagtet, ein Opfer hatte ein Tattoo mit einer Schlange am Arm. Ich bin die Vermisstenanzeigen durchgegangen und eine würde passen." Er legte ein ausgedrucktes Bild auf Konrads Schreibtisch. „Sieht das aus wie von eurem Opfer?"

Marcel lief zu den beiden, schaute es sich an und nickte dann.

„Passt die Beschreibung der Vermissten auf das Opfer im Wald?", fragte Konrad.

Stefan legte ein weiteres Bild auf den Tisch. Daneben das Foto des Opfers im lilafarbenen Kleid. „Ich würde sagen, eindeutig."

Marcel betrachtete die Ausdrucke eingehend. „Stimmt. Wer ist die Frau?"

„Jennifer Lorenz. Wurde gestern Abend von ihrem Mann als vermisst gemeldet. Sie war mit ihren beiden Kindern zu Hause. Der sechsjährige Sohn hat gesagt, es habe geklingelt, die Mutter habe die Tür geöffnet und sei nicht wiedergekommen."

„Dann rufe ich den Mann an und bestelle ihn her", sagte Marcel.

Konrad nickte und schaute zu Stefan. „Schon etwas zu dem anderen Opfer?"

„Ich habe zwei Vermisstenmeldungen von Frauen mit einer amputierten Brust. Liljana Meister, 46 Jahre, könnte das Opfer am Baum sein. Allerdings ist das Foto, das uns die Tochter zur Fahndung gegeben hat, etwas älter. Da müssen wir über einen Zahnabgleich einhundertprozentige Gewissheit bekommen."

„Das werden wir bei beiden machen, auch wenn es bei Jennifer Lorenz ziemlich eindeutig ist." Konrad holte tief Luft. „Was wissen wir über Liljana Meister?"

„Sie wurde vor wenigen Tagen von ihrer Tochter vermisst gemeldet, ist aber schon mehr als drei Wochen weg", antwortete Stefan.

„Warum hat die Tochter nicht vorher eine Meldung bei der Polizei gemacht?", wollte Marcel wissen.

Stefan blätterte in den Unterlagen. „Sie sagte wohl, dass die Mutter verreisen wolle."

„Wurde beim Arbeitgeber nachgehakt?", fragte Marcel.

„Sie arbeitet als Kinderkrankenschwester im Stadtklinikum, war aber schon länger krankgeschrieben. Deshalb wurde sie da nicht vermisst. Ihre Tochter hatte den Kollegen erzählt, dass Liljana Meister starke psychische Probleme hatte."

„Gut." Konrad strich sich über den Bart. „Dann reden wir auch mit der Tochter. Danke, Stefan."

Dieser ging aus dem Zimmer.

„Fangen wir an." Konrad tippte etwas an seinem Computer.

Marcel setzte sich an seinen Schreibtisch zurück. „Liljana Meister ist anscheinend seit ein paar Wochen verschwunden, jedoch erst heute Nacht ermordet worden. Wenn es derselbe Täter war, dann hat er bei der Lorenz schneller zugeschlagen. Wie hängen die beiden zusammen? Und wo ist Liljana Meister hingereist, wie lange war sie dort und wie kam sie in die Hände des Mörders?"

Konrad stand auf und schaute aus dem Fenster. „Warum wurden die beiden auf unterschiedlicher Art und Weise ermordet?"

Marcel rief die Aussagen der Angehörigen der Vermissten auf. „Mal schauen, ob ich irgendwelche Zusammenhänge finde."

„Ich bestelle die Tochter und den Ehemann her."

Nach einer Weile setzten sich beide zusammen an den Besprechungstisch.

„Und?", fragte Konrad.

Marcel schüttelte den Kopf. „Nichts, was mich vermuten lassen würde, dass es da einen Zusammenhang gibt. Wir müssen abwarten, was die Angehörigen sagen." Er strich sich über die müden Augen. „Vielleicht ist Jennifer Lorenz nur zufällig Zeugin an dem Mord von Liljana Meister geworden und wurde dann selbst getötet, um sie zum Schweigen zu bringen. Sie könnte durch den Wald gehetzt sein, weil sie vor dem Täter wegrennen wollte."

Konrad kreiste seine Daumen. „Meinst du, der Mord an Jennifer Lorenz war eigentlich nicht geplant?"

Marcel seufzte. „Wahrscheinlich stimmt die Theorie nicht. Die ganze Aufmachung spricht dagegen. Ich glaube nicht, dass sie freiwillig in diesem Hauch von nichts bei der Kälte barfuß durch den Wald gerannt ist. Auch die Umstände, wie sie verschwunden ist, sprechen nicht für ein Zufallsverbrechen. Eine Mutter lässt doch nicht ihre zwei Kinder allein zurück und geht in den Wald."

Konrad nickte. „Es könnte aber sein, dass Frau Meister ungewollt Zeugin des Mordes an Jennifer Lorenz geworden ist."

Marcel runzelte die Stirn und ließ die Worte ein paar Sekunden auf sich wirken. Dann schüttelte er den Kopf. „Nein, das glaube ich nicht. Sie ist seit drei Wochen verschwunden, zeigt Fesselspuren. Möglicherweise wurde sie entführt. Warum sollte sie sonst mitten in der Nacht im Wald auftauchen?"

„Die Notiz spricht ja auch eher gegen einen Zufallsmord."

„Aber was bedeutet die?" Marcel drehte einen Kuli in der Hand. „Vielleicht hilft uns die Aussage der Tochter dabei, diesen Satz zu deuten."

Konrad stand auf, holte sich ein Wasser und stellte Marcel einen Energydrink hin.

Da klopfte es an der Tür.

Stefan trat ins Büro. „Herr Lorenz ist da. Soll ich ihn herbringen?"

Konrad nickte. „Wenn die Tochter von Frau Meister kommt, biete ihr bitte etwas zu trinken an und entschuldige dich für die Wartezeit."

Stefan bejahte und ging. Ein paar Minuten später brachte er Herrn Lorenz ins Zimmer.

„Guten Tag, ich bin Kriminalkommissar Malter." Konrad zeigte auf Marcel. „Das ist mein Kollege Kommissar Schweißer. Bitte nehmen Sie doch Platz."

Der Mann zitterte. Seine Augen waren rotgerändert. „Haben Sie Jenny gefunden?" Er wischte sich die Tränen ab.

Marcel nahm einen süßlichen Duft wahr, der penetrant in seine Nase stieg. Krampfhaft versuchte er ihn zu ignorieren, damit er nicht würgen musste. „Es tut mir sehr leid, was Sie gerade durchmachen müssen." Marcel fiel es schwer die unvermeidbaren Worte auszusprechen, auch nach so vielen Jahren Erfahrung. „Heute Morgen wurde eine Frauenleiche gefunden, auf die die Beschreibung Ihrer Frau passt. Die Dame hat ein Schlangentattoo am

Arm und ich würde gern wissen, ob es das Ihrer Ehefrau ist. Dafür zeige ich Ihnen ein Foto."

Ein lautes Schluchzen entwich dem Mund des Mannes. Er hielt die Hand davor, schloss die Augen und schluckte schwer. „O Gott, bitte nicht."

Konrad ließ ein paar Sekunden verstreichen, bis der Mann sich etwas gesammelt hatte. „Sind Sie bereit?"

Herr Lorenz nickte.

Marcel legte ein Foto auf den Tisch, auf dem der Arm der Toten mit dem Tattoo abgebildet war.

Herr Lorenz starrte es eine gefühlte Ewigkeit an. Er war blass geworden, zeigte aber sonst keine Reaktion.

„Ist es das Tattoo Ihrer Frau?", fragte Konrad überflüssigerweise.

„Ja, es ist ihr Arm. Der kleine, herzförmige Leberfleck am Handgelenk …" Er zeigte auf das Foto. „Das ist ihr Arm." Er schlug sich die Hände vor das Gesicht.

Marcel hasste solche Momente abgrundtief. Doch es würde noch schlimmer werden, denn nun musste der arme Mann noch erfahren, dass seine Frau getötet worden war.

„Hatte sie einen Unfall?", fragte der Ehemann.

Konrad presste die Lippen aufeinander. „Es tut uns wirklich leid. Ihre Frau wurde ermordet."

Eine unerträgliche Stille legte sich über das Zimmer.

Die Schultern des Ehemannes sackten nach unten. Mit offenstehendem Mund blickte er zwischen Marcel und Konrad hin und her. „Ermordet? Meine Frau? Aber warum?"

„Darüber wissen wir leider noch nichts. Wir stehen ganz am Anfang der Ermittlungen. Deshalb würden wir Ihnen gern ein paar Fragen stellen. Wenn Sie aber erst ein wenig Zeit brauchen …"

„Nein, fangen Sie an." Herr Lorenz war noch fahler im Gesicht geworden.

Marcel räusperte sich. „Bei der Vermisstenmeldung sagten Sie, dass Ihre Frau Ihre Kinder allein zurückgelassen hat. Ihr Sohn hat Ihnen erzählt, dass es geklingelt hat. Ist das korrekt?"

„Ja, als ich nach Hause kam, waren die Kinder allein. Deshalb habe ich auch sofort die Vermisstenmeldung gemacht, mir war klar, dass da etwas nicht stimmt. Jenny würde niemals die Kinder ohne Aufsicht zurücklassen. Unser Sohn hat mir erzählt, es hätte geklingelt, die Mama hätte aufgemacht und wäre dann nicht mehr zurückgekommen." Herr Lorenz schüttelte den Kopf und stützte ihn auf einer Hand ab. „Mein Gott, was in aller Welt ist da passiert? Wie soll ich das den Kindern beibringen?"

Konrad machte sich Notizen. „Hat Ihr Sohn denn noch irgendetwas beobachtet? Jemanden gesehen oder eine Stimme gehört?"

„Nein, die Kinder haben Fernsehen geschaut."

„Und kann er eine Uhrzeit sagen?"

„Nein." Herr Lorenz faltete die Hände vor dem Gesicht.

„Haben Sie eine Überwachungskamera, die etwas Relevantes aufgenommen haben könnte?"

Der Mann lachte auf. „Witzig, dass Sie das fragen. Meine Frau hat mir lange in den Ohren gelegen, dass wir uns so ein Ding anschaffen sollten. Ich habe gesagt, dass wir es nicht brauchen." Zum ersten Mal, nachdem er von der Ermordung erfahren hatte, standen ihm die Tränen in den Augen. „Ich hätte auf sie hören sollen. Aber hätte es sie gerettet?"

Marcel schluckte. „Wohl eher nicht. Es hätte nur jetzt geholfen, um zu sehen, ob sie entführt wurde."

„Ich habe die ganze Nachbarschaft befragt. Die Anwohner hängen ständig an den Fenstern. Aber dieses Mal hat keiner etwas Auffälliges gesehen." Herr Lorenz zog ein Taschentuch aus seiner Hosentasche und schniefte.

„Gab es einen besonderen Grund, dass Ihre Frau solch eine Überwachung haben wollte?" Marcels Kopfschmerzen meldeten sich erneut. Er ignorierte sie, in der Hoffnung, dass sie nicht noch stärker werden würden.

„Nein, nichts Bestimmtes. Sie war generell ängstlich, seit die Kinder auf der Welt sind. Sie hatte immer Angst, dass etwas passieren könnte."

„Gab es persönliche Motive? Etwas, womit sie jemanden verärgert hat? War sie verschuldet, untreu oder haben Sie etwas von einem Streit mitbekommen?"

„Nein, nichts von dem. Meine Frau und ich hatten keinerlei Probleme."

„Wo waren Sie gestern?", wollte Konrad wissen.

Der Mann riss die Augen auf. „Sie ... wollen ... Wollen Sie mich verdächtigen?"

Konrad hob die Hand. „Nein, das sind Routinefragen. Wir müssen allen Hinweisen nachgehen."

„Ich könnte meiner Frau niemals etwas antun. Wir haben uns geliebt. Ich war gestern arbeiten. Das kann mein Chef Ihnen bestätigen."

„Lassen Sie uns bitte seine Kontaktdaten hier." Konrad notierte sich etwas. „Was hat Ihre Frau beruflich gemacht?"

„Sie hat BWL studiert, dann aber nie in dem Bereich gearbeitet. Sie ist … war derzeit zu Hause und hat sich um die Kinder gekümmert. Sie wollte eine Friseurlehre anfangen und einen eigenen Salon eröffnen. Das war ihr großes Ziel." Er senkte den Kopf. „Jenny war die Liebe in Person. Ich kann mir einfach nicht vorstellen, dass jemand sie genug hasste, um sie zu ermorden."

Ein Standardsatz. Alle Angehörigen empfanden die getöteten Personen immer als liebevoll, die keiner Fliege etwas zuleide tun konnten. Oft aber zeigte die Realität etwas ganz anderes. Manchmal sogar führte der Grund eines Mordes Jahre zurück in die Vergangenheit.

Marcel mahnte sich zur Konzentration. „Kennen Sie eine Liljana Meister? Könnte das eine Freundin oder Bekannte Ihrer Frau sein?", fragte er.

Der Blick des Mannes ging nach oben. Er runzelte leicht die Stirn. Dann schüttelte er den Kopf. „Der Name sagt mir nichts. Warum?"

„Wir versuchen, Zusammenhänge zu anderen Fällen herzustellen", antwortete Marcel.

„Ich könnte in Jennys Freundeskreis nachhaken." Der Ehemann zog sein Handy aus der Gesäßtasche.

„Das können Sie im Anschluss tun, wenn wir hier fertig sind", sagte Marcel. „Wir müssten auch wissen, bei welcher Zahnarztpraxis Ihre Frau war. Wir werden zur endgültigen Identifizierung noch einen Zahnabgleich machen."

„Es ist die Praxis Doktor Mastrich in der Koblenzer Innenstadt."

Marcel notierte sich den Namen der Praxis. „Wenn Sie einen Psychologen benötigen, können wir Ihnen einen zur Verfügung stellen."

Der Mann sackte in sich zusammen und weinte hemmungslos. Sein Körper bebte.

Marcel konnte den Schmerz des Witwers förmlich spüren. Es war derselbe, den er gefühlt hatte, als Susanne vor seinen Augen gestorben war. „Es tut uns aufrichtig leid, Herr Lorenz. Können wir jemanden für Sie anrufen?"

Schluchzend hob der Mann seinen Kopf, wischte sich die Tränen aus den Augen und straffte die Schultern. „Es geht schon. Ich komme allein nach Hause." Er stand auf und schaute Marcel verzweifelt an. „Wann kann ich meine Frau beerdigen?"

„Es wird noch eine Weile dauern. Ihre Frau wird nach Mainz in die Rechtsmedizin gebracht, wir müssen noch ein paar Spuren sichern."

„Kann ich sie sehen?"

„Nicht vor der Obduktion, um keine Spuren zu verwischen", sagte Marcel bedauernd. „Es tut mir leid."

Der Mann nickte. „Verstehe. Vielen Dank." Er ging zur Tür. Ehe er hinaustrat, drehte er sich noch einmal um. „Wie ist sie gestorben?"

Marcel hatte gehofft, dass diese Frage nicht kommen würde. „Wir können zu der Todesursache noch nichts genaues sagen, ehe wir nicht einen endgültigen Bericht aus der Rechtsmedizin haben. Deshalb bitten wir Sie um etwas Geduld."

Wieder schluchzte der Mann und verließ dann niedergeschlagen das Zimmer.

„Der kann einem leidtun", sagte Marcel. „Ich werde nie verstehen, wie eine Familie so ein Schicksal aushalten kann. Ich würde durchdrehen, wenn einem aus meiner Familie so etwas passiert."

Konrad nickte. „Schlimme Sache. Ich werde mich nie daran gewöhnen, den Angehörigen schlechte Nachrichten zu überbringen."

Sein Handy klingelte.

„Konrad Malter?" Er schaltete das Gespräch auf laut, und Marcel richtete seine Aufmerksamkeit darauf.

„Becker hier. Ich wollte nur sagen, dass wir am Tatort fertig sind und die Opfer jetzt nach Mainz bringen lassen. Weißt du schon, wer zur Obduktion fährt?"

„Der Staatsanwalt selbst und wir schicken unsere neue Kollegin mit."

„In Ordnung. Wir werden uns jetzt an die Auswertung der Spuren machen. Seid ihr schon vorangekommen?"

„Ja, bei der Dame in Lila handelt es sich um Jennifer Lorenz, sie wurde gerade von ihrem Ehemann identifiziert, und bei der anderen vermutlich um Liljana Meister. Es steht bei beiden noch der Zahnabgleich aus."

„Gut. Wir haben übrigens Barfußspuren gefunden. Dank des vielen Regens war der Boden matschig. Es scheint, als wäre Jennifer Lorenz vom Parkplatz aus gerannt. Die Spuren verschwinden immer mal wieder, weil der Weg zwischendrin asphaltiert ist, aber mit Sicherheit sind es ihre Fußspuren. Die anderen Schuhabdrücke sind kaum verwertbar, das sind zu viele."

„Mit Sicherheit auch vom Täter", sagte Konrad.

„Mit Sicherheit. Wir haben bestmöglich Abdrücke genommen, aber versprecht euch davon nichts."

„Sonst noch etwas?"

„Wir haben ein paar Fasern des lila Stoffes von dem Kleid an anderen Stellen gefunden. Ich denke, sie ist beim Rennen an Ästen hängen geblieben."

„In Ordnung. Ich gebe dem Staatsanwalt Bescheid, dass er sich auf den Weg nach Mainz machen kann. Danke, Wolfgang."

„Nichts zu danken."

Konrad legte auf.

„Schauen wir mal, ob uns die Tochter von Frau Meister etwas Entscheidendes mitteilen kann." Marcel setzte sich an seinen Schreibtisch und trank den letzten Rest seines Energydrinks aus. Er schaute auf sein Handy.

Es war jedoch keine Nachricht eingegangen.

„Schreib ihr", sagte Konrad.

Marcel runzelte die Stirn.

Konrad zeigte auf das Handy. „Sie wird warten, dass du dich meldest. Also schreib ihr endlich und dann brauche ich deine volle Konzentration."

Marcel legte das Handy weg. „Ich bin hoch konzentriert."

Stefan kam ins Büro. „Ich will echt nicht drängen, aber die Tochter von Liljana Meister ist etwas ungehalten. Sie wartet nun schon eine Stunde."

Konrad winkte. „Wir sind so weit, bring sie her."

Einige Augenblicke später hörte Marcel das Klackern von Absätzen vom Flur. Er war erstaunt, als er die Frau ins Zimmer kommen sah, weil er mit einer wesentlich jüngeren Frau gerechnet hatte. Vielleicht aber war es ihr Kleidungsstil und die Art des Schminkens, die sie älter wirken ließen.

Sie war sehr groß. Ihr schlanker Körper steckte in einem feinen, engen Hosenanzug. Das schwarze Haar war zu einem hohen Dutt zusammengebunden und die Lippen strahlten knallrot. Das Make-up war so dick aufgetragen, dass man keine einzige Pore erkennen konnte.

Frauen mit rotem Lippenstift und roten Fingernägeln gruselten Marcel. Er wusste nicht, warum, es war schon seit Kindheitstagen so.

„Guten Tag, die Herren. Wie schön, dass Sie mich endlich empfangen." Sie setzte sich unaufgefordert auf einen Stuhl. „Ich habe es etwas eilig."

Konrad blickte kurz zu Marcel und setzte sich dann ebenfalls.

Marcel verharrte auf seinem Stuhl.

„Bitte entschuldigen Sie, dass es so lang gedauert hat", sagte Konrad. „Sie sind die Tochter von Liljana Meister?"

„Korrekt. Melanie Tauber. Sie hätten mich einfach eine Stunde später einladen können. Ich verdiene mein Geld nicht mit Herumsitzen."

Marcel zog die Augenbrauen hoch. Was war das für eine komische Frau?

„Es geht um meine Mutter?"

„Das ist korrekt", antwortete Konrad. „Wir haben heute Morgen eine Leiche gefunden, auf die die Beschreibung ihrer Mutter passt. Wir möchten Sie bitten, sie zu identifizieren."

„In Ordnung.“

Marcel schüttelte kaum merklich den Kopf. Wie konnte man nur so eiskalt reagieren, wenn man von dem möglichen Tod seiner Mutter erfuhr?

Konrad merkte man nicht an, was er von der Frau hielt. „Nun, es ist so, dass wir Ihnen dazu ein Foto der Leiche zeigen müssen.“

„Na worauf warten Sie noch?“ Sie trommelte mit den Fingern auf dem Tisch.

Konrad atmete tief ein. Er legte ein Foto des zweiten Opfers vor die Tochter.

Diese schaute darauf. Zeigte kaum eine Reaktion. „Hat sie sich umgebracht?“

Konrad runzelte die Stirn. „Warum glauben Sie das?“

„Sie war krank.“ Frau Tauber ließ ihren Zeigefinger an der Schläfe kreisen. „Es war nicht einfach mit ihr. Ständig hat sie in Angst gelebt. Sie hatte Albträume. Wahrscheinlich hatte sie genug davon.“

„Hört sich an, als wären Sie froh darüber, dass diese Anstrengung nun vorbei ist.“ Marcel bekam zwei entsetzte Blicke zugeworfen, wobei Konrads auch warnend war.

„So ein Unsinn. Ich verbitte mir solche Anschuldigungen. Aber ich bin froh, dass diese Ungewissheit nun ein Ende hat.“

Marcel glaubte ihr kein Wort. Er betrachtete die Frau, die ihm einen Blick zuwarf, der einen ganzen See hätte gefrieren lassen können.

„Ich bin sehr froh, dass man sie gefunden hat.“ Sie sah zu Konrad und setzte einen sorgenvollen Blick auf, der gespielter nicht hätte sein können. „Wo hat sie es getan?“

„Frau Tauber, Ihre Mutter hat sich nicht selbst getötet. Zum derzeitigen Zeitpunkt gehen wir davon aus, dass sie ermordet wurde. Wir müssen aber noch die Obduktion abwarten." Konrad verschränkte die Arme und beobachtete die Frau.

Das erste Mal seit ihrem Eintreten erkannte Marcel ein wenig Entsetzen in ihren Augen. „Ermordet?", wiederholte sie fassungslos. „Wer sollte denn etwas davon haben, meine Mutter zu ermorden? Sie war arm wie eine Kirchenmaus."

„Das wissen wir noch nicht, aber von einem Raubmord gehen wir nicht aus." Konrad machte eine kurze Pause. „Sie haben Ihre Mutter vor wenigen Tagen als vermisst gemeldet. Wie lange ist Ihre Mutter schon weg?"

„Genau weiß ich das nicht. Meine Mutter verreist sonst nie, aber sie sagte vor etwas mehr als drei Wochen, dass sie Urlaub machen würde. Sie hat ein großes Geheimnis daraus gemacht, wohin sie will. Wir haben gestritten, weil ich nicht verstehen konnte, warum sie mir nicht sagt, wohin sie fährt. Aber ich habe mich dann nicht weiter gekümmert. Sie ist alt genug und ich bin es leid, immer auf sie achten zu müssen. Ich dachte, vielleicht tut ihr so eine Woche Urlaub gut, sodass sie wieder etwas normaler im Kopf wird."

Ehe die Frau noch weiter in ihrem Selbstmitleid versinken konnte, räusperte sich Marcel. Mittlerweile kochte Wut in ihm über das Verhalten der Tochter. „Und nach dem Streit herrschte Funkstille?"

„Korrekt." Sie hob ihr Kinn, was arrogant wirkte.

„Und warum haben Sie Ihre Mutter dann als vermisst gemeldet?", fuhr Marcel fort.

„Weil sie länger als eine Woche weg war. Ich habe mich zusammengerissen, wollte ihr zum Geburtstag gratulieren, konnte sie aber zwei Wochen lang nicht erreichen. Ich war echt sauer. Irgendwann hat sie das Telefon ausgeschaltet. Ich dachte, sie ist wegen des Streits beleidigt, und bin zu ihr nach Hause, um mit ihr zu sprechen.

Marcel konnte nicht glauben, dass der Stolz der Tochter wichtiger war, als sich um ihre psychisch kranke Mutter zu sorgen, von der sie zwei Wochen lang kein Lebenszeichen gehört hatte. „Und dort war sie nicht?"

„Korrekt."

„Haben Sie im Haus etwas Auffälliges gesehen?", fragte Konrad.

„Das habe ich Ihren Kollegen schon alles beantwortet."

Marcel ballte unter dem Schreibtisch die Hände und verkniff sich jeglichen Kommentar.

Konrad holte tief Luft. „Es könnte sein, dass Ihnen in der Zeit doch noch etwas eingefallen ist."

„Dann hätte ich Ihnen das gesagt. Da war nichts. Alles beim Alten. Es war alles blitzblank geputzt, die Hauptbeschäftigung meiner Mutter. Als ich dann Tage später immer noch nichts gehört hatte, habe ich sie vermisst gemeldet."

„Was für psychische Probleme hatte Ihre Mutter?"

„Sie wurde von Albträumen geplagt. Jede Nacht. Klar, sie hatte kein schönes Leben. Kaum volljährig hat sie mich bekommen, mein Erzeuger hat sie sitzen lassen und ihre Eltern haben sich auch nicht gekümmert. Aber es geht ja vielen so. Sie hat sich einfach gehen lassen."

„War sie deshalb in Behandlung?"

„Ja, ich glaube schon. Aber ich kann Ihnen dazu nicht viel sagen."

Marcel hätte die Frau am liebsten geschüttelt. „Kennen Sie eine Jennifer Lorenz? Oder kannte Ihre Mutter eine?" Er wusste die Antwort jedoch bereits.

„Nein, der Name sagt mir nichts. Ich kannte die Freunde meiner Mutter nicht."

Marcel gab es auf. „Gut, haben Sie noch Fragen?"

„Ich frage mich die ganze Zeit, wer so etwas Schreckliches tut. Es ist wirklich erschütternd, was meiner Mutter da passiert ist." Sie fasste sich theatralisch an die Brust.

„Das versuchen wir herauszufinden", antwortete Konrad.

Sie hob wieder das Kinn. „Es sieht für Sie so aus, als wäre ich nicht traurig. Ich bin natürlich entsetzt. Aber unser Verhältnis war nun mal nicht das Beste. Sie hat mich manchmal genervt." Die Tochter winkte ab. „Ich meine, wer hat denn nicht mal Albträume? Muss man daraus so ein Theater machen?"

Konrad erhob sich. Seine Mimik verriet, dass er die Frau nur noch loswerden wollte. „Das liegt nicht in unserem Ermessen, darüber zu urteilen. Wir wollen nur den Täter finden. Vielen Dank für Ihre Zeit, Frau Tauber. Wir werden uns melden, sollten noch Fragen auftauchen."

„Sprechen Sie einfach auf meinen Anrufbeantworter." Frau Tauber stand auf, nickte Marcel zu und verließ das Büro.

„Was ist das für eine undankbare Tochter? Ihr Verhalten ist unglaublich. Der Tod ihrer Mutter scheint für sie willkommen zu sein. Nicht einmal, dass es Mord war, hat sie wirklich interessiert." Die Worte waren nur so aus Marcel herausgesprudelt.

Konrad seufzte. „Wer weiß, was in der Familie im Argen liegt. Fassen wir zusammen. Wir haben Jennifer Lorenz, die ein intaktes Familienleben zu haben schien, mir nichts, dir nichts verschwindet und Stunden später tot gefunden wird."

Marcel nickte. „Und wir haben Liljana Meister, die seit mehr als drei Wochen verschwunden war, offensichtlich in Gefangenschaft lebte und psychisch krank war. Die Frauen könnten unterschiedlicher nicht sein."

„Warten wir den Bericht der Rechtsmedizin ab. Vielleicht gibt es noch irgendwelche Spuren."

Marcel erhob sich. „Wenn es okay ist, würde ich jetzt zu meiner Schwester fahren, um ein paar Dinge für die Hochzeit zu klären. Ich möchte nicht, dass sie wieder sauer wird. Schlimm genug, dass ich kein Frei mehr habe."

„Fahr. Ich werde gleich mit dem Staatsanwalt absprechen, was wir alles an die Presse geben. Ich melde mich, sobald ich etwas weiß."

„Wir finden denjenigen, der das getan hat." Marcel zog seine Jacke über, steckte sich einen Kaugummi in den Mund und verließ das Büro.

# KAPITEL 10

*Montag, 19. Oktober 2020*

Du kommst aber spät. Wir wollten uns doch schon am Nachmittag treffen", sagte Carolin mit weinerlicher Stimme. Sie saß mit geröteten Augen in ihrem Rollstuhl und schaute Marcel vorwurfsvoll an.

„Tut mir leid, ich musste arbeiten. Warum weinst du?"

„Du hast gesagt, du hast frei. Ich habe auf dich gezählt. Ich brauche dich auf meiner Hochzeit und zur Taufe."

„Es war leider wichtig. Aber ich werde zu allen Terminen da sein. Konrad hat mir zugesichert, dass ich genug Zeit haben werde."

„Ach ja? Und lässt er dich dann auch trotz Mordermittlungen weg?"

Marcel antwortete darauf nicht, weil er Carolin auf keinen Fall versprechen konnte, dass es nicht so sein würde. So oft schon hatte er wichtige Verabredungen absagen müssen, weil der Job dazwischengekommen war.

„Das ist doch Mist. Vielleicht sollte ich mir einen anderen Trauzeugen suchen. Hättest du nicht wenigstens anrufen können, um mir Bescheid zu sagen? Ich habe gewartet."

Die Worte trafen Marcel direkt ins Herz. Seine Brust stach. Erst nach einigen Sekunden konnte er antworten. „Das ist natürlich dein gutes Recht, aber ich würde wirklich sehr gern dein Trauzeuge sein. Ich war selbst überrascht, dass ich heute arbeiten musste, da habe ich einfach vergessen, dir zu sagen, dass es später wird. Es tut mir leid. Aber dass du weinst, liegt doch nicht an meiner Unpünktlichkeit, oder?"

Seine Schwester schnäuzte sich die Nase. „Ich habe vorhin erfahren, dass eine Freundin von mir verstorben ist."

„Oh, das tut mir leid. War sie krank?"

„Nein, sie wurde wohl ermordet. Ihr Ehemann ist deshalb ganz verzweifelt."

Marcel runzelte die Stirn.

„Bist du wegen Jennifer Lorenz zur Arbeit gerufen worden?"

Marcel schluckte. „Sie ist eine Freundin von dir?"

„Ja, wir haben zusammen studiert und danach Kontakt gehalten. Gut, seit meinem Unfall nicht mehr so regelmäßig, aber ich habe mich gut mit ihr verstanden." Carolin seufzte. „Es ist schrecklich. Die armen Kinder."

„Kennst du ihren Mann?"

„Ja, auch vom Studium. Aber mit ihm hatte ich nicht so viel zu tun wie mit Jenny."

„Hatten die beiden eine gute Ehe?"

Carolin riss die Augen auf. „Du willst mir doch nicht sagen, dass ihr ihn verdächtigt."

Marcel schüttelte den Kopf. „Wir stehen noch am Anfang." Er nahm Carolin in den Arm. „Tut mir sehr leid, dass du eine Freundin verloren hast."

„Schon gut. Es ist so merkwürdig … Während mein Leben auf einmal so schön wird, wird ihres beendet. So eng liegen Leid und Glück beieinander." Carolin fuhr mit dem Rollstuhl an die Babywiege und schaute hinein. „Ach, Marlene, dein Onkel ist ein richtiger Idiot, aber du wirst ihn sehr lieben."

Marcel grinste. „Ich verspreche, ich werde der beste Onkel der Welt sein."

Als sich Carolin wieder aufrichtete, nahm ihr Gesicht einen gequälten Ausdruck an.

„Alles okay?" Marcel ging zu ihr.

„Mein Stumpf tut höllisch weh. Ich kann die Prothese nicht mehr tragen. Hoffentlich geht das Wasser bald aus meinem Körper, ich möchte nicht mit nur einem Bein vor den Altar treten."

„Wenn Jörg dich liebt, heiratet er dich auch im Rollstuhl."

„Aber ich werde ein wunderschönes Traumkleid tragen, und damit es zur Geltung kommt, möchte ich nicht in diesem Scheißding sitzen." Sie schlug auf die Armlehne ihres Rollstuhles. „Wenigstens meine Hochzeit soll ein Traum sein."

„Schon gut." Marcel hob seine Hände. „Was sagt denn der Arzt?"

„Er hat mir ein Medikament zum Entwässern gegeben und eine Salbe gegen die Entzündung. Das wird schon." Sie zeigte in die Küche. „Machst du uns einen Kaffee?"

Marcel lief zum Küchenschrank und schaltete den Kaffeevollautomaten an. „Wann kommen denn Mama und Papa?"

„Sie reisen am Tag der Hochzeit an. Gott sei Dank ist die Trauung erst am Nachmittag." Carolin fuhr an den Küchentisch und stützte ihren Kopf auf den Händen ab.

Als der Automat die Kaffeebohnen mahlte, meldete sich Marlene.

„Ich gehe schon." Er lief zur Wiege, steckte seiner Nichte den Schnuller in den Mund und streichelte ihr über die Wange.

Marlene schlief wieder ein.

Marcel lächelte. „Sie können ganz schön fordernd sein, nicht wahr?"

Carolin nickte. „Es ist ein wenig stressig. Das Kind, die Hochzeitsvorbereitungen. Jörg muss so viel arbeiten, da muss ich vieles allein machen. Deshalb hatte ich gehofft, dass du helfen könntest."

Marcel ging zurück, holte die beiden Tassen Kaffee und setzte sich zu ihr an den Tisch. „Ich werde mir Mühe geben." Marcel musterte seinen Kaffee und überlegte, ob er aussprechen sollte, was er schon länger loswerden wollte. Er hatte Sorge, Carolin damit zu verärgern. Trotzdem entschied er sich dafür. „Es ist nicht böse gemeint, aber meinst du nicht, das alles ist etwas eilig? Ihr könntet doch auch später heiraten, wenn Marlene älter ist."

„Das hat Mama auch gesagt." Sie schüttelte den Kopf. „Nein, es ist der perfekte Zeitpunkt."

Marcel zeigte in dem Zimmer umher. „Aber das alles hier, das bist doch nicht du. So einen Luxus hast du nie gebraucht."

„Ich heirate Jörg ja auch nicht deshalb, den Luxus brauche ich immer noch nicht." Sie wischte sich den Schweiß von der Stirn. „Ich weiß, es ging alles sehr schnell. Aber weißt du, wie oft ich nach dem Unfall nachts allein war? Wie einsam ich mich gefühlt habe?" Ihr schossen die Tränen in die Augen. „Alle meine Freunde haben sich nach und nach zurückgezogen, weil sie mit meiner Behinderung nicht umgehen können. Sie haben mich einfach nicht mehr gefragt, ob ich mal Lust habe, mit ihnen auszugehen." Sie wischte sich die Augen trocken und lächelte. „Jörg gibt mir endlich wieder ein schönes Gefühl. Und die Maus ist ein Geschenk Gottes. Wer bekommt schon ein Kind mit einer Einbeinigen?"

Marcel presste die Lippen zusammen. Er konnte darauf nichts erwidern. Zumindest nichts, was überzeugend wäre, um ihr die Hochzeit auszureden. „Ich mache mir einfach nur Sorgen, dass du später etwas bereust."

„Jörg liebt mich und wird immer für mich da sein. Ich bin das erste Mal so richtig angekommen. Du brauchst darüber nicht zu grübeln."

„Ich freue mich ja für dich. Aber trotzdem denke ich, die Hochzeit hätte noch warten können. Man kann doch auch ohne Ehering glücklich sein."

„Worauf sollte ich denn warten?"

„Na, ob das langjährige Zusammenleben überhaupt funktioniert. Ihr schwebt noch auf rosa Wolken. Wenn erst der Alltag eintritt, ändert sich alles."

Carolin grinste. „Das aus dem Munde eines Beziehungsexperten."

Marcel errötete. Er war wirklich nicht gerade ein Experte in dem Thema.

„Sieh mal, du hast nach Susannes Tod am meisten ge-litten, weil sie nie erfahren hat, wie sehr du sie geliebt hast. Warum sollte ich also meine Zeit verschwenden und warten? Es kann jeden Tag zu spät sein."

Der Schmerz traf Marcel mit voller Wucht. Auch wenn Susannes Tod lange her war, war die Trauer noch immer präsent. Sie war nur abgeschwächter. Er war nicht mehr mut- und freudlos, aber die Gedanken an die verpasste Chance waren nie weggegangen. Marcel schüttelte die Erinnerungen an Susanne ab. „Ich möchte dich ja gar nicht bevormunden, sondern nur meine kleine Schwester beschützen."

„Schon gut. Ich nehme es dir nicht übel. Es ist toll, einen Bruder wie dich zu haben." Sie lächelte und ihre Wangen glühten vor Aufregung. „Ich freue mich so auf unseren Tag."

Das Türschloss klackte und wenige Augenblicke später stand Jörg in der Küche. „Hallo, ihr zwei. Wie schön, dass ich dich noch treffe, Marcel. Ich hatte schon Angst, etwas zu verpassen." Er gab Carolin einen Kuss auf den Mund. Dann ging er zu seiner Tochter, lächelte sie glücklich an und setzte sich anschließend mit an den Tisch. „Seid ihr mit der Planung gut vorangekommen?"

Carolin hob die Schultern. „Wir sind gar nicht dazu gekommen. Aber ich hatte schon vieles fertig, ehe Marcel da war. Wir haben uns nur ein wenig unterhalten." Sie sah Jörg an und lächelte. Ihre Augen leuchteten.

Marcel musste sich eingestehen, dass er Carolin noch nie glücklicher gesehen hatte. Vielleicht waren seine

Bedenken unnötig, also beschloss er, sich nicht mehr einzumischen.

Jörg lachte. „Das ist ja auch wichtig. Soll ich uns schnell eine Kleinigkeit kochen?"

Marcel lief bei dem Gedanken an Essen das Wasser im Mund zusammen. Außer dem trockenen Brot am Vormittag hatte er sich nur von Kaugummi und Kaffee ernährt. Doch er wollte der jungen Familie keine Umstände machen. „Das ist gar nicht nötig."

„Also ich hätte schon Hunger. Ich bin gar nicht zum Kochen gekommen."

„Das ist nicht so schlimm, Schatz. Dann bestelle ich etwas Sushi, dann hat keiner Arbeit und es geht schneller. Was meint ihr?"

„Großartige Idee", sagte Carolin.

Marcel lächelte freundlich, behielt jedoch für sich, dass er nicht auf rohen Fisch stand. Sein Hunger war so groß, dass er alles essen würde. „In Ordnung, eine Kleinigkeit könnte ich auch vertragen."

„Ich bestelle und ziehe mich dann schnell um. Ich bin gleich wieder bei euch." Jörg ging nach draußen.

„Siehst du, er ist bezaubernd." Carolin legte ihre Hand auf seinen Arm. „Du musst dir um deine Schwester also keine Sorgen machen."

Marcel schaute ihm hinterher. Jörg war nett und bemühte sich um seine Frau, doch er konnte die Blicke, die er am Abend zuvor Kim zugeworfen hatte, nicht vergessen. „Meinst du, er ist treu?"

Carolin zog ihre Hand zurück und runzelte die Stirn. Für einen Augenblick sah Marcel ihre Skepsis, aber dann lächelte sie. „Natürlich. Was ist das denn für eine dumme Frage?"

„Ein Mann wie er könnte alle Frauen haben." Marcel befand sich auf dünnem Eis, trotzdem wollte er herausfinden, ob Jörg vielleicht öfter mit anderen Frauen flirtete.

Sie seufzte. „Er hat aber nun mal mich gewählt. Jetzt hör auf, mir das madig zu machen. Man könnte meinen, du versuchst auf Biegen und Brechen meine Beziehung zu zerstören."

Jörg kam wieder in die Küche und gab Carolin erneut einen Kuss. „Wie geht es deinem Stumpf?"

„Es tut weh, aber ich komme gut zurecht." Carolin warf Marcel einen frostigen Blick zu.

„Alles in Ordnung?", fragte Jörg.

Marcel war heilfroh, dass es in diesem Moment klingelte.

Jörg lief zur Tür und kehrte mit einem großen Tablett Sushi zurück. Er stellte es in die Mitte des Tisches, holte drei Teller und legte jedem Stäbchen hin.

Marcel schluckte. „Könnte ich eventuell eine Gabel haben?"

„Selbstverständlich. Bitte entschuldige. Ich gehe immer von mir aus. Wie egoistisch." Er holte Marcel das Besteck und setzte sich dann wieder.

Marcel wählte ein paar Sushiteile mit Gemüse und musste gestehen, dass er sie sich am liebsten alle gleichzeitig in den Mund gestopft hätte. Doch er wollte keinen schlechten Eindruck erwecken und besann sich auf seine Manieren.

„Wie geht es denn deiner reizenden Freundin?", fragte Carolin.

Jörg blickte lächelnd auf. „Sie ist wirklich sehr nett."

Marcel schluckte den Reis hinunter. „Es geht ihr ganz gut, denke ich."

„Kim war gestern sehr ruhig. Ich hoffe, wir haben sie nicht verschreckt." Carolin sah ihn abwartend an.

„Nein, sie ist generell etwas schüchtern. Außerdem plagen sie derzeit ein paar Sorgen. Vielleicht hat es daran gelegen."

Jörg legte die Stäbchen ab. „Sorgen? Was für welche?"

Carolin lachte. „Ein Psychologe muss nur das Wort *Problem* hören und schon stellt sich der Arbeitsmodus ein."

Jörg stimmte in ihr Lachen ein.

Marcel wusste nicht, ob er es genauso sehen sollte. Für ihn wirkte das Interesse zu aufdringlich.

„Also, was hat sie denn für ein Problem?", fragte Carolin.

„Ich weiß nicht, ob ich darüber reden sollte." Marcel schob sich ein weiteres Teil in den Mund und bereute, dass er sich zu viel Wasabi draufgetan hatte. Er hustete.

Jörg stand auf und holte ihm ein Glas Wasser.

Carolin musterte ihn währenddessen eindringlich.

„Nun schau mich nicht so an", sagte Marcel. „Als ich sie gestern nach Hause gebracht habe, stand ihr Ex-Mann vor der Tür. Er hat sie böse beschimpft. Das macht er wohl öfter."

„Hört sich ernst an." Jörg verschränkte die Hände unter seinem Kinn. „Sie kann doch Anzeige erstatten."

„Ich werde das später mit ihr besprechen." Marcel wollte das Thema nicht weiter vertiefen, weil ihm Jörgs Interesse an Kim allmählich verdächtig vorkam.

„Ich hoffe, du wirst nun auch endlich einmal glücklich. Das hast du wirklich verdient." Caro lächelte sanft und in Marcel zog sich alles zusammen.

Auch er wünschte sich, zur Ruhe zu kommen. Doch er war nicht sicher, ob das mit Kim funktionierte. Das würde er später überdenken müssen. Um nicht weiter darüber nachdenken zu müssen, setzte er ein Lächeln auf und fragte: „Wollen wir noch etwas wegen der Hochzeit besprechen?"

Carolin schüttelte den Kopf. „Geh zu Kim und kläre es mit ihr. Ich möchte, dass du an unserer Hochzeit frei von jeglichen Sorgen bist. Wenn du die Tage mit mir deine Aufgaben als Taufpate und Trauzeuge durchgehst, reicht das. Den Rest schaffe ich schon."

Marcel stand auf und gab Carolin einen Kuss auf die Wange. „Ich verspreche dir, so oft wie möglich da zu sein."

„Möchtest du nicht erst noch aufessen?", fragte Jörg.

„Nein, danke. Ich habe keinen Hunger mehr", erwiderte Marcel, obwohl sein Magen knurrte. Doch er wollte dieser unangenehmen Situation entfliehen.

„Ich bring dich noch hinaus", sagte Jörg.

Die Männer liefen über den knirschenden Kies.

„Ich weiß, dass dir das sicher übereilt vorkommt."

Marcel biss die Zähne zusammen. Ein Gespräch mit einem Psychologen, der versuchte ihn zu analysieren, konnte er gerade nicht gebrauchen.

„Ich bin deutlich älter als Carolin und vielleicht ist es nicht üblich, in meinem Alter noch ein Kind zu bekommen. Aber du kannst dir sicher sein, dass ich deine Schwester liebe. Das mit dem Baby war so nicht geplant, trotzdem sind wir glücklich. Ich meine die Ehe mit Caro wirklich ernst, kann deine Bedenken jedoch gut verstehen. Ich würde als Bruder genauso reagieren."

„Schon gut. Meine Schwester scheint glücklich zu sein." Marcel kratzte sich am Kopf. Kurz überlegte er, es dabei zu belassen, doch eine Frage brannte ihm auf der Seele. „Kennst du Kim?"

Jörg schaute ihn mit gerunzelter Stirn an. „Nein, ich habe sie noch nie gesehen. Zumindest nicht bewusst."

Er hatte für Marcels Geschmack einen Augenblick zu lange gezögert. „Mir kam es gestern so vor, weil du sie ständig angestarrt hast", bohrte er deshalb nach.

Jörg nickte. „Das ist wirklich ein Problem von mir. Weißt du, ich spüre, wenn es Menschen nicht gut geht."

Marcel musterte Jörg und versuchte, etwas in seinem Gesicht zu lesen. Aber er erkannte nicht, ob es eine Lüge gewesen war. Wenn ja, konnte er sehr gut lügen.

„Ich habe mich gefragt, warum ihr Lächeln nicht zu den traurigen Augen passte. Nur weil ein Mensch lacht, heißt das nicht, dass er glücklich ist. Allein das war der Grund, warum ich sie so oft angeschaut habe. Es tut mir leid, dass ich damit einen falschen Eindruck erweckt habe. Ich weiß, was ich an Carolin habe."

Marcel nickte. „Sorry, ich bin nun mal ihr großer Bruder und Carolin soll es gut gehen."

„Verstehe ich absolut." Jörg reichte Marcel die Hand. „Bis bald."

Marcels Herz klopfte. Er fühlte sich schlecht, weil er dem Mann möglicherweise Unrecht getan hatte. Außerdem ärgerte er sich darüber, dass ein fremder Mann eher erkannt hatte, dass es Kim nicht gut ging, als er selbst. Marcel lief zu seinem Auto. „Ich mag Psychologen nicht", flüsterte er.

# KAPITEL 11

*Montag, 19. Oktober 2020*

Er saß vor den Monitoren und beobachtete den Mann aus Zimmer drei. Er wusste, wie dieser hieß, er wusste, wo er herkam, und er wusste, wovor er Angst hatte. Aber trotzdem würde er ihn nicht mit Namen ansprechen. Er wollte keine Nähe zulassen. Nur so konnte er das alles ertragen, einen neuen Mord planen und diesen zur vollsten Zufriedenheit ausführen. Es gab keine andere Chance, das schlimmste Unheil abzuwenden und ein Leben zu retten. Das der Person, die er am meisten liebte.

Er musste die gestörte Fantasie des kranken Menschen, der ihn dazu zwang, füttern. Aber er wusste nicht, wie lange er das schaffen würde. Zwar hatte er diese unsägliche Person auf seiner Seite und war von dem Plan, Opfer zu bringen, überzeugt. Doch was war danach? Was, wenn herauskam, dass alles nur eine Täuschung war?

Er musste dringend überlegen, wie er nach der Ausführung des letzten Schrittes verschwinden konnte. Er würde dem Scheusal keine Chance geben, sein Leben zu zerstören.

Fast hätte er laut losgelacht. Er selbst war genauso ein Monster. Schließlich hatte er Jennifer Lorenz und Liljana Meister getötet. Und er würde weitere Menschen töten. Doch das war es ihm wert.

Sein bisheriges Leben würde er zwar nicht zurückbekommen, doch das Leben, das er geliebt hatte, existierte schon lange nicht mehr. Er war so jung gewesen, als sein Glück in seinen Armen gestorben war. Es gab nur noch einen Menschen, den er schützen musste.

Er schaute zurück auf den Monitor und konzentrierte sich wieder auf seine Aufgabe.

Der Mann in Zimmer drei wälzte sich im Schlaf. Dicke Schweißperlen standen auf der Stirn des Opfers. Seine Augen zuckten. Das Gesicht war zu einer ängstlichen Grimasse verzerrt.

Er schaute auf das EEG.

Der Mann befand sich noch immer im Traumschlaf.

Mit seiner Angst würde er ganz sicher den nächsten Mord gut umsetzen können. Zufrieden lächelte er und seine Muskeln entspannten sich.

„Wie sieht es aus?"

Er zuckte zusammen. Sein Herz setzte kurz aus. Er hatte nicht bemerkt, dass jemand hereingekommen war. Er räusperte sich, um seine Stimme wiederzufinden. „Es läuft alles nach Plan."

Das Grinsen des Menschen, dessentwegen er all das tun musste, ließ ihm das Blut in den Adern gefrieren. Diese Freude an der Angst des Mannes war so krank. „Perfekt. Das wird ein Spaß. Ich möchte, dass du diese Angst einfängst, damit du sie übertragen kannst. Er soll dir bis ins Detail erzählen, was sie in ihm auslöst."

„Das mache ich. Du kannst dich auf mich verlassen."

Seine angespannten Muskeln lockerten sich, sobald er wieder allein im Raum war. Er kontrollierte noch einmal das EEG. Er musste genau aufpassen, damit er das Opfer rechtzeitig weckte, denn dieses musste sich an die Angst erinnern können. Sonst würde er nicht alles erfahren und dann war der Plan zum Scheitern verurteilt.

Während er die Aufzeichnungen genau im Auge behielt, dachte er über diesen Menschen nach, der die Angst der Opfer liebte. Er suchte nach Erklärungen für diese kranke Neigung.

War es eine Sucht, die Angst anderer zu spüren? War es die Kontrolle darüber, um selbst ein besseres Gefühl zu bekommen? Um die eigene Furcht zu verdrängen? Würde er immer weiter Menschen opfern müssen, damit die kranke Person zufrieden war? Er wusste es nicht und würde auch nicht danach fragen. Sein Ziel war es nur, den Plan auszuführen, um endlich verschwinden zu können.

Die Hirnaktivität des Mannes aus Zimmer drei wurde stärker. Es war Zeit, ihn zu wecken.

Müde erhob er sich von dem Stuhl, streckte sich, sodass alle Knochen knackten. Seine Schultern schmerzten. Er kreiste sie, ebenso den Kopf, und streckte sich noch einmal. Dann hielt er einen Moment inne, weil ihm schwindelig wurde. Sterne tanzten vor seinen Augen. Er trank einen Schluck Wasser und kaute ein Stück Traubenzucker. Die schlaflosen Nächte machten ihm zu schaffen, doch die würden bald vorbei sein.

Er ging die Treppen hinunter zu den Schlafräumen und schaltete das Licht an.

Die Frau aus Zimmer zwei schoss nach oben, schaute sich irritiert um.

Über die Freisprechanlage forderte er die Patienten in Zimmer eins und zwei auf, ihre Emotionen in ihr Tagebuch zu schreiben. Sie mussten üben, ihre Ängste wiederzugeben.

Dann ging er in Zimmer drei. „Guten Morgen."

Der Mann zitterte. „Ich fühl mich nicht gut."

Er setzte sich an den kleinen Tisch, holte seinen Block und einen Kugelschreiber aus der Tischschublade. Dann betrachtete er den Patienten. „Das ist nicht schön. Aber wir werden eine Lösung finden. Ihre Qualen werden bald vorbei sein. Beschreiben Sie mir Ihre Ängste."

Der Mann setzte sich auf. Sein Gesicht war aschfahl. Er hielt sich das Handgelenk und schüttelte es.

„Tut Ihnen etwas weh?"

Der Mann nickte und seine Augen füllten sich mit Tränen. „Meine Finger sind eingeschlafen. Ich habe wohl doof draufgelegen." Er strich sich durch das fahle Gesicht und seufzte. „Ich bin kaputt, bitte lassen Sie uns die Therapie abbrechen."

„Kurz vor dem Ende wollen Sie aufgeben, obwohl Sie bald ohne Qualen leben könnten?"

Der Mann stöhnte leise. „Ich verstehe nicht, was Sie von mir erwarten."

„Die Beschreibung Ihrer Angst, das wissen Sie doch."

„Ich verstehe das nicht. Ich habe mich an Sie gewandt, damit Sie mir helfen. Doch nun quälen Sie mich seit Wochen. Was stimmt mit Ihnen nicht?"

Er ignorierte die Frage. „Kommen wir zu Ihrem Traum."

„Sie können mich mal."

Dass der Mann nun langsam mutiger und frecher wurde, war ganz normal. Ohne zu wissen, dass er es wirklich war, fühlte er sich als Opfer, das gefangen gehalten wurde. Keinen Kontakt zu Familie und Freunden, eingesperrt in ein Zimmer. Und Gefangene durchlebten nun mal mehrere Phasen von Emotionen.

Am Anfang waren es die blanke Angst, dann bettelten sie darum, freigelassen zu werden.

Danach wurden sie aufmüpfig, planten ihre Flucht, waren entschlossen, den Täter zu überwältigen. Sie hatten in dieser Phase die große Hoffnung, dass irgendein Mensch sie retten würde.

Irgendwann folgte Resignation, sie nahmen alles hin, machten das, was man von ihnen verlangte.

Und danach, wenn sie schon fast mit ihrem Leben abgeschlossen hatten, zeigten sie Wut und Abscheu gegen den Täter. Sie wollten nicht gehen, ohne dem Menschen, der ihnen das ganze Leid angetan hatte, zu sagen, was sie von ihm hielten.

Schlussendlich siegte doch die Panik, dann, wenn sie dem Tod in die Augen sahen. Sie flehten wieder, wimmerten, beteten und hofften.

Der Mann wippte mit dem Oberkörper hin und her.

Er lächelte freundlich. „Sie wollen nicht noch mehr Qualen erleiden, oder? Also erzählen Sie mir von der Angst."

Der Mann sank in sich zusammen. Nervös fummelte er an seinem Unterhemd herum. „Können Sie mich nicht einfach gehen lassen? Ich werde niemandem etwas von dieser wirklich sehr merkwürdigen Forschung verraten. Wahrscheinlich ist diese Methode doch nichts für mich. Ich möchte wieder nach Hause zu meiner Familie. Bitte hören Sie auf mit diesem Wahnsinn." Er weinte. „Ich bitte Sie."

Er beobachtete den Mann aus Zimmer drei.

Ein Mensch, der ein wirklich zufriedenes Leben hatte. Glücklich verheiratet, drei Kinder und von Beruf Kinderarzt. Jeden Tag hatte er Gutes getan. Doch dann hatte er einen Fehler gemacht: Er hatte Hilfe gesucht und damit sein Todesurteil unterschrieben.

Der Patient schaute ihn aus tränennassen Augen an. „Ich kann nicht mehr. Lassen Sie mich zu meiner Familie."

Er erhob sich. „Was ist nur los mit Ihnen? Sie als Arzt müssten doch am besten wissen, dass Forschungen an neuen Therapien nicht von jetzt auf gleich etwas bringt."

Der Mann holte tief Luft und legte seinen Kopf in seine Hände.

„Erzählen Sie es mir endlich. Ich schwöre Ihnen, dann ist das hier vorbei. Sie sind so gut wie am Ziel." Seine Geduld war langsam am Ende. Es bereitete ihm viel Mühe, ruhig aufzutreten.

Der Mann hob seinen Kopf und sah ihn hoffnungsvoll an. Dann nickte er, offensichtlich hatte er neuen

Mut gefasst. „Es ist die gleiche Angst, die ich seit Jahren verspüre."

Er setzte sich zurück an den Tisch, nahm den Stift zur Hand und nickte dem Mann zu.

„Eine Zeit lang hatte ich Ruhe, aber seitdem", er schaute einmal durch das Zimmer, „ich hier bin, kommt er immer wieder."

„Was kommt immer wieder?"

„Der Traum."

„Was löst er in Ihnen aus?"

„Er macht mir Angst. Clowns machen mir schon seit meiner Kindheit Panik. Sie sind gruselig. Ihr Auftauchen ist wie in diesen Horrorfilmen. Sie sehen schrecklich aus."

„Clowns dienen doch zur Belustigung."

„Nicht der in meinen Träumen. Er ist kein guter Clown, er ist das Böse." Sein Blick verfinsterte sich. „Genau wie Sie. Sie sind auch das Böse, Ihnen fehlt nur die Clownsmaske."

Er ignorierte die Worte. Sie verletzten ihn nicht, denn der Mann hatte recht. Er wollte verhindern, dass der Mann abschweifte, also sagte er: „Wie lange haben Sie schon diese Träume?"

„Ich war sechs oder sieben, als ich ihn das erste Mal hatte."

„Um was geht es in dem Albtraum?" Er würde den Traum bis ins Detail notieren, damit er jede Einzelheit umsetzen konnte.

„Darf ich mich hinlegen, während ich erzähle?"

Er nickte.

Der Mann legte sich mit dem Gesicht zur Wand auf die Seite, zog sich die Decke bis zum Kinn hoch und seufzte. Sein Körper zitterte leicht. „Ich befinde mich in einem alten Bahnhof. Dort bin ich in einem Zimmer unter dem Dach, das genauso aussieht wie meins zuhause. Ich werde mitten in der Nacht von einem grausamen Lachen geweckt." Er schlang die Arme fester um den Körper. „Es ist höhnisch und geht mir jedes Mal durch Mark und Bein. Dieses fiese Gekicher klingt dumpf und tief und es wird immer lauter." Er schniefte. „Fahles Licht scheint durch die hohen Fenster. Sie stehen offen. Ich habe Angst. Mein Herz rast. Ich sitze wie erstarrt in meinem Bett und schaue aus dem Fenster. Dampf kommt beim Atmen aus meinem Mund. Es ist bitterkalt. Ich erwarte jede Sekunde, dass derjenige, der so fies lacht, zum Fenster hereinsteigt." Seine Beine wippten unter der Decke.

„Erzählen Sie weiter. Was passiert dann?" Er schrieb alles mit.

„Es klingt vielleicht albern, aber plötzlich fliegen meine drei Lieblingskuscheltiere am Fenster vorbei. Das Lachen ist nun noch lauter. Jedes Mal, wenn ein Kuscheltier vorbeisaust, wird es für kurze Zeit stockdunkel, so als würde das Tier den Mond bedecken. Ich gerate in Panik, schreie, doch mich hört keiner." Der Mann strich sich durch das schweißnasse Haar. „Das Lachen kommt immer näher. Ich spüre, wie jemand zum Fenster hinaufkrabbelt. Und dann erscheint dieser fiese Clown. Seine Augen sind weit aufgerissen, es läuft Blut aus ihnen. Das breite Grinsen jagt mir noch mehr Angst ein. Und mit einem Mal …"

Sein Herz raste. Der Traum war wirklich angsteinflößend. Er zwang sich, sich zu konzentrieren. „Was passiert dann?"

„Dann kommt er mit ausgestreckter Hand auf mich zu und packt mich an der Kehle. An dieser Stelle wache ich mit Herzflattern und Schweißausbrüchen auf."

„Was macht die Angst mit Ihnen?"

„Sie zerstört mich. Ich verliere zunehmend die Kontrolle über mich. Mein Herz wird schwerer, ich bin müde und kraftlos. Manchmal zwinge ich mich, wach zu bleiben, damit ich die Panik nicht immer wieder erlebe. Und dann gibt es Tage, an denen wünsche ich mir, der Clown würde mich einfach erwürgen, damit ich endlich schlafen kann. Aber ich wache immer wieder an der gleichen Stelle auf."

„Die Angst quält Sie."

„Wissen Sie, wer mich auch quält? Sie! Ihre bloße Anwesenheit jagt mir Angst ein. Ich wäre lieber zu Hause, selbst wenn ich den Albtraum noch etliche Male träume. Dann würde ich wieder aufwachen und könnte mit meiner Familie zusammen sein."

Er grinste. „Das haben Sie schön gesagt. Ich werde Sie schon bald von Ihren Qualen befreien."

Der Patient sah ihn plötzlich mit einem Blick an, der aussah, als hätte er eine Eingebung gehabt. „Es ist keine Forschung", mutmaßte er vorsichtig. Dann wechselte seine Mimik zu einem angewiderten Anblick. „Sie sind krank, pervers. Sie werden mich töten, nicht wahr?"

Er lächelte freundlich. Er würde es ihm nicht beantworten, um seine Angst zu schüren. „Ich schwöre Ihnen, Sie werden den Traum nie wieder träumen."

# KAPITEL 12

*Dienstag, 20. Oktober 2020*

Auf dem Weg zu Kim hatte Marcel mehrfach versucht, sich die passenden Worte zurechtzulegen. Er wollte sie nicht drängen, doch sie musste ihm versichern, dass sie nichts Verbotenes getan hatte, was ihn als Polizist in Schwierigkeiten bringen könnte.

Eigentlich hatte er noch am vorherigen Abend zu ihr fahren wollen, doch er hatte es sich anders überlegt, weil er gehofft hatte, das Problem würde sich von allein lösen.

Am Morgen hatte er den Druck jedoch nicht mehr ausgehalten und ihr eine Nachricht geschickt, dass er zu ihr kommen würde. Es war erst sechs Uhr in der Früh, doch er hatte kaum geschlafen und war froh, dass Kim ebenfalls bereits wach war. So konnte er es noch vor der Arbeit klären.

Er parkte das Auto vor ihrem Haus und stieg sofort aus, ehe sein Mut ihn wieder verlassen würde. Schon einmal war das Weglaufen vor Gefühlen schiefgegangen, das durfte er diesmal nicht zulassen.

Kim öffnete die Tür, bevor er klingeln konnte. Ihre Mascara war verschmiert und ihr Kinn zitterte leicht. „Hallo, schön, dass du da bist."

Marcel nickte. „Alles in Ordnung?"

„Komm erst einmal rein, ich mache uns einen Kaffee." Kim drehte sich um und lief ins Haus.

Auch wenn der Drang zu verschwinden groß war, ging Marcel ihr nach. Er zog in der Diele die Schuhe aus und folgte ihr in die Küche, die im Landhausstil eingerichtet war.

Mintgrüne Schränke in Rahmenoptik und die Vintage-Dekoration bildeten eine wohnliche Atmosphäre und spiegelten Kims romantische Ader wider.

Marcel setzte sich an den langen, weißen Tisch und wippte nervös mit den Beinen. Es fiel ihm schwer, etwas zu sagen, weil er nicht wusste, wie er anfangen sollte.

Kim stellte ihm eine Tasse Kaffee hin. „Können wir reden?"

„Deshalb bin ich da." Er schlürfte einen Schluck und verbrannte sich die Zunge.

„Es tut mir leid, dass du das mit Radi miterleben musstest. Ich hätte dir längst von ihm erzählen müssen. Aber ich wusste nicht, wann der richtige Zeitpunkt ist."

„Es ist verständlich, dass du mir nach fünf Dates nicht schon alles unter die Nase reibst. Habe ich auch nicht gemacht."

Kims Augen füllten sich mit Tränen. „Ich habe das Gefühl, dass du mir seit dem Vorfall aus dem Weg gehst."

Marcels Wangen glühten. Er fühlte sich ertappt, wollte aber nicht zugeben, dass er geschmollt hatte. Zudem fand er es selbst auch lächerlich. Er nahm ihre Hand. „Ich gehe dir nicht aus dem Weg. Wir haben einen neuen Fall und ich musste mein Frei aufgeben. Deshalb habe ich auch nicht lange Zeit."

Kim atmete geräuschvoll aus. „Oh, das ist ja schade. Du wolltest doch deiner Schwester bei der Hochzeitsvorbereitung helfen."

„Ich werde mir so viel Zeit nehmen wie nur möglich." Er schaute auf den Kaffee. „Es gibt da etwas, das ich gern jetzt mit dir besprechen würde. Es geht mich nichts an, aber es beunruhigt mich."

Kim schluckte. In ihren Augen stand die Angst, die er verspürte, wenn er darüber nachdachte, was hinter der Drohung ihres Ex-Mannes steckte. „Ich möchte keine Geheimnisse mehr haben. Ich mag dich sehr, Marcel, und wünsche mir mehr mit dir als nur eine kleine Liaison. Also frag mich."

Diese Worte berührten ohne Umwege sein Herz. Auch er hatte gespürt, dass die Bindung zwischen ihnen weit über eine kurze Romanze hinausging. Er war verliebt und genau aus diesem Grunde mussten alle Bedenken aus dem Weg geräumt werden. „Was hat dein Ex-Mann damit gemeint, dass er dein kleines Geheimnis ausplaudern würde?"

Kim sah ihn mit weit aufgerissenen Augen an. Sie trank einen Schluck Kaffee, stand auf und setzte sich näher zu ihm. „Mattes will mir Angst einjagen, weil er mit der Trennung nicht zurechtkommt. Er macht das ständig."

„Willst du ihn nicht mal anzeigen?"

„Das wird nichts bringen. Er hat mir nie etwas getan. Ich kann ihn sogar verstehen, er hat unglaublich viel für mich gemacht. Aber dann hat er mich betrogen. Vielleicht hätte ich ihm einen Ausrutscher mit einer Frau verzeihen können. Doch es war eine Affäre über Monate hinweg", ihre Augen füllten sich mit Tränen, „mit einem Mann. Kannst du dir vorstellen, was das für ein Schock war?" Sie kramte ein Taschentuch aus ihrer Jogginghose und putzte sich die Nase. „Ich habe mich gefragt, ob ich eine dieser Alibifrauen bin. Wie sollte ich denn da mit ihm zusammenbleiben?"

Marcel konnte kaum fassen, was sie gerade gesagt hatte. Er schüttelte den Kopf. „Aber warum will er dich dann unbedingt zurückhaben?"

„Ich verstehe es genauso wenig wie du, zumal er mir damals gesagt hatte, er wäre in den Mann verliebt. Erst nach der Trennung wollte er plötzlich um unsere Ehe kämpfen. Ich habe Angst, dass alles wieder von vorne anfängt."

„Was soll von vorn anfangen?"

Kim sah ihn erschrocken an. „Ach, das würde dich nur langweilen", sagte sie dann betont langsam.

„Ich habe ein ungutes Gefühl, seitdem er dir gedroht hat, deshalb möchte ich es wissen, Kim."

Sie seufzte. „Das Ganze ist mir peinlich. Mich plagt seit der Kindheit ein schlimmer Albtraum." Sie knetete nervös ihre Finger, die schon ganz rot wurden. „Ich wurde damals von einem Psychologen zum anderen geschleppt, aber er kam immer wieder." Sie stand auf, holte zwei Gläser und eine Flasche Wasser und stellte sie auf den Tisch.

„Was hat das mit deinem Ex zu tun?"

„Durch Radi habe ich den Traum losbekommen. Er arbeitet in einem Schlaflabor, wo ich vor Jahren hingegangen bin. Mein damaliger Psychologe hatte mich dorthin überwiesen."

Marcel grinste. „Mal was anderes, in einem Schlaflabor seinen Partner zu treffen."

„Ich wünschte, es wäre nie dazu gekommen." Kim lächelte nun auch. „Aber das liegt alles in der Vergangenheit und ist nicht mehr wichtig, denn jetzt habe ich dich."

Marcel wollte das Thema nicht abhaken, weil er noch immer keine Antwort darauf hatte, weshalb Kims Ex-Mann ihr drohte. „Magst du mir von diesem Traum erzählen?", fragte er deshalb.

Sofort erstarb ihr wunderschönes Lächeln, und das Strahlen in ihren Augen wich Panik. Ihre Hände zitterten. „Ich habe Angst, dass ich damit den Traum wieder gewähren lasse, mein Innerstes zu zerstören. Es war hart, ihn loszuwerden."

Marcel nahm ihre Hand. „Schon okay. Du musst es nicht erzählen." Er senkte den Kopf.

„Was denkst du?"

„Ich möchte nicht komisch erscheinen, aber mich beunruhigt es wirklich, wie dein Ex dir gedroht hat. Hast du etwas angestellt?"

Kim zog ihre Füße unter den Stuhl und wippte. Ihre Hände steckte sie zwischen die Beine. Sie schaute sich im Zimmer um. „Ich weiß wirklich nicht, was er meint. Vielleicht glaubt er, weil mein Verhalten nach dem Traum so schrecklich war, könne er mir damit drohen."

Marcel wollte es ungern zugeben, doch er glaubte ihr nicht. „Was hast du denn nach dem Träumen gemacht?", hakte er dennoch nach.

„Ich lag oft wie ein kleines Kind im Bett, habe …" Sie stand auf, ging an das Fenster. „Ich habe eingenässt, geschrien und um mich geschlagen. Der Traum hat mir einfach so große Angst gemacht. Er war so real."

Marcel versuchte krampfhaft, sich das Gesagte nicht bildlich vorzustellen. Das wäre für ihn ein Eingriff in ihre Intimsphäre gewesen.

„Mattes hat mich oft morgens geduscht, weil ich wie gelähmt war."

„Das macht ein guter Ehemann." Marcel wusste nicht recht, was er sonst darauf hätte antworten sollen.

„Vielleicht. Aber es war furchtbar, ihm so ausgeliefert zu sein. Jedes Mal, wenn wir Zoff hatten, hat er mich damit aufgezogen."

„Das ist scheiße. Es tut mir leid, dass du das durchmachen musstest."

„Schon gut. Mit der Zeit kam der Traum immer seltener. Er und der Psychologe hatten mir wirklich geholfen. Schon lange habe ich ihn nicht mehr geträumt und bin froh, dass ich damit abschließen konnte." Sie setzte sich wieder zu Marcel und seufzte. „Ich bin glücklich, dass du jetzt da bist."

Marcel lächelte. Er beobachtete, wie Kims Schultern nach vorn fielen. Er konnte verstehen, dass ihre Ausbrüche nach dem Traum ihr peinlich waren, auch er hätte seine Probleme damit gehabt. Und mit seiner Bohrerei hatte er sie gezwungen, über ihr schlimmes Erlebnis zu sprechen. Ein wenig rührte sich das schlechte Gewissen in ihm. Er nahm ihre Hand. „Tut mir leid, ich wollte nicht so unverschämt sein."

„Nicht so schlimm, wir wollten ja ehrlich zueinander sein. Möchtest du mich trotzdem noch weiter kennenlernen?" Sie grinste.

Marcel stand auf, zog sie vom Stuhl und presste ihren Körper an seinen. Er sah ihr in die Augen und spürte die Wärme in sich.

Er wollte Kim. Mit allem, was zu ihr gehörte.

Seine Lippen berührten ihre weichen, vollen. Eine Gänsehaut zog sich über seinen Rücken, als er ihre Zunge in seinem Mund spürte.

Das zwischen ihnen war magisch, etwas, das Marcel bisher nicht gekannt hatte. Bisher waren seine Frauengeschichten nicht über lockere Affären hinausgegangen. Nur bei zwei Frauen hätte er sich eine Beziehung vorstellen können, doch jedes Mal war das Schicksal dazwischen gegrätscht.

Bei dem Gedanken daran schrak er zurück.

„Was ist? Habe ich was Falsches getan?"

„Nein, nein, alles gut. Ich … ich … Nun, ich stelle mich eben manchmal blöd an, wenn es um Frauen geht."

Kim lächelte. „Also ich fand es ziemlich prickelnd."

Er strich ihr eine Haarsträhne aus der feuchten Stirn. „Ich bin dabei, mich in dich zu verlieben, aber ich habe Angst davor."

Sie runzelte die Stirn.

Er suchte nach den richtigen Worten. „Ich hatte bisher nicht so viel Glück mit Frauen. Irgendwie habe ich sie immer verloren, wenn ich sie in mein Herz gelassen habe."

„Ich werde nicht gehen, weil ich mich viel zu wohl in deinen Armen fühle." Kim zog Marcel mit ins Wohnzimmer, das im gleichen Stil wie die Küche eingerichtet war.

Weiße Landhausschränke, die mit zartrosa Elementen verfeinert waren. Kim liebte Pflanzen, in jeder Ecke stand eine. Das passte so gar nicht zu dem verwilderten Garten.

Sie setzten sich auf das XXL-Sofa und sie kuschelte sich in Marcels Arme.

„Ich muss leider gleich zur Arbeit, auch wenn ich lieber hierbleiben würde."

Kim erwiderte nichts. Sie schmiegte sich immer enger an ihn, als wollte sie sich in ihm verstecken. „Ich kann deswegen keine großen Scheunen betreten", sagte sie plötzlich. „Und ich hasse Zombies."

Marcel runzelte die Stirn. „Was meinst du?"

„Wegen des Traums. Ich meide Scheunen."

„Tut mir wirklich leid."

„Ich verabscheue auch Zombie-Masken. An Karneval und Halloween verkrieche ich mich deshalb."

„Hast du von Zombies geträumt?"

„Ja. Es fing im Kindesalter an, nachdem meine Adoptiveltern ermordet wurden. Ich war zehn und bin vom Spielen nach Hause gekommen. Gleich im Flur lag mein Vater. Er hatte kein Gesicht mehr. An der Wand hingen fleischige Fetzen und überall klebte Blut. Es hat so schlimm gerochen." Kim zitterte.

Marcel hielt sie fester. In seinem Hals steckte ein Knoten, der ihm zunehmend den Atem raubte.

„Ich bin weitergegangen, habe nach meiner Mutter geschrien. Und dann habe ich sie im Wohnzimmer gefunden. Sie saß in ihrem Lesesessel. Da habe ich aufgeatmet, weil dort nicht so viel Blut zu sehen war. Aber meine Mutter hat sich nicht gerührt." Kim befreite sich aus Marcels Armen und setzte sich aufrecht hin. Ihre Augen glänzten. „Ich bin zu ihr hingegangen. Sie war blau im Gesicht. Es war so schrecklich. Plötzlich überfiel mich Panik. Ich bin aus dem Haus gestürmt und habe mich bei den Nachbarn in der großen Scheune versteckt."

„Gütiger, das ist ja furchtbar." Marcel schluckte. Die Beschreibungen waren so grausam, dass er das Bild genau vor seinem inneren Auge hatte.

„Da baumelten Seile mit Säcken daran herunter. Es sah aus, als hinge die ganze Scheune voller Leichen. Ich weiß nicht, wie lange ich mich dort versteckt habe, aber es war schon dunkel, als ein Licht auf mich zukam. Du kannst dir nicht vorstellen, wie sehr ich mich gefürchtet habe." Kim versteckte ihr Gesicht in den Händen. Ihr Körper bebte.

In Marcels Körper war jeder Muskel angespannt und er hatte Angst vor der Antwort, fragte jedoch trotzdem: „Wer war gekommen?"

„Es war die Polizei, die alles in der Umgebung nach mir abgesucht hatte."

Marcel holte tief Luft, vor Anspannung hatte er vergessen zu atmen. „Das heißt, du träumst von einer Scheune, weil du ein großes Trauma hast. Aber wieso die Zombies?"

„Wahrscheinlich, weil ich damals dachte, der Polizist wäre ein Monster. Ich träume von einer großen Scheune, in die ich flüchte. Es herrscht Dunkelheit. Überall hängen Leichen an Seilen. Beim Hineinrennen stoße ich gegen sie. Ich spüre genau, wie jemand hinter mir ist. Sein Atem kommt immer näher. Dann geht es nicht mehr weiter. Ich stehe vor der Holzwand und mir läuft warmer Urin an den Beinen hinunter. Ganz langsam drehe ich mich um. Und da schwebt dieser Zombie auf mich zu. Er ist riesig. Die untere Gesichtshälfte ist weggefetzt. Eine einzige blutige Hautmasse. Die Haare sind knallrot wie bei einem Clown. Er kommt näher und näher. Seine Pranke greift um meine Kehle. Ich kann nicht mehr atmen." Kim hielt ihre Hand um ihren Hals, was rote Fingerabdrücke hinterließ. Anscheinend spürte sie nicht, wie fest sie zudrückte. Sie röchelte.

Marcel riss ihre Hand herunter. Dann nahm er sie in den Arm. „Ganz ruhig."

Kim starrte nur geradeaus.

„Kim, hörst du mich?"

„Dann bin ich jedes Mal aufgewacht und lag in meinem Urin", sagte sie daraufhin, noch immer wie gelähmt.

„Kein Wunder bei allem, was du als Kind durchgemacht hast."

Langsam entspannten sich Kims Muskeln und sie atmete ruhiger. „Ich bin damals durch die Hölle gegangen, aber mein Leben ist jetzt wieder so viel lebenswerter." Sie schmiegte ihren Kopf an seinen Hals.

Beide schwiegen, getragen von ihren eigenen Gedanken.

Plötzlich klingelte es Sturm.

Kim schrak hoch. „Was soll das?"

„Ich gehe", sagte Marcel, als sie sich nicht erhob, lief zur Tür und öffnete sie.

„Ach, schau mal einer an. Der Herr Kriminalkommissar ist wieder da." Mattes Radow schaute an Marcel vorbei in den Flur. „Wo ist die Hexe?"

„Kim hat Ihnen doch zu verstehen gegeben, dass sie Sie hier nicht mehr sehen möchte, oder?"

„Was mischst du dich da ein?"

Marcel betrachtete Radow ruhig und war erstaunt, wie gut er ohne seinen schwarzen Mantel aussah. Er war etwas mollig, trug aber Kleidung, die die Röllchen gut kaschierte. Sein Haar war zu einem langen Zopf zusammengebunden. Lediglich dem Vollbart hätte ein wenig mehr Pflege gutgetan.

„Hey, ich rede mit dir. Ich habe gefragt, was dich das angeht."

„Akzeptieren Sie einfach Kims Wunsch. Hören Sie auf, sie zu belästigen. Es muss doch nicht so ein Krieg herrschen. Fangen Sie ein neues Leben an."

Mattes Radow spuckte auf den Boden. „Du Idiot." Dann holte er aus.

Marcel hatte nicht damit gerechnet, weshalb die Faust des Mannes auf seine Nase krachte. Doch den zweiten Schlag hielt er rechtzeitig ab. „Sind Sie verrückt geworden?"

Mattes Radow beugte sich nach vorn und biss Marcel in den Arm.

„Ahhh." Marcel zog den Arm weg.

„Mattes, spinnst du?", schrie Kim.

Marcel nutzte aus, dass Radow durch Kim kurz abgelenkt war, drehte seinen Arm auf den Rücken und drückte ihn mit dem Gesicht gegen die Hauswand. „Passen Sie gut auf, was ich Ihnen jetzt sage. Hören Sie auf, Kim zu belästigen, sonst werde ich verdammt ungemütlich. Haben wir uns verstanden?"

„Lass mich los, du Arschloch."

Marcel riss Mattes Arm nach oben, was dieser mit einem lauten Schrei beantwortete. „Ich glaube, ich habe Sie nicht richtig verstanden. Haben Sie mich gerade Arschloch genannt?"

Radow schwieg.

„Marcel, lass ihn bitte los", flehte Kim mit brüchiger Stimme.

„Willst du nicht lieber mal die Polizei einschalten?", fragte Marcel ärgerlich.

„Ist schon gut." Sie sah ihn nicht an.

Marcel ließ Radow los.

Der drehte sich um und grinste ihn fies an. „Diese Frau", er zeigte auf Kim, „wird mich nicht verraten. Ich weiß von Dingen, die sie nie jemandem sagen würde."

„Gut, dann zeige ich Sie wegen Körperverletzung und Beleidigung an. Oder haben Sie auch etwas, womit Sie mir drohen können?" Marcels Hand zuckte. Es fiel ihm schwer, dem Typen nicht ins Gesicht zu schlagen.

„Es interessiert mich nicht, ob du mich anzeigst. Aber ich warne dich vor. Du wirst sehen, was du davon hast." Wieder spuckte Radow, doch diesmal landete es auf Marcels Strümpfen.

Marcel sah rot. Er hob seine Hand und donnerte seine Faust in das Gesicht von Kims Ex-Mann.

Radows Kopf schnellte zur Seite. Er hielt sich die Nase. Doch dann drehte er sich grinsend zurück zu Marcel. „Jetzt sind wir quitt." Er lief die Treppe hinunter. Am Ende wandte er sich noch einmal Kim zu. „Es ist nicht vorbei. Du solltest dir überlegen, ob du wirklich lieber mit ihm zusammen sein willst als mit mir." Dann verschwand er die Straße hinunter.

Kim kam wortlos auf Marcel zu und tupfte ihm vorsichtig das Blut von der Nase.

Er zog den Kopf zurück, zu schmerzhaft war die Berührung. „Schon gut. Hast du eine Schmerztablette?"

Sie gingen ins Haus und Kim kramte eine Packung Paracetamol aus dem Medizinschränkchen in der Küche. „Ich habe nur die."

„Besser als nichts. Ich will nur vermeiden, Kopfschmerzen zu kriegen."

„Es tut mir so leid."

„Du kannst ja nichts dafür", erwiderte Marcel ruhig. Innerlich jedoch kochte er vor Wut. „Ich verstehe bloß nicht, warum du dich so erpressen lässt. Jeder würde deine Angst verstehen. Mach mir doch nichts vor, das ist nicht der wahre Grund, warum du ihn nicht bei der Polizei meldest." Marcel war lauter geworden, als er beabsichtigt hatte.

Kim schluckte und starrte ihn schweigend an.

„Ich gehe jetzt." Er drehte sich um und lief zur Haustür.

„Marcel, bitte."

Doch er wollte keine fadenscheinigen Antworten mehr hören. „Lass gut sein. Ich fahre jetzt arbeiten. Melde dich erst wieder, wenn du bereit bist, mir die Wahrheit zu sagen."

„Es ist die Wahrheit."

Marcel ging, ohne noch einmal auf Kim einzugehen.

# KAPITEL 13

*Dienstag, 20. Oktober 2020*

Aus seinem Radio dröhnte laut Volbeat. Mehrfach schlug er gegen das Lenkrad. Mit quietschenden Reifen bog er auf den Parkplatz vor dem Präsidium ein.

Einige Kollegen drehten sich erschrocken nach ihm um.

Marcel gab einen kurzen Handgruß.

Als er ausstieg, stand Konrad plötzlich neben ihm. „Guten Morgen. Bei dem Lärm dürften jetzt alle …" Er stockte und sah Marcel mit aufgerissenen Augen an. „Was ist dir denn passiert?"

Marcel schmiss die Autotür mit so viel Schwung zu, dass das ganze Auto wackelte. „Kleine Auseinandersetzung."

„Auf dem Weg zur Arbeit? Mit wem?"

„Ich war vorher bei Kim." Marcel lief los. Er hatte wenig Lust, mit Konrad darüber zu sprechen, doch bei seinem Aussehen war er ihm eine Erklärung schuldig. Sein weißer Pullover war voller Blut und unter seinem rechten Auge hatte sich bereits ein Veilchen gebildet.

„Kim hat dich so zugerichtet?! Was führt ihr für eine Beziehung?" Konrad versuchte, mit Marcel Schritt zu halten.

„Ihr Ex-Mann ist aufgetaucht und hat mir in die Fresse gehauen. Er kommt nicht damit klar, dass Kim einen Neuen hat." Damit war für Marcel das Thema beendet, er wollte Konrad keine weiteren Details erzählen und dieser fragte glücklicherweise nicht weiter nach.

Doch egal, wo er vorbeikam, wurde er fragend angeschaut.

Als sie ihre Etage erreichten, stürzte gerade Stefan aus dem Büro. „Oh, nettes Outfit, Marcel."

„Vielen Dank", brummte Marcel und ging an ihm vorbei. In seinem Spind hatte er noch einen Ersatzpullover, den er anzog. Dann betrachtete er das ganze Ausmaß im Spiegel. „Scheiße, Mann." Er wusch sich mit etwas kaltem Wasser die Blutkrusten aus dem Gesicht. Mit jeder Berührung schoss ein stechender Schmerz in seine Stirn. Aus seiner Nase lief gelbliches Sekret. Er steckte sich ein Stück Zellstoff in das betroffene Nasenloch, in der Hoffnung, den Ausfluss stoppen zu können, und ging zu Konrad.

Dieser saß an seinem Schreibtisch und tippte etwas in den Computer. Er schaute auf. „Du siehst echt elend aus." Dann erhob er sich, steuerte in den Pausenraum und kehrte mit einem Kühlakku zurück. „Hier, halte das auf dein Auge."

Marcel gehorchte. Die Kälte tat ihm gut und linderte den Schmerz etwas. Er kramte eine Aspirin aus seiner

Schreibtischschublade und schluckte sie mit Wasser hinunter. „Was gibt es Neues zum Fall?"

„Der Staatsanwalt hat die Presse informiert. Er hat nur preisgegeben, dass es sich um zwei Opfer handelt, die auf unterschiedliche Weise ermordet wurden."

„Weiterhin keine Anhaltspunkte, was die beiden Frauen miteinander zu tun haben könnten?"

Konrad schüttelte den Kopf. „Nein. Heute wird das Umfeld der beiden befragt. Freunde, Bekannte, Verwandte und Kollegen. Vielleicht wissen nur die Angehörigen nichts davon, dass die beiden sich kannten."

Marcel massierte sich die Schläfen. „Gut, dann telefoniere ich mit deren Handyanbietern, damit wir die Daten erhalten. Vielleicht finden wir so etwas Nützliches heraus."

„In Ordnung, ich rufe den Staatsanwalt an, damit wir dafür einen Beschluss bekommen."

Ehe Konrad die Nummer wählen konnte, klingelte sein Handy.

Er nahm ab und stellte auf laut.

„Hallo, Herr Malter, Köhler, Rechtsmedizin Mainz. Ich bin der leitende Mediziner, der die Obduktionen der beiden Opfer Lorenz und Meister vornimmt."

„Guten Tag. Ich habe den Lautsprecher an, damit mein Kollege mithören kann."

Marcel stellte sich neben Konrad.

„In Ordnung. Ich kann Ihnen schon ein paar Einzelheiten zu den Opfern sagen. Frau Jennifer Lorenz starb in den frühen Morgenstunden des gestrigen Tages zwischen vier und fünf Uhr. Die Dame wurde erdrosselt, ist also erstickt. Aber das war ja bei dem Seil um den Hals nicht anders zu erwarten. Die deutlich sichtbaren Einblutungen in den Augenlidern und in der Mundschleimhaut bestätigen den Befund. Außerdem haben wir Benzodiazepine in ihrem Blut festgestellt. Das war aber nur eine sehr geringe Dosis. Wir haben einen Einstich in der linken Ellenbeuge gefunden, vermutlich wurde dort das Mittel gespritzt."

„Gibt es Hinweise auf ein sexuelles Motiv?"

„Es wurde Sperma sichergestellt, es sieht aber nicht nach einem gewaltsamen Akt aus. Keine Verletzungen."

„Gut, wenn sie schon vorher betäubt wurde, wäre auch keine Gewalt nötig gewesen", sagte Konrad. „Die Spur werden wir trotzdem mit dem Ehemann abgleichen."

Marcel nickte und notierte es sich.

„Die Frau hat ansonsten lediglich zwei leichte Hämatome an den Unterarmen. Sie hat keine Hautpartikel unter den Fingernägeln, was mich vermuten lässt, dass sie den Angriff nicht kommen sah. Aber es waren Erde und Fasern des Seils unter den Nägeln. Sie hat mit Sicherheit versucht, sich von dem Strick zu befreien. Die vielen Blessuren an ihren Fußsohlen stammen höchstwahrscheinlich von dem Lauf durch den Wald. Ich habe kleine Äste und Erde sichergestellt."

„Moment", mischte sich Marcel in das Gespräch ein. „Also gehen wir davon aus, dass sie gejagt wurde, oder? Warum hat sie keine Hautpartikel oder Blutspuren des Täters an ihren Händen? Ich kann mir nicht vorstellen, dass sie sich so gar nicht gewehrt hat."

„Das ist ein guter Einwand", antwortete Rechtsmediziner Köhler. „Ich denke, dass sie vor jemandem weggerannt ist, vermute aber, dass sie den Tötungsakt an sich, das Strangulieren, nicht kommen sehen hat. Es könnte sein, dass das Seil ihr von hinten um den Hals geschlungen wurde. Dafür spricht auch ein Hämatom am Gesäß. Wenn man sie nach hinten gezogen hat, ist sie darauf gefallen. Sie hat sich dann möglicherweise am Boden gewunden, versucht, das Seil von ihrem Hals zu bekommen. Sie hat ein paar blutige Kratzer, die wahrscheinlich bei ihrem Überlebenskampf entstanden sind."

„Sie meinen, der Täter hat sie mit einem Seil gefangen wie ein Cowboy?"

„Das kann Ihnen natürlich nur der Täter selbst beantworten, Kommissar Malter, aber es sieht danach aus, ja. Die Schlinge wurde hochgezogen, was schlussendlich zum Tod führte. Der Hals weist Striemen auf, die hinter den Ohren nach oben führen. Und sie ist definitiv in Rückenlage gestorben. Nach ihrem Tod wurde sie nicht mehr transportiert."

Ein neuer Schmerz jagte in Marcels Stirn. „In Ordnung. Und das andere Opfer?"

„Liljana Meister ist ebenfalls erstickt, aber aufgrund eines Narkotikums. Sie wurde mit einer Überdosis Fentanyl betäubt. Sie ist eingeschlafen und nicht mehr aufgewacht. Sonst zeigt sie lediglich Fesselspuren an Händen und Füßen."

„Keine sexuellen Handlungen?", hakte Konrad nach.

„Nein, die Dame hatte offenbar keinen Geschlechtsverkehr, zumindest gibt es keine Spermaspuren und keine Verletzungen im Intimbereich."

Konrad seufzte. „Sonst noch etwas?"

„Wir haben bei Frau Meister einen Fingerabdruck am Kinn sichergestellt."

Marcel hob die Augenbrauen.

„Wir haben ihn der Kriminaltechnik zukommen lassen. Er war mit Tinte hinterlassen worden."

„Tinte?", fragte Marcel.

„Vielleicht war der Finger zuvor mit Tinte beschmiert. Wir warten noch auf die Röntgenaufnahmen der Zahnärzte, dann bekommen Sie auch einen Zahnabgleich. Den vollständigen Bericht erhalten Sie nach Abschluss der Obduktion. Es wird ein paar Tage dauern."

„Vielen Dank, Herr Köhler." Konrad legte auf. Er massierte seine Schläfen.

„Was denkst du?"

„Die Botschaft war mit Tinte geschrieben."

Marcel setzte sich an seinen Schreibtisch und knetete an seinem Kinn herum. „Vielleicht haben wir Glück und der Abdruck ist in der Datenbank erfasst." Er starrte an die Wand und ließ die Worte des Rechtsmediziners Revue passieren. „Warum werden die beiden Frauen auf so unterschiedliche Art und Weise ermordet?"

„Ich habe mir Folgendes überlegt." Konrad kratzte seinen Bart. „Vielleicht war die Lorenz sein neues Opfer und konnte flüchten. Er ist hinterher und sauer geworden. Das würde die unterschiedliche Tötungsweise erklären."

Marcel leckte sich über seine trockenen Lippen. Nachdenklich drehte er einen Kugelschreiber in seiner Hand. „Und wo war die andere in der Zeit?"

„Das ist eine gute Frage. Es ist unwahrscheinlich, dass beide gleichzeitig getötet wurden."

„Meinst du, dass der Täter dann noch mal zum Ort, an dem er seine Opfer versteckt hat, zurückgefahren ist, um sein nächstes Opfer zu holen?" Marcel überdachte seine Überlegung und schüttelte dann den Kopf. „Das ist etwas viel Aufwand, oder? Die Gefahr, erwischt zu werden, war groß."

„In diesem Wald hatte er um diese Zeit wohl kaum jemanden zu befürchten. Die Wanderer gehen eher später los."

„Möglich." Marcel öffnete die Fallakte Lorenz. „Laut der Aussage des Kindes hatte sie vorher kein lila Kleid an. Das muss für den Täter eine Besonderheit haben."

„Mag sein. Vielleicht zieht er seine Opfer so an, nachdem er sie betäubt hat. Er hat sich möglicherweise an ihr vergangen, dann ist sie aufgewacht und konnte fliehen. Vielleicht wurde bei Liljana Meister kein Sperma gefunden, weil sie als Opfer ausgedient hatte. Es musste jemand Neues her und das ging gehörig schief."

„Ich bin nicht überzeugt. Zu viel Aufwand. Irgendeine Gemeinsamkeit muss es zwischen den beiden geben." Marcel überlegte. „Vielleicht hält er die Opfer dort in der Nähe fest, weshalb er sie so schnell dahin bringen konnte."

„Lassen wir das Gebiet mal großräumig absuchen." Konrad nahm den Telefonhörer und gab Anweisungen an Kollegen weiter.

Stefan kam auf Marcel zu. „Unten hat sich eine Frau gemeldet", sagte er leise. „Sie möchte dringend mit den Beamten sprechen, die sich um den Fall aus der Zeitung kümmern. Soll ich erst einmal hören, was sie will?"

„Schick sie rauf. Im Moment können wir jeden noch so kleinen Hinweis gebrauchen."

Stefan nickte und verließ den Raum.

Konrad legte auf und drehte sich zu Marcel. „Schauen wir, ob man etwas findet."

„Es wäre jedenfalls gut. Wir bekommen jetzt eine Frau zu Besuch, die mit uns sprechen möchte." Marcel zog sich den Zellstoff aus der Nase und war heilfroh, als nichts mehr nachlief.

Wenige Augenblicke später saßen die Ermittler mit einer aufgebrachten Frau am Tisch, deren Worte sich so sehr überschlugen, dass Marcel kein Wort verstand.

„Nun erst einmal ganz langsam", beruhigte er die Frau.

„Bitte entschuldigen Sie, ich bin etwas aufgewühlt, weil mein Mann seit über zwei Wochen verschwunden ist."

Marcel nickte. „Okay, klären wir eins nach dem anderen. Haben Sie ihn bei uns als vermisst gemeldet?"

„Ja, aber erst vor ein paar Tagen. Helmut Bartels. Eigentlich wollte er zu einem Ärztekongress verreisen. Aber ich kann ihn überhaupt nicht erreichen. Seit zwei Wochen nicht. Ich glaube, ihm ist etwas passiert."

„In Ordnung. Sie sagten meinem Kollegen, es handele sich um den Fall aus der Zeitung. Warum meinen Sie das?", fragte Marcel.

„Ich dachte nur, vielleicht könnte er ja auch Opfer dieses Mörders geworden sein."

Marcel presste die Lippen zusammen. Er konnte die Frau gut verstehen, doch offensichtlich nutzte sie den Fall nur, um noch einmal auf ihren Mann aufmerksam zu machen. Das kam nicht selten bei Angehörigen vor, die jemanden vermissten. Er versuchte die Worte behutsam zu wählen, sodass die Frau nicht das Gefühl bekam, nicht ernst genommen zu werden. „Frau Bartels, das Ganze muss überhaupt nichts mit Ihrem Mann zu tun haben. Die Gegebenheiten sind in dem Fall aus der Zeitung ganz anders. Zudem sind die Opfer zwei Frauen, das spielt eine große Rolle."

„Aber Sie können es doch auch nicht so einfach ausschließen." Der Frau standen Tränen in den Augen. „Bei einem Unfall hätte man doch schon irgendwas finden müssen."

„Sicher hätte man Sie schon darüber informiert. Trotzdem heißt es nicht gleich, dass er Opfer eines Verbrechens geworden ist."

Konrad erhob sich und brachte der Frau ein Glas Wasser.

„Vielen Dank." Sie nahm einen kleinen Schluck und sah wieder zu Marcel. „Warum sollte er sonst verschwinden? Abgehauen ist er ganz sicher nicht. Sie haben den Täter noch nicht, oder? Es könnte doch sein, dass mein

Mann auch sein Opfer geworden ist und sich deshalb nicht melden kann."

„Sie können beruhigt sein, wir beachten bei einem Verbrechen immer auch die Vermissten aus der Datenbank, um nach Parallelen und Zusammenhängen zu schauen. Sie können uns glauben, wir suchen noch immer nach Ihrem Ehemann und werden ihn auch in diesem Fall nicht außer Acht lassen. Unsere Kollegen ermitteln mit Hochdruck."

Frau Bartels seufzte. „Seine Kinder vermissen ihn so. Und ich auch. Ich habe so ein schreckliches Gefühl."

„Ich kann Sie sehr gut verstehen. Seien Sie gewiss, dass wir uns sofort melden, wenn wir etwas herausfinden."

Die Frau schaute Marcel mit ängstlichen Augen an, nickte und erhob sich. „Bitte entschuldigen Sie die Störung." Geknickt verließ sie das Büro.

Marcel atmete geräuschvoll aus.

„In Betracht ziehen sollten wir, dass ihr Mann etwas mit unserem Fall zu tun hat", sagte Konrad. „Klingt ja ähnlich wie bei Frau Meister. Verreist und meldet sich dann nicht."

Marcel nickte. „Definitiv auffällig." Er schaute sich die Vermisstenmeldung des Mannes genauer an. „Im Bericht steht, dass dieser angebliche Kongress gar nicht stattgefunden hat. Zumindest haben die Kollegen nichts darüber herausfinden können. Wir sollten uns sein Verschwinden auf jeden Fall noch genauer ansehen und mit unseren Ermittlungen vergleichen."

„Und nach weiteren ähnlichen Vermisstenmeldungen suchen." Konrad stöhnte. „Mich macht es wahnsinnig, dass es so unübersichtlich ist."

Ein flaues Gefühl durchzog Marcels Magen. „Sollte die Theorie stimmen, dass Jennifer Lorenz flüchten konnte und deshalb so schnell sterben musste, wird es sicher ein weiteres Opfer als Ersatz für Frau Lorenz geben."

Konrad sah ihn an, sagte jedoch nichts.

„Die Botschaft, das Fentanyl, das Kleid, die Drapierung. Das sind keine ungeplanten Morde gewesen."

„Nein, wir müssen nur herausfinden, welchen Zusammenhang beide hatten", erwiderte Konrad.

Es klopfte.

Ohne eine Antwort abzuwarten, trat Becker ein. „Ich dachte, ich schaue … Ach du Scheiße, wie siehst du denn aus?" Er starrte Marcel an.

„Nichts Wildes. Arbeitsunfall."

„Kannst du überhaupt noch etwas sehen?" Becker schnitt eine Grimasse, was durch die halbseitige Lähmung belustigend aussah.

Marcel rümpfte die Nase und bemerkte einen starken Druck auf seinem Auge. Er holte sich einen neuen Kühlakku, ehe er Becker antwortete. „Ich habe überall Augen, das weißt du doch."

Becker zeigte in den Aufenthaltsraum. „Darf ich mir etwas Kaffee klauen?"

„Bist du nur deshalb gekommen?", fragte Konrad.

„Nein, ich wollte auch hören, wie weit ihr seid."

Konrad übergab Becker die Informationen, die sie bisher hatten.

„Also wissen wir noch immer nicht, was für ein Motiv dahintersteckt", sagte Becker.

„Korrekt." Marcel seufzte. „Was gibt es von deiner Seite zu berichten?"

„Wir haben gerade eine Analyse für die Handschrift auf der Botschaft veranlasst", sagte Becker. „Kann ich nun einen Kaffee haben?"

„Bedien dich, wenn du so scharf auf das Gesöff bist", antwortete Marcel und zeigte in die Küche.

„Danke. Hauptsache Koffein." Becker ging in den Nebenraum.

„Gut." Marcel klatschte in die Hände. „Ruf du den Staatsanwalt an und besorg uns den Beschluss für die Handyanbieter. Ich kümmere mich um diese und das Sperma. Ich hoffe, es stammt vom Täter und wir landen einen Treffer."

Konrad nickte und wählte die Nummer des Staatsanwaltes.

# KAPITEL 14

*Dienstag, 20. Oktober 2020*

Der Schweiß stand ihm auf der Stirn. Die Dame hatte etwas viel Gewicht, sodass es selbst einem durchtrainierten Mann wie ihm schwerfiel, sie in dem engen Treppenhaus des alten Bahnhofmuseums nach oben zu schleppen. Seine Lunge pumpte und er hatte Not zu atmen. Seine Schulter, über die er die Frau gehievt hatte, schmerzte.

All diese Umstände kosteten ihn viel Zeit. Die Vorbereitung hatte schon genug in Anspruch genommen.

Im ersten Stock des Bahnhofsmuseums in Koblenz Lützel hatte er das Bürozimmer hergerichtet. Zwar war es kein Bahnhofsgebäude im klassischen Sinne, doch das Museum ähnelte stark einem, sodass es zu dem Traum passte. Den Schreibtisch hatte er zur Seite geschoben, um das Bett aufstellen zu können.

Er musste sich beeilen, um nicht erwischt zu werden, denn die ersten Mitarbeiter könnten jeden Moment eintreffen. Also wuchtete er die übergewichtige Dame von seiner Schulter auf das Klappbett, das beängstigend quietschte. Dann streckte er den Rücken durch, der ihm von der Last schmerzte.

Auch bei ihr war es leicht gewesen, sie mitzunehmen. Sie hatte zu schnell vertraut, sogar mitten in der Nacht. Ein kurzer Schlag auf den Kopf, ein bisschen Midazolam und er hatte sie problemlos von ihrem Heim wegschaffen können. Dann hatte er sie bis zum richtigen Zeitpunkt im Keller festgehalten und erneut etwas gespritzt, um sie herzubringen.

Er hoffte inständig, dass der kleine Junge, der ihn bei der Entführung seiner Mutter gesehen hatte, nicht lange allein war. Er wollte auf keinen Fall, dass bei dem Plan Kinder in Gefahr kamen, und in dem Alter sollte ein Kind nachts nicht allein zu Hause sein. Aber wahrscheinlich hatte er vor Angst angefangen zu schreien und auf sich aufmerksam gemacht.

Die Frau regte sich.

Leise blieb er vor ihr stehen und betete, dass das Medikament wirkte, bis er wieder unten war.

Das Glück war auf seiner Seite. Sie schlief weiter.

Er wischte sich den Schweiß von der Stirn. Dann zog er die Kamera aus der Tasche und schnallte sie sich um den Kopf. Noch einmal schaute er, ob alles so stand, wie es sollte. Ein wenig fühlte er sich wie ein Regisseur an einem Filmset.

Er startete die Kamera. Dann legte er den Kopf der Frau so, dass sie zu dem großen Fenster sah.

Sobald sie aufwachte, würde sie ein Spektakel erleben, sodass ihr das Blut in den Adern gefrieren würde.

Er ging zu dem großen Fenster und öffnete es. Dann hastete er nach unten.

Die Zeit lief.

Vor dem Fenster positionierte er sich, zog die Kamera kurz ab, stülpte sich eine Clownsmaske über und legte dann die Kamera wieder an. Aus der großen Plastiktüte, die er unten schon bereitgelegt hatte, kramte er einen kuscheligen Teddybären, einen Stoffhund und ein Pony heraus.

Es waren die Kuscheltiere ihres Sohnes. *Tut mir leid, Kleiner. Ich brauche die für deine Mama,* waren die Worte gewesen, die er in Gedanken zu dem Jungen gesagt hatte, als er nachts in sein Zimmer eingestiegen war, um die Tiere zu holen.

In alle drei Stofftiere schob er einen langen Stock, damit er sie hochhalten konnte. Wieder fluchte er über diesen dämlichen Traum. Aber er musste den Mord zu vollster Zufriedenheit ausführen, um den wichtigsten Menschen in seinem Leben zu schützen.

Ein zögerliches „Hallo" drang aus dem Fenster.

Showdown.

Er lachte laut und fies. Unter der Maske klang es hohl und gruselig. Er stellte sich vor, dass er ein angsteinflößender Clown war, um den Schauer gut zu transportieren.

„Hilfe", schrie die Frau.

Ihre Rufe erstarben, als er den Teddybären ihres Sohnes am Fenster vorbeischweben ließ. Es herrschte eine so gespenstische Stille, dass er selbst Gänsehaut bekam. Nur seinen Atem unter der Clownsmaske hörte er. Als Nächstes wählte er das Pony und lachte dabei wieder laut.

„Wer sind Sie? Warum machen Sie das?"

Zur Antwort flog der Kuschelhund am Fenster vorbei.

„Hören Sie auf!", kreischte die Frau. „Hilfe!"

Schnell ließ er noch einmal alle Tiere vorbeischweben, lachte dabei fies und rannte anschließend nach oben. Eine bessere Wirkung hätte es sicher gegeben, wenn er wie im Traum des Mannes aus Zimmer drei durch das Fenster hineingeschwebt wäre, doch er war nun mal nicht Superman. Er öffnete die Tür.

Die Frau stand wie erstarrt in eine Ecke des Raumes gepresst und zitterte. Sie hielt sich die Augen zu und strampelte mit den Beinen. „Gehen Sie weg! Hilfe!"

Er lachte immer lauter, um ihre Schreie zu übertönen. Langsam bewegte er sich auf sie zu.

Sie nahm die Hände hinunter und starrte ihn entsetzt an. „Wo ist mein Sohn? Wieso haben Sie seine Kuscheltiere?"

Er lachte weiter laut und dämonisch. Sein Hals kratzte bereits. Langsam lief er auf die Frau zu, dabei zeigte er unentwegt mit dem Finger auf sie.

„Bitte, was haben Sie meinem Sohn angetan? Er ist doch erst drei." Sie weinte bitterlich, fast hätte es sein Herz gebrochen.

*Keine Gefühle zulassen!*

Sie riss die Augen auf, als er ganz nah bei ihr stand. „Bitte tun Sie mir nichts. Ich habe doch niemandem etwas getan."

*Wenn du wüsstest.*

Ihre Schreie erloschen, als sich seine große Hand um ihre Kehle legte und er fest zudrückte.

Die vor Panik weitaufgerissenen Augen erinnerten ihn plötzlich an seine wunderschöne Dana. Zarte neunzehn war sie erst gewesen, als sie ihn angefleht hatte, sie zu halten, während sie ihre letzten Atemzüge getan hatte. Die Angst vor dem Tod in ihren Augen hatte sich auf ewig in sein Gedächtnis gebrannt und erfüllte ihn immer noch mit tiefer Trauer.

„Du musst dich gut kümmern", waren die letzten Worte gewesen, die er von seiner großen Liebe gehört hatte. Danach war sein Leben zerstört worden.

Er erschrak, als die Arme der Frau gegen seine Hand schlugen. Die Gedanken an Dana hatten ihn unkonzentriert werden lassen.

Die Frau röchelte. Dann riss sie seine Maske hinunter. Doch das war egal, denn sie würde niemals die Chance bekommen, irgendjemandem von ihm zu erzählen. Ihr Gesicht schwoll an, ihre Augen quollen aus den Höhlen. Panisch schnappte sie nach Luft. Schließlich wurde ihr Griff um seine Hand schwächer.

Er kniff die Augen zusammen, betete, dass es endlich vorbeiging. Seine Hand verkrampfte sich und die Muskeln in seinem Oberarm zitterten bereits. Um die Qualen nicht länger hinauszuzögern, hielt er die andere Hand zusätzlich auf ihren Mund und bedeckte zeitgleich die Nase.

Noch einmal schüttelte sie den Kopf, ehe er zur Seite sackte. Ihre Beine knickten weg. Jegliche Spannung verließ ihren Körper.

Er wartete noch einen Moment, drückte sie mit letzter Kraft gegen die Wand, bis keinerlei Regung mehr auszumachen war. Langsam ließ er sie dann zu Boden gleiten. Tastete den Puls.

Sie war tot. Der erste Teil des Planes war erfüllt.

Er hatte Mitgefühl, denn sie war mit der Angst um ihren geliebten Sohn gestorben. Er wollte sich gar nicht ausmalen, was für eine fürchterliche Panik sie dabei empfunden hatte. Kurz schloss er seine Augen, atmete tief durch und schüttelte den Gedanken an das ganze Grauen ab.

Dann ging er zu den Fenstern und schloss sie.

Das Mondlicht fiel fahl auf die tote Frau. Sie sah wie ein schlafender Engel aus.

Er schaute auf die Uhr. Nun war Eile geboten, um den Plan endgültig zu Ende zu bringen. Er musste den Traumgeber von seinen Qualen befreien.

# KAPITEL 15

Marcel goss sich Kaffee in die Tasse. Viel Schlaf hatte er nicht gehabt.

Nachdem er Feierabend gemacht hatte, war er nach Hause gefahren, ohne noch mal bei Kim vorbeizuschauen.

Dann hatte er jedoch keine Ruhe gefunden. Auch das Glas Whiskey hatte ihn nicht entspannt. Stundenlang hatte er sich im Bett herumgewälzt, sich Gedanken um Kim gemacht. Aber sein Stolz hatte ihm verboten, sich noch mal bei ihr zu melden.

Irgendwann war er in einen unruhigen Schlaf gefallen, jedoch zwei Stunden später wieder aufgewacht.

Seitdem starrte er sein Handy an und wartete, dass sein Verstand endlich einsetzen würde. *Du bist so ein Idiot. Schreib ihr doch einfach.* Trotz des Flehens seines Herzens entschied er sich dagegen.

Marcel ging duschen, bereite Rührei und Pancakes zu und stocherte dann lustlos darin herum. Er überlegte, sich ein wenig mit Sport abzulenken, da er noch zwei Stunden Zeit hatte, ehe er zur Arbeit musste.

Er ging in den Keller, wo er sich in den letzten Jahren einen Fitnessraum eingerichtet hatte. Zwanzig Minuten lang powerte er sich auf dem Laufband aus und hob anschließend ein paar Gewichte auf der Trainingsbank. So bekam er den Kopf frei.

Und als er auf dem Weg nach oben war, entschied er, Kim zu schreiben. Während er eine Nachricht an sie textete, schlang er sein Frühstück hinunter. Anschließend nahm er eine zweite Dusche.

Danach fühlte er sich deutlich besser. Sein gutes Gefühl verstärkte sich noch, als Kim ihm antwortete, dass es ihr gut gehe und sie sich wünsche, ihn am Abend zu treffen.

Doch es war schlagartig vorbei, als Konrad anrief.

„Guten Morgen. Wach?"

„Außerdem geduscht, gefrühstückt und bis gerade eben gut drauf. Was gibt es?"

„Du kannst direkt nach Lützel zum Deutsche Bahn Museum kommen. Dort wurde eingebrochen."

„Ja, und, was haben wir damit zu tun?"

„Wir kümmern uns um die zwei Leichen, die der Täter hinterlassen hat."

„Im Museum der Deutschen Bahn?"

„Richtig. In den Büroräumen des alten Gebäudes."

„Und das hat was mit unserem Fall zu tun?"

„Sonst würde ich wohl nicht anrufen. Also mach dich auf den Weg. Bis gleich." Konrad legte auf.

Marcel zog sich seine Jacke über und verließ das Haus mit einem unguten Gefühl. Seufzend setzte er sich ins Auto und fuhr los.

Er parkte das Auto direkt vor dem Museum und schaute auf das Gebäude.

In dem alten Backsteinhaus wurden historische Lokomotiven und Salonwagen ausgestellt, die schon von berühmten Persönlichkeiten wie Englands Queen oder den Beatles benutzt worden waren. Marcel fragte sich, wie man auf die Idee kam, jemanden in einem Bahnmuseum zu töten.

Marcel stieg aus. Schon von Weitem erkannte er an dem Massenauflauf seiner Kollegen, wo er hinmusste.

Er wurde von einer jungen Polizistin zurückgehalten, als er durch die Absperrung gehen wollte. „Sie dürfen hier nicht vorbei."

Marcel seufzte und zog seinen Ausweis hervor.

Die Polizistin errötete. „Bitte entschuldigen Sie, Kommissar Schweißer."

Er ärgerte sich darüber, dass er genervt reagiert hatte und versuchte sich mit einem charmanten Grinsen bei seiner Kollegin zu entschuldigen. „Nein, bitte verzeihen Sie meine Reizbarkeit. Sie haben alles richtig gemacht. So haben Sie es doch gelernt, oder?"

Die Polizistin nickte verlegen. „Ich bin neu und kenne noch nicht so viele Gesichter."

„Machen Sie sich keine Gedanken. Herzlich willkommen in unserem Irrenhaus." Er zwinkerte ihr zu. Dann lief er weiter.

Konrad redete mit Wolfgang Becker und Marcel stellte sich dazu.

„Dann können wir ja anfangen", sagte Becker. „Zieht euch an und folgt mir."

Wenige Minuten später standen sie zu dritt vor einer Frauenleiche. Sie war übergewichtig und in ein weißes, fast durchsichtiges Nachthemd gekleidet. Sie lag am Boden, die Augen vor Schreck geweitet. Neben ihr waren drei Kuscheltiere drapiert.

„Das ist doch nicht zu fassen." Marcel sah sich um.

Vor dem großen Fenster stand ein Bett. An der Wand gegenüber saß eine zweite Leiche, die Hände wie zu einem Gebet gefaltet. Wie am ersten Fundort, nur war es dieses Mal ein Mann.

„Ein ehrenamtlicher Mitarbeiter des Museums hat die beiden Leichen so vorgefunden. Er sitzt mit einem Schock unten bei den Sanitätern." Becker zeigte auf das männliche Opfer. „Dieses Bild dürfte euch ja bekannt vorkommen. Auch er hatte eine Botschaft in den Händen." Wolfgang hielt einen Zettel in einer Plastiktüte hoch.

*Jetzt bist du frei von deiner Qual.* Es war eine andere Handschrift als die bei Liljana Meister.

„Wunderbar, wir haben es also wieder mit einem Irren zu tun." Marcel stemmte die Hände in die Hüfte und schaute sich noch einmal in dem Raum um, erschüttert über die ganze Grausamkeit.

„Unsere Theorie, dass Frauen die bevorzugten Opfer sind, ist damit hinfällig", sagte Konrad.

Marcel schaute zu Becker. „Was noch?"

„Das Opfer hat einen Ausweis bei sich. Laut diesem handelt es sich um Helmut Bartels, 45 Jahre."

Ein ungutes Gefühl schoss Marcel ohne Vorwarnung in den Magen. Ihm kamen die Bilder der weinenden

Ehefrau in den Sinn, die am Vortag bei ihnen im Präsidium gesessen hatte. „Scheiße." Er sah sich die Leiche genauer an und erkannte nun den Kinderarzt, der stark abgenommen hatte. „Was spielt der Täter für ein krankes Spiel?", fragte Marcel mehr zu sich selbst.

„Jedenfalls ist es ihm völlig egal, dass wir schnell herausfinden, wer die Opfer sind. Er fühlt sich anscheinend sehr sicher." Konrad strich durch seinen Bart.

„Die Frau hat Würgemale am Hals. Ich vermute, dass sie mit bloßer Hand erwürgt wurde." Dann zeigte Becker auf das Klappbett. „Darin lag offenbar jemand. Es ist zumindest ein frischer Urinfleck darauf. Die Frau riecht nach Urin, es könnte also sie gewesen sein."

„Was hat es mit den Kuscheltieren auf sich?", fragte Marcel.

„Was die für eine Rolle spielen, weiß ich nicht. Alle haben unten ein Loch, als wären sie aufgespießt worden."

„Warum hat er dieses Museum gewählt? Wie hängt das alles zusammen?" Marcel kratzte sich am Kopf.

Ein junger Kollege von der Kriminaltechnik kam mit drei langen Holzstäben in das kleine Büro. „Die habe ich draußen vor dem Fenster gefunden."

Becker betrachtete die Stöcke. Dann entfernte er etwas von der Spitze. „Schaumstoff. Ich wette, mit den Dingern wurden die Kuscheltiere aufgespießt." Er nahm eines der Stofftiere und steckte einen Stab in das Loch. „Bingo."

Marcel schüttelte den Kopf. „Was in aller Welt ist hier passiert?"

Konrad drehte sich mehrmals im Kreis, schaute sich um. Er runzelte die Stirn.

Marcel konnte seine Gedanken förmlich lesen.

„Ist ein Museumsmitarbeiter in der Nähe?", fragte Konrad.

Beckers junger Kollege nickte. „Ja, draußen steht der Leiter des Museums."

„Prima, dann unterhalte ich mich gleich mit ihm. Sonst noch etwas, Wolfgang?"

„Erst mal nicht. Die restlichen Spuren werten wir aus. Je nachdem, wie viele hier Zutritt haben, werden wir wohl einige finden, die mit der Tat nichts zu tun haben."

„Wir fragen den Museumsleiter, wer alles Zugang hat." Konrad nickte Marcel zu.

Die beiden gingen aus dem Büro, in dem die Kollegen der Kriminaltechnik fortfuhren.

Im Erdgeschoss lief ein weißhaariger Mann nervös auf und ab. Als Konrad und Marcel auf dem letzten Treppenabsatz ankamen, hastete er auf sie zu. „Guten Tag. Ich bin Peter Kranich, der Leiter dieses Museums. Können Sie mir sagen, was hier los ist?"

„Guten Tag, Kripo Koblenz. Malter mein Name. Mein Partner Kommissar Schweißer. Wir ermitteln in zwei Mordfällen, die heute Nacht in diesem Gebäude verübt wurden."

Der Mann schüttelte fassungslos den Kopf. „Mein Kollege ist völlig fertig, ich habe ihn so noch nie gesehen. Ich kann mir gar nicht erklären, warum jemand in unserem Museum getötet wurde."

„Das Museum wird nachts nicht bewacht?", hakte Konrad nach.

„Nein, das war bisher nicht nötig. Seit 2001 wurde hier noch nie eingebrochen."

„Von wem wurde das Büro oben genutzt?" Konrad zeigte zur Decke.

Der Mann hob die Augenbrauen. „Von so ziemlich jedem der Mitarbeiter. Zumindest die, die mit der Verwaltung vertraut sind. Und das sind fast alle. Wir sitzen auch viel dort, wenn es Gespräche gibt."

Marcel presste die Lippen zusammen. Es würde dort oben nur so von Spuren wimmeln.

„Wir brauchen eine Liste aller Mitarbeiter", fuhr Konrad fort.

„Selbstverständlich. Dafür müsste ich ins Büro." Er steuerte direkt auf die Treppe zu.

„Sie können jetzt noch nicht da rein", sagte Konrad. Es hat Zeit, bis die Spurensicherung fertig ist. Gab es in letzter Zeit einen Vorfall mit einem Mitarbeiter? Eine Kündigung, einen Streit oder etwas in dieser Art?"

„Nein, gar nichts. Wir sind wie eine Familie."

„Und unter den Mitarbeitern ist Ihnen auch kein Streit aufgefallen?", hakte Marcel nach, obgleich er wusste, dass wahrscheinlich keiner der Mitarbeiter der Täter war. Trotzdem fragte er sich, warum diese beiden Morde ausgerechnet in diesem Museum stattgefunden hatten.

„Auch Streitereien unter Kollegen sind mir nie aufgefallen. Tut mir sehr leid."

„Schon in Ordnung." Konrad gab ihm eine Visitenkarte. „Sie können uns anrufen, wenn Ihnen doch noch etwas einfallen sollte. Sobald die Kriminaltechnik oben fertig ist und Ihnen Bescheid gibt, können Sie das Büro wieder nutzen. Es wird aber noch ein paar Stunden dauern. Für heute kann das Museum nicht geöffnet werden."

Der Museumsleiter riss die Augen auf. „Um Gottes willen, das Museum bleibt nicht nur heute zu. Diese grausame Erfahrung müssen wir erst einmal verdauen."

Konrad nickte. „Bitte denken Sie daran, uns die Mitarbeiterliste zukommen zu lassen."

„Selbstverständlich. Auf Wiedersehen." Der Leiter schritt mit hängenden Schultern vom Gebäude weg.

Marcel und Konrad liefen zu ihren Autos.

„Das der Ehefrau von Doktor Helmut Bartels beizubringen, wird in einer Katastrophe enden", mutmaßte Marcel.

„Sie hatte den richtigen Riecher."

Marcels Magen krampfte. „Gestern hätten wir ihn vielleicht noch retten können. Wie sollen wir der Frau das nur erklären?"

Konrad blieb ihm eine Antwort darauf schuldig.

Die beiden stiegen jeder in seinen Wagen.

Marcel startete den Motor und fuhr los. Er machte die Scheibenwischer an und reinigte die Scheibe von den zerplatzten Fliegen. Seine Gedanken schweiften einen Moment zu Kim, weil er sie vermisste. Er freute sich, sie am Abend zu treffen.

Als er auf dem Parkplatz ankam, wartete Konrad bereits. Gemeinsam gingen sie zum Gebäude.

„Ich habe echt Bauchschmerzen, wenn ich an Frau Bartels denke", sagte Marcel auf dem Weg.

„Es wird nicht einfach sein, ihr davon zu erzählen. Aber wir hätten es nicht verhindern können. Wo hätten wir suchen sollen? Konzentrieren wir uns auf die Ermittlungen, damit wir nicht noch mehr Leichen finden."

„Meister und Bartels waren laut ihren Angehörigen verreist. Das muss irgendwie zusammenhängen. Vielleicht lädt der Täter sie ein", mutmaßte Marcel.

„Wenn es so eine Einladung gibt, dann scheint der Täter die Opfer zu kennen. Er müsste von Doktor Bartels Beruf wissen und Frau Meisters Vertrauen gewonnen haben. Das hieße, er lockt die Opfer unter einem Vorwand zu sich."

„Wir müssen also herausfinden, wie der Täter an die Opfer kommt. Vielleicht über ein Reisebüro oder ein Onlineportal für Reisen. Haben die etwas mit Ärztekongressen zu tun?"

„Da sollten wir in jedem Fall nachforschen. Und wie passen die anderen beiden Opfer dort rein? Lorenz war nicht verreist. Wie hat er sie aus dem Haus gelockt?"

Marcel hielt an dem Automaten und zog sich einen Schokoladenriegel. „Du auch?"

Konrad schüttelte den Kopf.

„Schauen wir mal, ob das weibliche Opfer aus dem Museum schon vermisst wird." Marcel ging zu seinem Schreibtisch.

Stefan erwartete sie bereits.

„Hallo, Stefan", sagte Konrad. „Was gefunden?"

„Ich habe nach deinem Anruf direkt Frau Bartels kontaktiert. Sie ist mit den Kindern zu den Großeltern gefahren, wird aber gleich morgen zurückkommen."

Marcel senkte den Blick. „Sie ahnt es bestimmt schon."

„Hörte sich so an. Sie hat direkt angefangen zu weinen." Stefan hob ein Papier hoch. „Ich habe hier noch eine Vermisstenmeldung. Astrid Lohne, 31 Jahre. Verschwand mitten in der Nacht aus ihrem Haus. Der Ehemann ist aufgewacht, als sein Sohn geschrien hat. Der Vater hat nachgeschaut, warum seine Frau nicht auf das Brüllen reagierte. Da war sie mit den drei Lieblingskuscheltieren des Kindes spurlos verschwunden."

Marcel schaute Konrad an. „Passt ja."

„Das Bild des Opfers passt auch zu dem der Vermisstenmeldung. Ich denke, es handelt sich um Astrid Lohne." Stefan seufzte. „Wir haben es offenbar mal wieder mit einer ganz besonderen Sorte Verbrecher zu tun."

Marcel setzte sich an seinen Schreibtisch. „Unsere Theorie, dass Jennifer Lorenz flüchten konnte, ist damit dann wohl hinfällig. Anscheinend gehört es zum Plan, ein Opfer nicht lange bei sich zu behalten."

Konrad massierte seinen Bart.

„Über was denkst du nach?", fragte Marcel.

„Ich frage mich, ob die Opfer, die länger gefangen gehalten werden, eventuell die Mörder der anderen sind."

„Du meinst, dass die von dem Täter zum Töten gezwungen werden?"

„Warum sollte der Täter die einen so brutal und die anderen so harmlos ermorden? Außerdem finde ich die Positionierung der Opfer auffällig. Es sieht aus, als säßen Meister und Bartels da und betrachteten eine Leiche. Und dann diese Botschaft. Diese Qualen, von denen da gesprochen wird, müssen doch irgendwas mit dem Tod des anderen zu tun haben. Aufgrund der unterschiedlichen

Handschrift vermute ich, dass die beiden es selbst geschrieben haben. Irgendeinen Zusammenhang muss es zwischen den Opfern geben."

Marcel schaute auf der Pinnwand alle Opfer noch einmal an. „Lorenz und Lohne sind im gleichen Alter. Meister und Bartels sind jeweils älter. Wir müssen die Angehörigen befragen, ob sich die heutigen Opfer gekannt haben."

„Und wir durchkämmen auch die Daten zu Lorenz und Lohne. Vielleicht haben die beiden eine gemeinsame Vergangenheit." Konrad setzte sich ebenfalls an seinen Schreibtisch. „Stefan, du kümmerst dich darum."

Dieser nickte. „In Ordnung."

„Marcel, du bestellst Herrn Lohne zur Befragung her. Er muss von dem grausamen Schicksal seiner Frau erfahren. Wieder wurde ein Familienleben zerstört."

Marcel seufzte. Eigentlich sollte er sich um seine Schwester kümmern, sie mit seiner Nichte unterstützen, einen wunderschönen Tag vorbereiten. Doch stattdessen musste er nun wieder eine schlechte Nachricht überbringen, die einen Menschen das Herz brechen würde. Er suchte die Telefonnummer des Ehemannes heraus.

Es klopfte an die Tür.

Simone von der Kriminaltechnik lächelte freundlich, als sie eintrat. „Bitte verzeiht die Störung."

„Hast du etwas für uns?", fragte Marcel.

„Wir haben eine Übereinstimmung für den Fingerabdruck an Liljana Meisters Kinn."

Marcel konnte ihr Glück kaum fassen. „Genial."

„Freu dich nicht zu früh. Es war ihr eigener."

„Wie bitte?" Konrad starrte Simone entgeistert an.

Marcel ließ die Schultern hängen. „Wäre ja auch zu einfach gewesen."

„Die Tinte ist dieselbe wie die der kleinen Botschaft. Sie muss wohl mit dem Finger draufgekommen sein und sich dann ins Gesicht gefasst haben."

„Gut, dann können wir das ja abhaken. Eine richtig große Scheiße ist das", fluchte Marcel.

„War die Handschrift vom Opfer?", wollte Konrad wissen.

„Ja, der Handschriftabgleich war positiv."

# KAPITEL 16

*Mittwoch, 21. Oktober 2020*

Marcel hielt während der Fahrt Kims Hand. „Danke, dass du noch mal mitkommst. Ich kann wirklich jede Unterstützung gebrauchen."

„Mit Hochzeiten kenne ich mich ja aus." Kim zwinkerte. „Danke, dass du mich überhaupt noch mitnimmst, nach allem, was passiert ist."

„Ich mag dich eben und weiß es wirklich sehr zu schätzen, dass du bei den Vorbereitungen mithilfst. Ich bin dafür nicht zu gebrauchen. Aber meine Schwester hat es sich nun mal in den Kopf gesetzt, dass ich ihr Trauzeuge bin. Dabei habe ich keine Ahnung, was ich wie machen muss."

Kim lächelte. Sie schaute ihn lange an. „Du siehst müde aus."

„Das bin ich auch. Eigentlich würde ich jetzt lieber im Bett liegen." Er grinste Kim an. „Mit dir. Aber meine Schwester würde mich aufhängen. Sie war sehr erbost, dass ich meine freien Tage wieder aufgegeben habe."

„Ich kann sie verstehen. Es ist ihr eben wichtig, dass du bei ihrem schönsten Tag dabei bist."

„Das werde ich auch, aber es hätte mir gereicht, einfach nur ein Gast zu sein." Er lachte. „Hauptsache, du bist dabei."

„War das eine Einladung?"

„Eher ein Flehen."

Marcel war froh, dass er nach der Arbeit gleich zu ihr gefahren war. Nachdem er mit Herrn Lohne gesprochen hatte, hatte er nur noch Kim in seine Arme nehmen wollen. Und es schien, als sei das eine gute Entscheidung gewesen. Es lenkte ihn etwas von dem Grauen des Falles ab.

Marcel fuhr die Auffahrt zur Villa seiner Schwester hinauf.

Kaum hatte er angehalten, wurde Kim wieder etwas ruhiger. „Alles okay?"

„Ich kann nicht ausschalten, dass mich das Haus an den schrecklichen Mord meiner Eltern erinnert."

Marcel nahm ihre Hand. „Tut mir leid, dass ich dich jedes Mal mit hierher schleppe."

„Ich finde es schön, mit dir Zeit zu verbringen, egal wo." Kim lächelte, es sah jedoch gequält aus.

Marcel drückte kurz ihre Hand und dann stiegen sie aus.

Carolin stand mit ihrem Rollstuhl an der geöffneten Tür. „Bitte verzeiht, dass ich euch heute nicht unten abholen kann."

Marcel erklomm die Treppe, bückte sich und gab Carolin einen Kuss auf die Stirn.

Sie hatte gerötete Wangen und ihre Haare hingen strähnig nach unten.

Auf ihrem Schoß lag die kleine Marlene und schlummerte friedlich.

„Sie ist gerade eingeschlafen. Was ist denn mit deinem Auge passiert?"

Kim sah Marcel an und errötete.

„Es war nur ein kleiner Unfall bei der Arbeit. Nicht tragisch." Marcel winkte ab. „Soll ich sie dir abnehmen?"

„Bloß nicht. Wenn du sie berührst, wird sie wieder wach." Carolin fuhr in das Wohnzimmer. „Möchtet ihr etwas trinken?"

„Nein danke", antwortete Kim, die mit Marcel gefolgt war.

Auch er lehnte ab. Er half Kim aus ihrem Mantel und zog seine Jacke aus. Nachdem er beides in den Flur, der eher einem Ballsaal glich, gebracht hatte, setzte er sich zu Kim an den Tisch. Sofort fiel ihm auf, dass es im Wohnzimmer wie in einer Bäckerei roch. „Was duftet hier so lecker?"

„Ich probiere ein neues Rezept aus. Rosmarinbrot", antwortete Carolin.

„Igitt." Marcel rümpfte die Nase.

„Ach, du weißt nicht, was gut ist."

Jörg kam die Treppe herunter. Er war wie immer lässig gekleidet und strahlte über das ganze Gesicht. „Hallo ihr zwei. Schön, euch zu sehen. Vor allem bin ich dankbar, nun die Planungen nicht mehr allein mit Caro machen zu müssen. Sie ist eine verdammte Perfektionistin. Ich glaube, sie erschlägt mich vor der Hochzeit noch."

Carolin gab ihm einen Klaps auf den Rücken. „Spinner. Es soll nun mal unser schönster Tag werden."

Kim massierte sich die Hände. Erneut schaute sie Jörg nervös an.

Dieser wich ihrem Blick mehrmals aus, räusperte sich dann aber. „Ist alles in Ordnung, Kim? Du siehst irgendwie verschreckt aus."

„Ähm …" Sie schaute verlegen zu Marcel. „Nein, ich habe nur nicht gut geschlafen."

„Na, ihr seht beide nicht so aus, als hättet ihr gut geschlafen." Jörg lachte.

Kim rutschte nervös auf dem Stuhl herum und nestelte unter dem Tisch mit den Händen.

„Also, Caro, was soll ich tun?", fragte Marcel, der sich Kims Unbehaglichkeit nicht weiter anschauen konnte.

Carolins Augen leuchteten. „Papa wird mich zum Altar führen und deine Aufgabe ist es, vorne zu stehen und die Ringe zu halten."

„Das bekomm ich hin."

„Und ich würde dich bitten, dass du dich um den Blumenschmuck kümmerst."

Marcel riss die Augen auf. „Wie bitte? Ausgerechnet Blumen? Ich habe doch gar keine Ahnung von dem Grünzeug."

Carolin lachte. „Du hast dich kein bisschen verändert."

„Was soll das denn jetzt heißen?"

„Eigentlich bist du ja mein großer Bruder und solltest dich um mich kümmern. Schließlich habe ich mich als Kind auch um dich gekümmert."

„Das stimmt nicht", antwortete Marcel empört. Er lehnte sich zurück und verschränkte die Arme.

„Oh doch, das tut es. Kannst du dich erinnern, dass du deinem damaligen Schwarm Rosen kaufen wolltest, als du achtzehn warst?"

Marcel verdrehte die Augen. Seine Wangen glühten.

„Du hast deine zehnjährige Schwester geschickt."

Alle lachten.

Kim sah Marcel amüsiert an. „Heißt das, ich werde nie Blumen von dir bekommen?"

„Doch, ich schicke dafür dann meine Schwester in den Laden." Er zwinkerte.

Carolin legte lächelnd ihre Hand auf Marcels Arm. „Für die Blumen ist gesorgt, darum kümmert sich Jörg. Ich wollte dir nur etwas Angst machen."

Marcel atmete geräuschvoll aus. Es fiel ihm ein Stein vom Herzen. Nicht nur, dass er nicht gewusst hätte, was er da holen sollte, der Job verlangte auch zu viel Zeit von ihm ab.

„Du musst pünktlich sein und an diesem Tag nur Augen für deine Schwester haben. Mehr verlange ich nicht."

„Das ist überhaupt kein Problem." Marcel drehte sich zu Kim. „Damit musst du dann leben."

„Bekomme ich hin."

Die vier unterhielten sich noch ein wenig über die Hochzeit und Carolin plauderte immer wieder peinliche Dinge aus Marcels Kindheit aus.

Obwohl die Stimmung gelöst war, sagte Kim kaum etwas. Sie gab nur knappe Antworten und fühlte sich eindeutig nicht wohl.

„Alles gut? Möchtest du fahren?", flüsterte Marcel ihr ins Ohr.

Sie schüttelte den Kopf. „Nein, es ist alles in Ordnung."

Jörg schaute sie mit einem durchdringenden Blick an. „Du siehst sehr angespannt aus. Ist sicher alles in Ordnung?"

„Ich bin wirklich nur müde. Derzeit plagt mich ein Albtraum, deshalb habe ich wenig geschlafen."

„Hast du etwa wieder von der Scheune geträumt?", fragte Marcel.

Sie senkte den Blick, ihre Augen füllten sich mit Tränen.

„Sorry, das war dumm von mir", sagte Marcel. „Vielleicht gehen wir lieber nach Hause."

Kim schluckte und nickte.

„Dich quält also ein immer wiederkehrender Traum?", fragte Jörg.

Kim setzte sich aufrecht hin und winkte ab. „Das ist jetzt nicht so wichtig. Wir sind doch wegen eurer Hochzeit da."

„Ach was, Kim. Wir wollen, dass es dir gut geht", sagte Carolin. Sie schluckte und schaute dann schnell weg.

Marcel wusste genau, was in Carolin vorging. Sie stand immer gern im Mittelpunkt. Auch wenn sie es nicht zugeben würde, es störte sie, dass Kim gerade die Aufmerksamkeit auf sich zog.

„Das ist lieb", antwortete Kim. „Aber wir sind nicht wegen meiner Träume hier."

„Wir haben doch alles besprochen." Jörg lächelte. „Ein Albtraum, der immer wiederkehrt, könnte ein Hinweis auf ein ernst zu nehmendes Trauma sein. Ich kann dir einen sehr kompetenten Kollegen empfehlen, der sich darauf spezialisiert hat. Oder warst du schon einmal in einem Schlaflabor?"

Marcel neigte den Kopf nach unten. „Ich denke, dass Kim und ich das zu Hause besprechen können."

„Ja, war ich. Und ich habe auch schon eine Verhaltenstherapie hinter mir. Der Rückfall kam sicher nur wegen des Stresses der letzten Tage", antworte Kim jedoch auf Jörgs Frage.

Dieser lächelte noch immer. „Gib mir einfach Bescheid, wenn ich meinen Kollegen anrufen soll."

Es entstand eine betretende Stille und Marcel war heilfroh, als Marlene quengelte.

Carolin nahm ihre Tochter hoch und klopfte ihr auf den Rücken. „Na, mein Schatz, hast du Hunger?"

Jörg stand auf, gab seinen beiden Frauen jeweils einen Kuss auf den Kopf und lief in die Küche. „Ich bereite die Milch zu."

Marcel schlug sich mit den Händen auf die Oberschenkel. „Gut, Schwesterherz, dann machen wir uns los. Kim und ich brauchen dringend Schlaf."

„Danke, dass ihr da wart. Findet ihr allein hinaus?"

„Selbstverständlich, auch wenn die Bude dreimal so groß wie mein Haus ist."

„Du lebst in Oma und Opas Erbe weiter, das ist auch schön. Wir haben sie nie kennengelernt, da ist es doch eine wunderbare Vorstellung, nicht wahr?"

„Das stimmt." Marcel nahm seine Nichte auf den Arm, die sofort aufhörte zu heulen und ihn lachend anstarrte. „Sie mag mich." Er gab ihr einen Kuss und legte sie ihrer

Mutter wieder in die Arme, was sie mit erneutem Weinen beantwortete.

„Ich finde das nicht nett von dir, kleine Lady", sagte Carolin. „Gleich gebe ich dich deinem Onkel mit."

Marcel lachte. „Macht es gut."

„Vielen Dank für alles, ich freue mich sehr für euch", sagte Kim.

Marcel verließ mit ihr das Haus.

Als Kim die Treppe zum Vorplatz hinunterlief, drehte sie sich auffällig oft um und schaute in den hinteren Bereich des Grundstückes.

„Alles in Ordnung?" Marcel ließ das Gefühl nicht los, dass Kim nicht nur wegen des Traumes so merkwürdig drauf war. Irgendetwas stimmte mit ihr nicht.

Kim räusperte sich. „Ja, ich finde das Anwesen nur sehr beeindruckend. Es ist riesig. Und wie viel Arbeit darin steckt."

„Mir wäre es zu viel zum Putzen." Marcel hielt ihr seine Hand hin und lief mit ihr zum Auto. „Ab nach Hause und ins Bett."

# KAPITEL 17

Kim und Marcel lagen schwer atmend im Bett. Ihre Körper waren schweißnass.

Marcel wäre am liebsten noch einmal über sie hergefallen. Durch seinen Körper schoss das Adrenalin. Er konnte sein Glück kaum fassen und hatte alle Bedenken über Bord geworfen. Kim war eine Traumfrau. Sein Instinkt warnte ihn, doch sein Herz kämpfte dagegen an. Gänsehaut überzog ihn, als sie zärtlich über seine Haut streichelte.

„Bleibst du heute Nacht hier?"

„Das geht leider nicht. Ich muss morgen früh zur Arbeit und habe keine Kleidung hier."

„Du könntest etwas früher aufbrechen und vorher noch bei dir vorbeifahren. Bitte, ich möchte gern in deinen Armen einschlafen." Sie kuschelte sich an ihn. Ihre klebrige Haut roch nach Schweiß und Sex.

Marcel schaffte es nicht, zu antworten, denn es klingelte Sturm.

Kim zuckte zusammen.

„Das ist nicht sein Ernst. Der wird doch nicht schon wieder hier auftauchen." Er stand auf und zog sich die Unterhose an. „Beobachtet der uns, wann wir hier zusammen sind?" Mit Wut im Bauch lief er zur Tür.

Kaum hatte er die Tür geöffnet, bekam er etwas ins Gesicht gerammt. Sofort tanzten Sterne vor seinen Augen und er hatte große Mühe, sein Gleichgewicht nicht zu verlieren. Ehe er realisieren konnte, was passiert war, krachte der Gegenstand ein zweites Mal gegen seine Nase. Marcel fiel auf den Boden und landete mit dem Gesicht auf den Fliesen. Benebelt blieb er liegen. In seinen Ohren dröhnte es. Etwas lief an seiner Wange hinunter. Alles drehte sich. Sein zuvor schon verletztes Auge pochte. Ein Druck auf seinen Rücken raubte ihm den Atem und er drehte instinktiv den Kopf.

Radow stand mit einem Fuß auf ihm. „Na, du Superbulle, damit hast du nicht gerechnet, was?"

Marcel stöhnte auf. Er hatte das Gefühl, dass seine inneren Organe zerquetscht wurden. Er sah, wie die schwarzen Stiefel an ihm vorbeiliefen, doch er war unfähig, sich zu bewegen. Seine Drohungen an Radow bildeten sich nur in seinem Kopf, verließen jedoch nicht seinen Mund. Nur einen Augenblick wollte er seine Augen schließen, um zu Sinnen zu kommen.

Da hörte er Kim schreien.

Er stützte sich auf den Händen ab, krachte jedoch wieder zurück auf den Boden. Seine Arme wackelten wie Pudding.

„Hilfe!", schrie Kim. „Hör auf!"

Marcel atmete tief ein und aus, versuchte, sich nicht vorzustellen, was Radow mit Kim anstellte, um Ruhe zu bewahren. Dann drückte er sich mit aller Kraft nach oben. Er hielt sich einige Sekunden an der Wand fest, bis der Schwindel abgeklungen war.

Die Hilferufe aus Kims Schlafzimmer wurden immer lauter.

Marcel wankte zu ihr und sah, wie Radow auf der nackten Kim saß und ihr wiederholt ins Gesicht schlug. Er mobilisierte seine Kräfte, rannte auf ihn zu und riss ihn von ihr herunter.

Radow fiel vom Bett und stieß einen Schmerzenslaut aus. Er versuchte gleich wieder aufzustehen, doch Marcel setzte sich auf ihn und schlug ihm die Faust ins Gesicht.

Kim griff nach ihrer Decke und rang nach Luft. Aus ihrer Nase quoll Blut.

„Ich habe die Schnauze gestrichen voll von dir. Du bist doch gestört", schimpfte Marcel in Richtung des Eindringlings.

Radow wand sich unter seinem Gewicht. „Geh runter von mir."

Marcel erhob erneut die Faust, kam dann jedoch zur Besinnung. „Ich habe dich das letzte Mal gewarnt. Du wanderst jetzt in den Knast."

Das fiese Grinsen, das auf seine Worte folgte, hätte Marcel Radow am liebsten aus dem Gesicht geschlagen. Er atmete schwer, noch immer kämpfte er mit dem Schmerz in seinem Kopf. Sein Auge war mittlerweile so zugeschwollen, dass seine Sicht sehr eingeschränkt war.

„Na los, ruf deine Bullenkollegen. Aber dann wird die ganze Welt erfahren, was Kim gemacht hat, und sie wird mit mir in den Knast gehen. Danach ist es vorbei mit der großen Liebe."

„Halt deinen Mund! Hör endlich auf!", brüllte Kim.

Marcel zuckte zusammen, als er in ihr rotes Gesicht sah. Die Wut in ihren Augen, die gefletschten Zähne und die hervortretende Halsschlagader erschreckten ihn. Er spürte einen Hass, der kaum zu ertragen war.

„Warum, Kimi? Hast du Angst, dass dein kleiner Stecher etwas erfährt, das er nicht wissen soll?" Radow lachte höhnisch. „Du Schlange gehst mit mir unter, das schwöre ich dir. Du gehörst mir."

Kim sprang aus dem Bett und trat Radow ins Gesicht. „Halt endlich deinen Mund!"

Geschockt erhob sich Marcel und drückte Kim in ihr Bett. „Bist du verrückt geworden? Beruhige dich wieder."

Ehe er zurück zu Radow gehen konnte, war dieser bereits aufgesprungen und nach draußen gerannt.

Marcel hastete hinterher, doch sein Kopf schmerzte massiv. Gemeinsam mit der eingeschränkten Sicht wankte er nur und krachte gegen die Wand. „Ruf die Polizei, Kim!"

Doch Kim saß wie erstarrt in ihrem Bett, bedeckte mit den Armen ihren nackten Körper und zitterte. Kreidebleich im Gesicht starrte sie auf die Tür.

„Verdammt, er entkommt. Ruf die Polizei, Kim."

Sie rührte sich nicht.

Marcel ging zu seiner Hose, die vor dem Bett auf dem Boden lag, und kramte sein Handy hervor. „Scheiße, Mann." Seine Hände zitterten. Blut tropfte hinunter.

„Tu es nicht. Bitte. Ruf nicht die Polizei."

Entsetzt starrte er Kim an. „Natürlich tue ich das. Ich lasse mich doch nicht zusammenschlagen. Dieser Typ gehört in den Knast."

Kim weinte. „Bitte, ich flehe dich an. Du musst auf mich hören."

Marcel warf das Handy auf das Bett. „Verdammt, Kim, was stimmt nicht mit dir? Womit hat er dich in der Hand?"

Sie zuckte und sackte schluchzend in sich zusammen.

Dieses Mal würde sich Marcel nicht abwimmeln lassen, auch wenn er sie einfach nur zum Trösten in den Arm nehmen wollte. „Wenn ich jetzt nicht die Polizei rufen soll, möchte ich die Wahrheit hören. Keine Ausflüchte mehr!"

Kim ging zum Schrank und zog sich einen Bademantel über. Mit schmerzverzerrtem Gesicht wischte sie sich das Blut von der Nase. Dann verließ sie das Zimmer.

Marcel hievte sich auf das Bett. Sein Kopf dröhnte. Wütend schlug er auf die Decke. Er ärgerte sich, dass Radow ihm entwischt war. Zwei dermaßen dumme Fehler innerhalb so kurzer Zeit. Erst ließ er sich niederschlagen, obwohl er wusste, dass Radow klingelte und gewalttätig war. Und dann ließ er ihn einen Moment unbeaufsichtigt, mit der Flucht hätte er rechnen müssen. Was war nur los mit ihm?

Kim kehrte mit Wasser und einer Packung Paracetamol zurück. „Soll ich einen Krankenwagen rufen?"

„Nein, das ist nicht nötig. Jetzt sprich endlich mit mir." Er nahm drei Schmerztabletten, spülte sie mit Wasser hinunter und schaute Kim abwartend an.

Sie setzte sich auf die andere Bettseite. Ihre Hände zitterten und sie schaute ihm nicht in die Augen. „Radi kam irgendwann einmal zu mir und sagte, dass er die optimale Lösung hätte, um meinen schrecklichen Traum loszuwerden. Er hatte lange daran geforscht. Ich war mittlerweile ein Wrack, habe keine Nacht mehr geschlafen. Jedes Mal, wenn ich mich ins Bett gelegt habe, übermannte mich Panik vor dem Einschlafen." Sie schlang ihre Arme um den Körper. „Ich bin rumgelaufen wie ein Zombie, konnte nicht mehr unterrichten. Nichts habe ich mehr hinbekommen, nicht mal versorgen konnte ich mich noch. Also habe ich Radis Vorschlag zugestimmt."

Marcels Ungeduld wuchs. „Was solltest du tun?"

„Er hat gesagt, dass man einen Albtraum nur losbekommt, wenn man Opfer bringt. Dass man den Traum an andere weitergeben muss, die ihn mitnehmen." Sie sah Marcel noch immer nicht in die Augen.

Marcel runzelte die Stirn. „Wie bitte? Das verstehe ich nicht."

Kim errötete. „Ich sollte einen anderen Menschen opfern."

Marcel lachte kurz auf und fragte sich, ob Kim noch bei Verstand war. „So etwas hat er dir eingeredet? Du hast nicht wirklich an den Scheiß geglaubt, oder?"

Kim blieb still und wurde zunehmend bleicher im Gesicht.

In Marcels Kehle bildete sich ein Knoten. Das konnte doch nicht ihr Ernst sein. „Kim, willst du mir damit sagen, dass du einen Menschen getötet hast?"

Ihr Gesicht sank in die Hände. Sie schluchzte und ihr Körper bebte. Aber Marcel war zu schockiert, um auch nur einen Funken Mitleid zu empfinden.

„Rede endlich!" Er war drauf und dran, sie zu schütteln.

„Ich weiß nicht, was passiert ist. Ich kann mich nicht erinnern. Er hat mir eine Tablette gegeben und gesagt, die werde mir helfen, mich zu entspannen. Und ab da ist alles weg."

„Womit erpresst er dich?"

Kim wischte sich über die Augen. „Jeden Tag hat er mir erzählt, dass ich jemanden getötet habe, dass ich grausam und er darüber geschockt sei."

„Gibt es denn nicht irgendeinen Hinweis oder eine Erinnerung, die beweist, dass du einen Menschen getötet hast?"

„Nein, nichts. Er hat gesagt, dass ich denjenigen, den ich ermordet habe, meine Angst mitgegeben habe." Sie legte das Gesicht in die Hände und wiegte ihren Oberkörper vor und zurück. „Das Schlimme ist, dass ich seitdem wirklich keine Angst mehr gehabt habe. Bis gestern habe ich auch nicht mehr geträumt." Dann sah sie Marcel an und es war, als suche sie nach Vergebung. „Ich bin eine Mörderin."

„Kim, was hast du getan?" Es war kaum mehr als ein Flüstern gewesen, so geschockt war Marcel. Er stand auf und stellte sich an die Wand, weil er ihre Nähe in diesem Moment nicht mehr ertragen konnte. Seine Beine wackelten.

„Ich weiß es nicht. Er hat es mir nicht verraten, sondern nur gesagt, dass es mich von den bösen Dämonen befreit. Damit hatte er recht."

„Und du bist nicht zur Polizei gegangen, um den Mord zu melden?"

„Ich schwöre, ich wollte es tun. Aber Mattes hat mich mehrere Tage eingesperrt und gesagt, dass er nicht zulässt, dass ich mein Leben kaputt mache. Er hat sich verändert."

„Was meinst du damit?"

„Am nächsten Tag war er ganz blass und wirkte fahrig. Er stand wie unter Schock und hat tagelang nur wenig gesprochen. Außerdem war er total schreckhaft." Kim räusperte sich. „Wahrscheinlich war er schockiert über mich und meine Tat. Ich schäme mich so."

Marcel schüttelte den Kopf. „Warum ist er nicht zur Polizei gegangen, wenn es wirklich so grausam war?"

„Ich weiß es nicht. Vielleicht wollte er mich schützen."

Marcel pfiff abwertend. „Er hat dich doch dazu gebracht, es zu tun."

„Vielleicht hat er nicht damit gerechnet, dass ich so brutal bin."

„Das ist doch alles total verrückt." Marcel lachte ungläubig auf. „Ihr habt euch beide strafbar gemacht."

„Aber was hätte ich der Polizei sagen sollen? Ich weiß bis heute nicht, was ich getan habe und wo ich es getan habe. Ich habe jeden Tag die Zeitung durchforstet und geschaut, ob nach jemandem gesucht wird oder ob eine Leiche gefunden wurde. Aber da war nichts."

„Dann hättest du melden müssen, dass du glaubst, jemanden getötet zu haben. Es ist die Aufgabe der Polizei, herauszufinden, was geschehen ist. Vielleicht ist gar nichts passiert und er hat dir das nur eingeredet. Vielleicht war das nicht das einzige Mal, dass er dir Drogen verabreicht hat. Mit dem Schweigen hast du alles nur noch viel schlimmer gemacht."

„Du kannst dir nicht vorstellen, was für Qualen es waren. Ich war am Ende. Als ich dann gespürt habe, dass der Traum weg war, habe ich das alles akzeptiert." Sie streckte ihre Hand nach ihm aus.

Marcel griff jedoch nicht danach, sondern schüttelte den Kopf und zog sich an. „Wenn es stimmt, was Radow sagt, dann bist du eine Mörderin." Die Worte waren hart gewesen, aber Marcel war mit seinen Kräften am Ende. „Auch wenn du nicht bei Sinnen warst, hättest du es nicht verheimlichen dürfen."

„Ich wollte endlich ein neues Leben anfangen. Deswegen habe ich es verheimlicht. Bitte geh nicht."

„Glaubst du, ich kann jetzt einfach so hierbleiben? Ich kann doch nicht mit einer Mörderin zusammen sein. Ich bin Polizist. Kim, ich gebe dir die Chance, bis morgen Mittag bei der Kripo Anzeige zu erstatten, danach werde ich jemanden schicken. Es muss untersucht werden, was an der Story dran ist."

„Was soll ich denen denn erzählen?"

„Das Gleiche wie mir." Marcels wollte es nicht wahrhaben, doch er durfte die Sache nicht ruhen lassen. „Wie lange ist das her?"

„Drei Jahre." Kim sackte zusammen. „Er hat es geschafft. Mattes hat wieder mein Leben zerstört. Ich wünschte, ich könnte ihn töten." Ihre Worte hatten verzweifelt geklungen, doch trotzdem machten sie Marcel Angst.

„Gott, Kim. Wer bist du wirklich?" Marcel wartete keine Antwort ab und verließ das Haus. Der Druck gegen seine Brust wuchs, mit jedem Schritt, den er sich von Kims Haus entfernte.

Er wusste, dass er gerade einen großen Fehler machte. Er müsste sie sofort bei der Polizei melden, da sie verschwinden könnte.

Doch zuallererst würde er selbst nach einem ungelösten Verbrechen suchen, das vor drei Jahren passiert war. Er musste wissen, was genau Kim getan hatte, auch wenn er gerade dabei war, seinen Job aufs Spiel zu setzen.

# KAPITEL 18

*Donnerstag, 22. Oktober 2020*

Als sich die Etage mit Kollegen füllte, hätte sich Marcel am liebsten in einem Loch versteckt. Jedes Geräusch verstärkte seine Kopfschmerzen. Beim Atmen pfiff seine zugeschwollene Nase und sein lädiertes Auge war mittlerweile ganz zu.

Er war nach dem Gespräch mit Kim nur kurz zu Hause gewesen und hatte sich umgezogen. Anschließend war er gleich ins Präsidium gefahren, um nach einem ungelösten Mordfall vor drei Jahren zu suchen. Fall für Fall hatte er sich angeschaut. Nur zwei waren herausgestochen. Ein gelöster Mord, das Ergebnis eines Bandenkrieges, und eine Frau, die von ihrem Ehemann angezündet worden war. Ansonsten hatte es keine grausam zugerichtete Leiche gegeben. Und bei allen bis zu diesem Tag ungelösten Fällen hatte die Kripo zumindest einen Verdächtigen.

Marcel goss sich die sechste Tasse Kaffee ein. Das Koffein bereitete ihm Herzklopfen, doch um wach zu bleiben, benötigte er an diesem Tag eine Überdosis. Nervös wippte er mit den Beinen. Die innerliche Unruhe machte ihm zu schaffen.

„Was treibst du denn schon hier?"

Marcel zuckte zusammen und ließ die Tasse fallen. Schnell rettete er die Papiere auf seinem Schreibtisch vor der Flüssigkeit. „Mann, Konrad. Was schleichst du dich so an?" Er stand auf. Kaffee tropfte auf den Boden. Auf seiner Jeans breitete sich ein brauner Fleck aus.

„Alles okay?"

Marcel schaute zu Konrad.

Dieser riss seine Augen auf. „Du Schande, wie siehst du denn aus? Du musst zu einem Arzt."

„Es ist alles okay", antwortete Marcel mürrisch.

„*Okay* nennst du das? Du bist auf einem Auge blind, deine Nase ist doppelt so groß wie gestern und du trägst alle Farben des Regenbogens in deinem Gesicht."

Marcel wischte den Stuhl und den Boden trocken, machte den Tisch sauber und setzte sich erschöpft hin. Er legte seinen Kopf auf der Hand ab.

Konrad nahm auf dem Tisch Platz. „Was ist passiert? Hast du noch einen Schlag auf die Nase bekommen?"

Marcel erzählte Konrad widerwillig, was in der Nacht bei Kim vorgefallen war, und stellte sich auf eine Rüge ein.

Sekundenlang starrte Konrad ihn sichtlich sprachlos an.

Marcel behagte die Stille nicht, also redete er einfach weiter. „Ich habe nach Fällen gesucht. Vielleicht ist das besagte Opfer noch nicht gefunden."

„Marcel, wenn das wirklich stimmt, was du mir gerade erzählt hast, bist du der Letzte, der darin ermitteln sollte. Du bist zu befangen."

„Bis jetzt gibt es ja noch keinen Beweis dafür, dass es überhaupt einen entsprechenden Mord gab."

Konrad massierte sich die Schläfen. Er wirkte genauso fassungslos wie Marcel selbst. „Bist du eigentlich komplett von allen guten Geistern verlassen? Warum hast du nicht sofort die Polizei gerufen?"

Marcel stand auf und stellte sich ans Fenster. „Ich musste das erst einmal sacken lassen und wollte nach Beweisen suchen. Es kann doch nicht sein, dass ihr Ex behauptet, sie wäre so brutal gewesen, und sie sich an rein gar nichts erinnern kann. Ich will einfach nicht glauben, dass sie zu so einer Tat fähig ist."

„Ich muss dir doch nicht erklären, dass man Kriminellen nicht ansehen kann, wie sie ticken."

„Sie wird heute kommen und sich selbst anzeigen. Ich habe sie dazu gezwungen." Marcels Blick haftete auf der Bundesstraße. Ihm war übel und es machte ihn wahnsinnig, nur auf einem Auge sehen zu können.

„Du meinst, darauf kannst du dich verlassen? Verdammt, was ist nur los mit dir?" Konrad holte tief Luft. „Offensichtlich hat der Ex-Mann sie damals unter Drogen gesetzt. Ich werde mir diesen Typen zur Brust nehmen. Vielleicht hat er Kim nur eingeredet, dass sie ein Verbrechen begangen hat. Er scheint ja nicht ganz dicht zu sein."

Das Klingeln eines Telefons unterbrach die Unterhaltung.

Konrad lief zu seinem Schreibtisch. „Das Thema ist noch nicht beendet." Er nahm ab und schwieg einen

Moment. „Gut, schicken Sie sie hoch." Dann legte er auf.

„Frau Bartels ist da. Möchtest du nach Hause gehen?"

„Nein, ich bleibe."

„Keine Außeneinsätze für dich."

Marcel seufzte genervt, widersprach jedoch nicht.

Erneut klingelte das Telefon.

Marcel nahm ab.

„Köhler, Rechtsmedizin. Hallo, Kommissar Schweißer. Sie hatten uns eine Spermaprobe eines Herrn Lorenz zukommen lassen."

„Das ist korrekt. Stimmt sie mit der Probe überein, die Sie bei seiner Ehefrau sichergestellt haben?"

„Fehlanzeige. Der Ehemann hatte keinen Geschlechtsverkehr mit Frau Lorenz. Die Probe stammt nicht von ihm."

Marcel wurde heiß. „Dann könnte es doch vom Täter sein."

„Astrid Lohne und Liljana Meister hatten keinen Geschlechtsverkehr vor ihrem Tod. Zumindest keinen ungeschützten."

„In Ordnung. Vielen Dank." Marcel winkte Konrad zu sich, der gerade die kreidebleiche Frau Bartels an der Tür empfing.

Konrad bot ihr einen Stuhl im Nebenzimmer an und ging zu Marcel, der ihm die neuesten Ergebnisse mitteilte.

Konrad formte seinen Mund zu einem O. „Das erschwert es uns natürlich weiterhin, aber vielleicht ist es vom Täter. Komisch wäre dann nur, dass die anderen weiblichen Opfer keinen ungeschützten Geschlechtsverkehr direkt vor ihrem Tod hatten. Ich kann mir nicht vorstellen, dass er sich nur an einer Frau vergeht, wenn seine Tat einen sexuellen Hintergrund haben sollte. Und Helmut Bartels passt auch nicht in das Muster. Vielleicht hatte Frau Lorenz stattdessen eine Affäre."

„Ich unterhalte mich später noch mal mit dem Mann. Er hatte schon verneint, dass er in letzter Zeit Geschlechtsverkehr hatte. Vielleicht vermutet er doch eine Affäre und will nur nichts sagen."

Konrad seufzte. „Gehen wir zu Frau Bartels."

Diese schaute Marcel entsetzt an. „Sie sehen aber schrecklich aus", sagte sie mit zarter Stimme.

„Es geht schon." Marcel winkte ab. „Danke, dass Sie so schnell zurückgekommen sind."

Sie war den Tränen nahe. „Mein Mann ist tot, nicht wahr?"

Marcel senkte seinen Blick.

„Es tut mir sehr leid, Ihnen das mitteilen zu müssen. Wir haben gestern die Leiche Ihres Mannes gefunden", sagte Konrad.

„Ist es ganz sicher er? Ich meine, nach so langer Zeit muss er doch furchtbar aussehen, oder?"

Marcels Eingeweide zogen sich zusammen.

„Ihr Mann ist vermutlich erst gestern verstorben", antwortete Konrad so einfühlsam wie möglich.

Die Frau riss die Augen auf. „Wie bitte?"

Konrad räusperte sich. „Wir gehen derzeit davon aus, dass Ihr Mann gefangen gehalten wurde."

Frau Bartels schaute Marcel fassungslos an.

Er wappnete sich für die folgenden Worte.

„Ich habe das schon geahnt." Zu seinem Erstaunen reagierte sie ziemlich ruhig. „Es war derselbe Täter wie bei den beiden Leichen aus der Zeitung, nicht wahr?"

„Das vermuten wir derzeit, weil es Parallelen zu den anderen Opfern gibt."

„Also wurde er ermordet." Sie senkte ihren Blick.

„Es tut mir wirklich schrecklich leid." Konrad fuhr sich über das Gesicht.

Frau Bartels schnappte nach Luft. „Das hat er nicht verdient. Er war ein so liebenswürdiger Mensch."

Keiner erwiderte etwas darauf.

„Frau Bartels, wir haben noch ein paar Fragen. Fühlen Sie sich in der Lage, uns diese zu beantworten?"

Sie sah auf, räusperte sich und setzte sich gerade hin. „Ja, natürlich. Ich tue alles, was Ihnen weiterhilft, den Mörder zu schnappen."

„Ihr Mann wollte zu einem Kongress, ist das richtig?"

„Ja. Ich war dagegen, weil es ihm eigentlich nicht so gut ging, aber er ließ sich nicht davon abbringen. Er war ein paar Tage zuvor in einem Schlaflabor und war völlig durcheinander."

Marcel hob seine Augenbrauen. „Schlaflabor?" Er verspürte eine innere Unruhe.

„Ja, meinen Mann plagen seit Kindheitstagen Albträume. Er war deshalb bei einem Psychologen und der hat ihn ins Schlaflabor geschickt."

Marcel schaute zu Konrad. Schon wieder ein Opfer mit Albträumen, das konnte kein Zufall sein. Er sah wieder zu Frau Bartels. „Wissen Sie, um was es in dem Traum ging?"

„Er hat mir erzählt, dass er in einem alten Bahnhofsgebäude ist und ein fieses Lachen hört. Und dann sind seine Kuscheltiere, die er als Kind gernhatte, am Fenster vorbeigeflogen. Das Lachen hat ihn wahrlich krank gemacht, weil es so laut und gruselig war. Dieser Clown ist immer vor ihm aufgetaucht. Der war es, der so gelacht hat."

Marcel wurde es heiß. Er brauchte einige Sekunden, um das Gesagte zu verarbeiten.

„Ist Ihnen eine Astrid Lohne bekannt?", fragte Konrad derweil.

Die Frau drehte die Augen nach oben. „Nein, sagt mir gar nichts."

„In welchem Schlaflabor war Ihr Mann?"

„In dem vom Katholischen Klinikum."

„In Ordnung. Das war es erst einmal. Wir würden uns bei weiteren Fragen noch mal melden."

Die Frau nickte. „Wo ist mein Mann jetzt?" Ihre Augen füllten sich erneut mit Tränen.

„Er ist in der Rechtsmedizin zur Spurensicherung. Wir versuchen, die Untersuchungen dort so schnell wie möglich abzuschließen, damit Sie ihn beerdigen können. Noch einmal mein aufrichtiges Beileid."

Die Frau schluchzte und wischte sich die nassen Augen trocken. „Ich weiß gar nicht, wie ich damit leben soll." Dann stand sie auf, musste sich kurz am Stuhl festhalten, weil ihre Beine wackelten. Sie sah ihn aus schmerzerfüllten Augen an, jedoch konnte er keine Wut erkennen.

Marcel schluckte, der Anblick zerbrach ihm das Herz.

Frau Bartels wankte auf ihn zu und griff nach seiner Hand. „Sie machen sich Gedanken, weil Sie mir erst gesagt haben, dass Sie nicht an ein und denselben Täter denken. Ich sehe es Ihnen an. Bitte tun Sie das nicht. Ich mache Ihnen deshalb keine Vorwürfe." Sie schniefte. „Ich bin sicher, dass Sie gute Arbeit leisten. Finden Sie den Täter schnell."

Marcel war sprachlos. Diese Frau hatte gerade erfahren, dass ihr Ehemann ermordet worden war, und hatte trotz allem noch herzliche Worte für einen Ermittler übrig. „Wir werden alles tun, um den Mörder Ihres Mannes zu ermitteln."

Sie lächelte warm, hielt kurz seinen Arm und nickte Konrad zu. „Auf Wiedersehen." Dann verließ sie den Raum.

Marcel kämpfte mit den Tränen. Er war ein reines Wrack. Die Situation war emotional geladen, zusätzlich zu der Sache mit Kim. Am liebsten wäre er auf eine Insel geflüchtet.

„Der Fall wird immer paradoxer. Heißt das, der Täter hat den Traum von Helmut Bartels nachgespielt?", sagte Konrad in die Stille hinein.

„Ich rufe die Tochter von Liljana Meister noch einmal an. Vielleicht kennt sie den Traum ihrer Mutter." Er wählte die Nummer.

„Ja?", meldete sich am anderen Ende eine gereizte Stimme.

„Kommissar Schweißer hier. Guten Tag, Frau Tauber. Ich hätte noch eine Frage an Sie."

„Ich habe wirklich keine Zeit, jetzt aufs Präsidium zu kommen. In Kürze beginnt ein wichtiges Meeting."

Marcel verdrehte die Augen. „Keine Sorge. Es reicht, wenn Sie mir am Telefon eine Antwort geben."

Sie stöhnte. „Was wollen Sie wissen?"

„Sie hatten uns gesagt, dass Ihre Mutter Albträume hatte. Können Sie sich erinnern, was das für welche waren?"

„Wozu brauchen Sie denn jetzt bitte die Albträume meiner Mutter?"

„Wäre es nicht wichtig, würde ich Sie wohl nicht danach fragen, oder?" Marcel presste die Lippen zusammen und verdrehte die Augen.

„Meinetwegen. Sie wurde in einem Wald verfolgt. Dabei trug sie ein lila Kleid und im Hintergrund spielte ein Lied. Dieses *Purple Rain*. So ungefähr war das. Ach ja, und der Typ, der sie verfolgte, warf ein Lasso um ihren Hals."

Marcel konnte nicht fassen, was er gerade gehört hatte. Er dachte an Jennifer Lorenz, die in einem lila Kleid auf dem Waldboden gelegen hatte. Mit einem Seil um ihren Hals. „Sie sagten, Ihre Mutter war deshalb in Behandlung. Wissen Sie mittlerweile, bei wem?"

„Nein, ich weiß das immer noch nicht. Ich fand es wie schon erwähnt etwas überzogen, dass sie so ein Theater gemacht hat. Schlaflabor und Psychologe nur wegen eines Albtraumes …"

Marcel wurde hellhörig. „Schlaflabor? Wissen Sie, in welchem Ihre Mutter war?"

„Ich glaube, in Koblenz in einem Klinikum."

„Geht es genauer?"

„Ach herrje, was interessiert Sie das so?" Einen Augenblick blieb es still. „Vermutlich war es das Katholische."

„In Ordnung. Ich möchte Sie nicht weiter stören. Auf Wiedersehen." Marcel legte auf. Er hoffte, dass er diese unangenehme Person nicht noch einmal sprechen musste. Dann berichtete er Konrad von dem Traum.

„Das ist doch nicht zu fassen. Der Täter spielt offenbar die Träume nach. Aber wie sucht er sich die Opfer aus?"

Marcel schüttelte fassungslos den Kopf. „Das ist unglaublich. Nur eine gestörte Person kann auf solche Gedanken kommen." Er schluckte eine weitere Aspirin.

„Gut, ich fahre jetzt mit Stefan zu diesem Schlaflabor. Schauen wir mal, was wir finden."

Marcel stand auf. „Ich möchte mit." Er verheimlichte Konrad zunächst, dass er bei dem Stichwort *Schlaflabor* ein ungutes Gefühl bekommen hatte. Aber würde er verraten, dass Kims Ex in einem Schlaflabor arbeitete, würde er definitiv im Präsidium bleiben müssen.

„Nein, du solltest zu einem Arzt und dann nach Hause."

„Konrad, mir geht es gut."

„Du kannst nichts sehen, so kann ich dich nicht mit zu einem Einsatz nehmen. Was, wenn es zu Problemen kommt?"

Marcel seufzte. Konrad hatte recht. Sein Kopf dröhnte und sicher würde er nicht auf der Höhe sein, adäquat zu reagieren. Trotzdem wollte er nicht klein beigeben. „Ich halte mich zurück, wenn etwas ist. Bitte. Ich kann jetzt nicht nach Hause."

„Mein Freund, du bist verletzt und stehst unter Strom, du kannst nicht klar denken. Ich kann dich so nicht gebrauchen."

„Ich schwöre, ich mache keine Fehler."

Konrad winkte resigniert ab. „Von mir aus. Stefan wird uns trotzdem begleiten. Du hältst dich komplett im Hintergrund, haben wir uns verstanden?"

„Absolut." Marcel zog sich die Jacke über. Er brauchte die Ablenkung, um nicht permanent an Kim zu denken. Er hoffte inständig, dass sie sich am Mittag stellen würde.

Die Ermittler kamen zehn Minuten später am Klinikum an.

Konrad ging an die Information und zeigte seinen Dienstausweis. „Kommissar Malter, guten Tag. Wir müssten mit jemandem sprechen, der für das Schlaflabor zuständig ist."

Die ältere Dame musterte sie kritisch. „Das Schlaflabor an sich ist geschlossen. Wir haben gerade keine Kapazitäten, Patienten aufzunehmen. Um was genau geht es denn?"

„Wir brauchen ein paar Informationen über einige Patienten. Gibt es niemanden, der uns als Ansprechpartner dienen könnte?"

Die Frau warf verstohlen einen Blick auf Marcel. „Ich kann versuchen, den Schlafmediziner zu erreichen, er arbeitet auch als Pneumologe im Haus. Ich weiß nur nicht, ob er heute Dienst hat."

„Das wäre sehr nett von Ihnen", sagte Konrad.

Die Dame wählte eine Nummer. Nach einem kurzen Gespräch legte sie auf. „Sie müssen in den fünften Stock. Der Arzt wird Sie am Fahrstuhl empfangen."

„Vielen Dank."

Sie gingen zum Fahrstuhl.

Im fünften Stock stiegen sie aus und wurden von einem schlanken, hochgewachsenen Mann empfangen. „Guten Tag, mein Name ist Doktor Lenz. Kommen Sie, wir gehen in mein Büro."

Die drei folgten dem Arzt und nahmen in einem kleinen Raum an einem Tisch Platz.

„Sie sehen aber gar nicht gut aus", sagte der Schlafmediziner zu Marcel. „Die Verletzungen sollten Sie anschauen lassen. Ich kann Sie gleich zu einem Kollegen schicken."

„Alles in Ordnung, danke." Marcel hatte das Gefühl, die ganze Welt schaue nur auf ihn.

„Doktor Lenz. Die Dame am Empfang erzählte, das Schlaflabor wäre derzeit geschlossen", sagte Konrad.

„Ja, das ist richtig. Wir haben normalerweise ein festes Team aus drei Personen, die als schlafmedizinisches Personal hier arbeiten. Leider hat in letzter Zeit das Schicksal zugeschlagen. Eine Kollegin ist verstorben, eine im Mutterschutz. Und der einzig Übriggebliebene hat sich vor einiger Zeit krankgemeldet. Wir können den Betrieb mit Aushilfen von anderen Stationen nicht aufrechterhalten. Außerdem wurde uns ein EEG-Gerät mit dem gesamten Zubehör entwendet. Es ist unglaublich. Wie kann ich Ihnen denn helfen?"

„Wir kommen aufgrund ungeklärter Mordfälle. Während der Ermittlungen haben wir festgestellt, dass zwei der Opfer Patienten bei Ihnen waren. Albträume plagten sie."

„Um Gottes willen, das ist ja schrecklich." Er fasste sich an sein Herz. „Ja, wir nehmen hin und wieder Patienten auf, die einen gestörten Schlaf durch übermäßige

Albträume haben. Wir testen dann, inwieweit der Schlaf gestört ist und wie stark die Patienten von der Angst beeinflusst werden. Therapeuten können dann mit einer Verhaltenstherapie Unterstützung geben."

„Wir bräuchten bitte die Namen der anderen beiden Kollegen, die normalerweise im Schlaflabor arbeiten."

Der Arzt schaute Konrad entgeistert an. „Glauben Sie, dass die Morde etwas mit uns zu tun haben?"

„Wir glauben erst einmal gar nichts, sondern suchen nach Hinweisen."

„Natürlich. Also Frau Beate Scherer ist wie gesagt derzeit im Mutterschutz und der erkrankte Kollege ist der Herr Mattes Radow."

In Marcel zog sich jede Faser zusammen. „Seit wann ist dieser Herr Radow krank?" Marcel hatte versucht, so ruhig wie möglich zu sprechen, um sich seine Aufregung nicht anmerken zu lassen. Konrad sollte auf keinen Fall denken, dass er sich nicht objektiv auf den Fall konzentrieren konnte.

„Über Wochen bereits. Seine Ehefrau hatte sich von ihm getrennt und er war sehr unkonzentriert. Jeden Tag kam er mit schlechter Laune zur Schicht. Ich hatte am Anfang Verständnis, aber nach über einem Jahr habe ich ihm gesagt, dass er sein Verhalten ändern muss. Auch wenn die Trennung für ihn sehr schwer war, war es nicht in Ordnung, es an anderen auszulassen. Am nächsten Tag kam die Krankmeldung."

„Sie sagten, Ihnen wurde ein EEG-Gerät entwendet?", fuhr Stefan fort.

„Ja, das stimmt."

„Wofür benötigen Sie das Gerät?"

„Es misst die Hirnströme. Wir können dadurch sehen, wann der Patient in welchen Schlafphasen ist. Das gibt Aufschluss darüber, warum der Schlaf gestört ist."

Marcel hatte Mühe, sich zu konzentrieren. Er überlegte, ob Mattes Radow hinter den Morden steckte. Zuzutrauen war es ihm. Vor allem aufgrund dessen, was Kim erzählt hatte, würde es passen.

„Würden Sie mir die Adressen der beiden Mitarbeiter aufschreiben?", fragte Konrad.

„Das geht nicht. Ich meine, wir müssen unsere Kollegen doch schützen."

„Ich rufe den Staatsanwalt an und lasse mir einen Beschluss geben. Einen Moment bitte." Konrad stand auf und verließ den Raum.

Marcel schwieg, in seinem Kopf rasten tausend Gedanken rund um Radow.

„Ich hoffe Sie verstehen, dass ich das nicht einfach tun kann."

Stefan nickte. „Schon in Ordnung."

Kurze Zeit später kehrte Konrad zurück. „Könnten Sie mir Ihre Faxnummer geben?"

Der Arzt sagte ihnen die Nummer und wenige Minuten später erhielt er ein Fax. „In Ordnung. Kleinen Moment bitte." Er tippte etwas in den PC und druckte die Adressen seiner Kollegen aus. Dabei schüttelte er den Kopf „Ich kann das nicht glauben und hoffe sehr, dass diese Morde nichts mit uns zu tun haben." Sein Gesicht war blass geworden.

„Wir gehen allen Spuren nach", antwortete Konrad. „Wir brauchen bitte auch alle Unterlagen zu den Patienten, die hier mit Albträumen aufgenommen wurden. Es reichen erst einmal die der letzten fünf Jahre. Der Beschluss ist ebenfalls auf dem Fax."

„Das geht nicht so schnell. Ich muss erst im Archiv die Akten anfordern."

„Das ist kein Problem. Bitte tun Sie das zeitnah und lassen Sie uns alles auf das Präsidium zukommen. Vielleicht erinnern Sie sich ja auch an ein paar Namen. Sagen Ihnen Helmut Bartels oder Liljana Meister etwas?"

Der Arzt zog die Mundwinkel nach unten. „Hm, nicht wirklich. Aber wir haben hier viele Patienten. Es gibt nur wenige, die so eindrucksvoll auftreten, dass man sich die Namen merkt."

„Dann sagen Ihnen Jennifer Lorenz und Astrid Lohne sicher auch nichts, oder?", fragte Marcel. Obwohl bei den beiden Opfern keine Rede war, dass sie Hilfe in einem Schlaflabor gesucht hatten, wollte er nichts unversucht lassen.

Der Arzt schaute Marcel mit offenstehendem Mund an. „Ähm … also, nein, die Namen sagen mir auch nichts."

Marcel runzelte die Stirn. Die Reaktion des Mediziners war mehr als auffällig. „Sind Sie sich sicher? Überlegen Sie ruhig noch einmal."

Doktor Lenz wurde rot und schüttelte den Kopf. „Nein, ich kenne keine der beiden Damen." Dann drehte er sich weg.

„In Ordnung. Ich danke Ihnen für Ihre Zeit", sagte Konrad. „Auf Wiedersehen."

Der Arzt nickte und stand auf. „Ich kümmere mich sofort um die Akten. Auf Wiedersehen."

„Radow ist der Ex-Mann von Kim", platzte es aus Marcel heraus, kaum dass sie aus dem Zimmer waren.

Konrad riss die Augen auf. „Du meinst den, der dich so zugerichtet hat?"

„Ganz genau. Kim hat ihn im Schlaflabor kennengelernt. Du erinnerst dich doch, was ich dir heute Morgen erzählt habe, oder? Er hat Kim den Quatsch eingeredet, dass man diese Träume nur losbekommt, wenn man jemand anderes opfert. Das fehlende Gerät ist doch auch kein Zufall. Radow ist unser Täter."

„Immer mit der Ruhe. Es klingt verdächtig, beweist aber nichts. Allerdings könnte meine Theorie dann stimmen, dass er die einen Opfer zwingt, die anderen zu töten. Und dann werden die … sozusagen die Traumgeber danach mit einem Narkotikum getötet." Konrad massierte sich den Bart. „Du hast gesagt, dass auch Kim eine Tablette bekommen, dann jemanden getötet hat und davon nichts mehr weiß."

„Ja. Woher er die Medikamente hat, wissen wir nun auch." Marcel zeigte auf die Tür des Arztes. „Und der war auch etwas auffällig. Er hat mir zu nervös auf die Frage nach Lohne und Lorenz reagiert. Außerdem kommt auch er leicht an die Betäubungsmittel."

„Du meinst, die arbeiten zusammen?", fragte Konrad.

„Vielleicht", antwortete Marcel.

„Kim könnte also ein Opfer wie Frau Meister und Herr Bartels sein. Vielleicht war sie der Anfang. Statten wir Radow einen Besuch ab und danach fahren zu Kim.

Ich berufe die Soko Traumopfer ein. Wir brauchen ein paar mehr Leute."

Stefan schaute zwischen ihnen hin und her und wirkte etwas verloren. „Könnte mich mal jemand aufklären?"

„Mach ich im Auto", sagte Marcel.

Eine Viertelstunde später standen sie vor Radows Haus.

„Du bleibst im Auto", sagte Konrad zu Marcel.

Es war nicht sinnvoll, zu widersprechen.

Konrad und Stefan gingen auf das Haus zu.

Als Marcel sah, dass beide ihre Waffen zogen und die Haustür mit einem Fußstoß problemlos öffneten, raste sein Herz. Tausend Gedanken schossen ihm durch den Kopf. Ein ungutes Gefühl überkam ihn. Er dachte an Kim und fühlte sich zunehmend unwohler.

Was, wenn sie in Gefahr war?

Trotz des Verbotes stieg er aus, sobald Konrad und Stefan im Haus verschwunden waren, und rannte hinterher. Er lauschte an der Tür, aber nur sein schwerer Atem war zu hören. Langsam ging er hinein.

„Sicher", rief Stefan.

Kurz darauf auch Konrad.

Marcel lief durch den Flur und sah Licht aus dem Spalt unter einer geschlossenen Tür leuchten. Er wollte nicht rufen, um sich nicht zu erkennen zu geben, auch wenn er wusste, dass das falsch war und jede Menge Ärger bedeutete. Stattdessen zog er seine Waffe, atmete tief ein und aus. Dann öffnete er vorsichtig die Tür. Sein Atem setzte aus.

„Marcel!", schrie jemand hinter ihm.

Doch Marcel rührte sich nicht.

„Verdammt noch mal, was habe ich dir gesagt?" Konrad schob ihn zur Seite. „Ist er das?"

Marcel schaute auf die langen, blutverschmierten Haare und nickte. „Ja, Mattes Radow."

Konrad beugte sich nach unten und tastete den Puls. „Er ist tot."

Radow lag in einer Blutlache. Eines seiner Augen war ebenso zugeschwollen wie Marcels. Auf der Stirn klaffte eine große Wunde, die aber definitiv nicht von der Prügelei mit ihm stammte.

„Sieht aus, als hätte er eine übergebraten bekommen", sagte Konrad und warf Marcel einen fragenden Blick zu.

Marcel war jedoch nicht in der Lage zu reagieren. Es war, als wäre er in einer Glasglocke gefangen.

Konrad seufzte und rief einen Rettungswagen, weil nur ein Arzt den Tod eines Menschen feststellen durfte. Außerdem orderte er die Kriminaltechnik zum Haus.

Marcel plagten Gedanken, die er nicht zulassen wollte. Doch immer wieder erinnerte er sich an Kims Worte.

„Marcel?" Konrad stieß ihn an.

Endlich erwachte Marcel aus seiner Lethargie. „Ähm, ja?"

„Stammt das Veilchen von dir?"

Marcel nickte. „Ja, es war Notwehr. Er hat mich verprügelt, ich habe nur einmal zugehauen, um ihn von mir zu lösen."

„Das wirst du auch wahrheitsgetreu angeben. Mit der Wunde an der Stirn hast du nichts zu tun?"

Marcel musste raus, weil er zu ersticken drohte. „Nein, garantiert nicht." Wen er im Verdacht hatte, schaffte er aber nicht zu äußern. Ihm war übel. Sein Geist war kaum noch aufnahmefähig. „Ich geh an die frische Luft."

Konrad nickte.

Marcel eilte aus der Wohnung und hatte Mühe, sich nicht zu übergeben.

# KAPITEL 19

Wütend schlug er gegen die Hauswand. „Scheiße, scheiße, scheiße!", brüllte er.

Der Plan drohte, in einem absoluten Chaos zu versinken. Ihm war klar gewesen, dass die Spuren eines Tages zu ihm führen würden. Doch es gab immer mehr Komplikationen, die er nicht vorhergesehen hatte. Wenn das so weiterging, würde er niemals verhindern können, dass der Liebe seines Lebens etwas passierte.

Schweiß stand auf seiner Stirn. Er wischte ihn mit dem Arm ab und fluchte erneut vor sich hin.

„Ist mit Ihnen alles in Ordnung?", fragte eine Frau ihn.

Er schaute auf. „Ja, ja, alles okay, ich brauchte nur eine kurze Verschnaufpause. Joggen ist anstrengend." Er rang sich ein Lächeln ab.

Die Frau beäugte ihn skeptisch.

Er hob die Hand zum Abschied und rannte weiter. Er brauchte einen klaren Kopf. Irgendetwas musste er sich einfallen lassen.

Die Situation war zu verzwickt. Und daran war dieser Kommissar nicht ganz unschuldig.

Er eilte über die Straße und in den Park. Ignorierte dabei alle, die an ihm vorbeiliefen. Rempelte einige an, weil er einen Tunnelblick hatte. Er ging in einen Sprint über und rannte, bis ihm die Lunge brannte. Aber auch dann hörte er nicht auf.

Erst als er würgen musste, stoppte er und beugte sich nach vorne. Dabei musste er sich an einem Baum festhalten. Es kam allerdings nur Galle.

Die Wut in ihm war nach dem Sprint noch immer nicht erloschen. Auspowern bis zum Erbrechen ergab keinen Sinn und half ihm nicht, das Problem zu lösen. Er musste Ruhe bewahren.

Kaum auszumalen, was passieren würde, wenn es noch weitere Katastrophen gab.

Er stellte sich aufrecht hin, stemmte seine Hand in die stechende Seite und lief langsam zu einer Parkbank. Nachdem er tief eingeatmet hatte, ließ er sich auf der Bank nieder. Er schloss die Augen. Der Schweiß lief ihm die Stirn hinunter. Obwohl es recht frisch draußen war, kochte er innerlich.

Sein Herzschlag beruhigte sich nach einigen Minuten allmählich. Er öffnete seine Augen und sah in das Gesicht eines kleinen Jungen.

Dessen Mund war mit Schokolade beschmiert, die fast bis zu den Ohren reichte. Er starrte ihn an, ungeniert und sich offenbar nicht bewusst, welch gefährlichen Menschen er vor sich hatte. Frei von jeglicher Angst, von jeglichen bösen Gedanken.

Er empfand Neid. Was würde er dafür geben, das unbeschwerte Leben eines Kindes führen zu können?

„Warum schläfst du auf einer Parkbank? Hast du kein Zuhause?", fragte der etwa sechsjährige Junge.

„Ich habe nicht geschlafen. Hat deine Mama dir nicht gesagt, dass du nicht mit fremden Menschen sprechen sollst?"

Die Augen des Jungen drehten sich nach rechts oben. Dann schaute er ihn wieder an. „Wie heißt du?"

„Warum willst du das wissen?"

„Wenn ich deinen Namen kenne, bist du nicht mehr fremd."

Er musste sich ein Lachen verkneifen. Ein außerordentlich gewieftes Kerlchen. „Du solltest lieber nicht jedem fremden Menschen so offen gegenüber sein. Du weißt doch, dass es auch böse gibt."

Der Junge schob seine Unterlippe nach vorn und zuckte mit den Schultern. Er setzte sich zu ihm auf die Bank. „Ich glaube nicht, dass du böse bist. Du bist obdachlos, oder?"

„Nein, ich habe mich nur ein wenig ausgeruht, weil ich Sport gemacht habe."

„Ach so."

„Wo ist denn deine Mutter?"

„Die kommt gleich. Ich renne immer etwas vor, wenn wir hier im Park spazieren gehen."

Es fehlte ihm noch, dass er auch gleich noch auf die Mutter stoßen würde.

„Du siehst irgendwie komisch aus", redete der Junge weiter.

„Komisch? Warum?"

„Als ob du stark nachdenkst. Du hast ganz große Falten auf deiner Stirn."

„So? Habe ich das? Na ja, manchmal muss man eben nachdenken."

„Hast du denn Sorgen?"

„Vielleicht."

„Weißt du, mein Opa sagt mir immer, dass es für alles eine Lösung gibt." Der Junge hielt ihm ein Stück Schokolade hin, als wäre es ein Allheilmittel.

Am liebsten hätte er dem Kind erzählt, dass sein Opa log, denn es gab nicht für alles eine Lösung. Doch stattdessen lächelte er. „Nein danke. Ich möchte nicht."

„Er sagt, dass es manchmal so aussieht, als würde man keine Lösung finden. Doch man muss sich anstrengen, um nach ihr zu suchen."

Er schmunzelte in sich hinein. Auch wenn der kleine Junge zunehmend nervte, weil er ihn vom Denken abhielt, musste er gestehen, dass seine Worte ihn beruhigten. „Soso, das sagt dein Opa also. Ein weiser Mann."

„Ja, vielleicht kannst du ja auch noch mal nachdenken. Wenn du dich anstrengst, findest du eine Lösung."

Ob es dem Jungen gefallen würde, wenn er erfahren würde, dass er mit seinem Vorschlag einem Mörder geholfen hatte?

„Tyler, du solltest doch nicht immer die Menschen belästigen." Eine übergewichtige Frau zog an dem Arm des Jungen. Sie war aus der Puste und hatte einen knallroten Kopf. „Bitte entschuldigen Sie. Er ist immer so offen zu allen. Ich finde das nicht gut, aber ich kann es ihm nicht abgewöhnen."

„Schon in Ordnung." Er zwinkerte dem Kind zu.

„Komm jetzt. Wir gehen nach Hause." Die Mutter zog den Jungen hinter sich her.

Der Frechdachs drehte sich noch einmal zu ihm um und reckte den Daumen nach oben.

Er lehnte sich an die Rückenlehne der Bank und überblickte den Park. Um seine Nase wehte eine frische Prise, die ihm guttat.

Er beobachtete die Menschen, die ein normales Leben führen konnten. Ihre Hunde ausführten, mit ihren Kindern tobten oder sich mit Freunden trafen.

Der Wind wirbelte das Laub auf und bot ihm ein wunderschönes Naturschauspiel.

Er dachte daran, wie er mit Dana Hand in Hand durch die Straßen gelaufen war. Voller Stolz, diesem attraktiven Mädchen zu gehören. „Ich liebe dich so sehr. Wir werden zusammen alt und kriegen viele Kinder", hatte sie zu ihm gesagt. Sie hatte meist gelacht, war selten traurig gewesen.

Noch immer hallten ihre Liebesschwüre in seinen Ohren. Er vermisste das Strahlen ihrer Augen, ihre feinen Grübchen beim Lachen und die sanften Berührungen. Doch es war seine Schuld, dass dieses wunderbare Wesen nicht mehr da war.

Er hatte sich danach geschworen, niemals mehr eine Frau so zu lieben wie sie. Und daran hatte er sich gehalten. Er hatte andere Wege gefunden, seine Bedürfnisse zu befriedigen, doch eine Frau würde ihm nie wieder das Herz brechen.

Wahrscheinlich war all das, was er gerade durchmachte, die gerechte Strafe dafür, dass er Dana nicht hatte festhalten können. Aber damit löste er auch das Versprechen an Dana ein. *Du musst dich gut kümmern.*

Er schaute auf die Uhr. Bald musste er los. Doch seine Beine zitterten und er nahm sich noch einen Moment Zeit zur Erholung.

Die Worte des Kindes wiederholten sich in seinen Gedanken. Der Junge hatte recht gehabt. Eine Lösung musste her.

Also zwang er sich zur Ruhe. Noch einmal schloss er seine Augen. Bedacht ging er die nächsten Schritte im Kopf durch. Es gab nur eine Lösung. Er musste dafür sorgen, dass der Störenfried Schweißer beseitigt wurde. Nur so würde er den Plan risikoarm umsetzen können. Der Kommissar war wegen der Tracht Prügel, die er von Radow kassiert hatte, bereits geschwächt. Das kam ihm zugute, denn Schweißer wäre niemals so leicht zu vernichten wie all die anderen Opfer.

Ihn zu töten, missfiel ihm dennoch, weil diese Lösung früher oder später in einer Katastrophe enden würde. Aber es war die einzige Lösung, die ihm einfiel.

Er stand auf. Auf dem Weg nach Hause würde er seine außerplanmäßige Idee reifen lassen.

# KAPITEL 20

*Ich wünschte, ich könnte ihn töten.*

Kims Worte hallten immer und immer wieder in seinen Gedanken. Er wusste nicht, wie lange er vor dem Haus auf den Stufen gesessen hatte, während Konrad und Stefan die ganze Arbeit gemacht hatten. Seine Übelkeit nahm stetig zu.

*Ich wünschte, ich könnte ihn töten.*

Er schüttelte sich.

Nein, Kim war zu so etwas nicht fähig.

Er holte sein Handy aus der Tasche und wählte ihre Nummer.

Es meldete sich nur die Mailbox.

„Kim, ruf mich bitte sofort an", sprach er darauf. Dann stand er auf und sog die frische Luft ein.

Immer wieder versuchte er, Kim zu erreichen, doch sie nahm nicht ab. Das machte sie verdächtig, auch wenn er sich das nicht eingestehen wollte.

In der Ferne hörte er das Martinshorn und wenige Augenblicke später eilten Sanitäter ins Haus. Auch die Kollegen der Kriminaltechnik kamen an.

„Meine Güte, Schweißer, dein Gesicht ist ja ein reinstes Trümmerfeld." Becker gab ihm einen Klaps auf die Schulter und lief dann an ihm vorbei.

Marcel setzte sich wieder und wippte nervös mit den Beinen. Fuhr sich mit den Händen durch die Haare. Sein Gesicht schmerzte und seine Müdigkeit raubte ihm jeden klaren Gedanken.

„Bist du in Ordnung?" Konrad war hinter ihn getreten.

„Ja, es tut mir leid, dass ich so unprofessionell auftrete. Ich muss dich über eine Sache informieren."

„Ich höre."

„Kim hat gestern gesagt, dass sie sich wünscht, sie könne Radow töten."

Konrad starrte ihn an. „Glaubst du, sie hat etwas damit zu tun?"

„Ich hoffe, ich irre mich. Aber sie wurde von ihm erpresst und er hatte ihr das Leben zur Hölle gemacht. Wegen seiner Spinnerei hat sie einen Menschen getötet."

„Das ist doch alles noch gar nicht bewiesen."

Marcel seufzte. „Ich habe einen großen Fehler gemacht. Ich hätte sie gestern Nacht direkt zur Polizei bringen müssen."

„Darüber brauchen wir in der Tat nicht zu diskutieren. Aber nun warte erst einmal ab. Noch wissen wir gar nicht, was passiert ist."

Marcel schaute in die Ferne, sah, dass die Nachbarn sich auf der Straße versammelt hatten und tuschelten. Kurz überlegte er, ob er den Verdacht auf Kim weiter schüren, oder wirklich abwarten sollte, was die Ermittlungen ergaben. Doch er hatte genug Fehler gemacht und entschied, alle Informationen weiterzugeben. „Ich kann sie nicht erreichen."

„Es ist Mittag, vielleicht ist sie schon auf dem Präsidium."

Marcel hoffte, dass Konrad recht hatte.

Zwei Streifenwagen fuhren in die Einfahrt und ein paar junge Kollegen stiegen aus. Sie kamen auf Konrad zu.

„Bitte fragt die Bewohner, ob sie irgendetwas gesehen haben", trug Konrad ihnen auf.

Die Beamten nickten und legten los.

„Ruf auf dem Präsidium an und frag, ob Kim da war. Ich gehe noch mal kurz rein." Dann schaute Konrad Marcel sorgenvoll an, so wie er es schon die ganze Zeit getan hatte, seit sie Radow im Haus gefunden hatten. „Du hast nichts damit zu tun, oder?"

Mit offenstehendem Mund blickte Marcel seinem Kollegen in die Augen. Eine Mischung aus Traurigkeit, dass dieser ihm so etwas zutraute, und Wut verursachten einen bitteren Geschmack in seinem Mund. „Das ziehst du in Betracht? Wow."

„Ich frage nur. Immerhin hast du dich gestern mit ihm geprügelt."

„Doch nur weil er erst mich und dann Kim zusammengeschlagen hat. Wenn ich gewollt hätte, hätte ich ihm das Hirn zu Brei schlagen können, aber ich habe es nicht getan. Ich bin nach der Auseinandersetzung nach Hause gegangen und anschließend direkt ins Präsidium. Es war genauso, wie ich es dir heute Morgen erzählt habe."

Konrad presste die Lippen zusammen. Dann nickte er und ging ins Haus.

Marcel erhob sich von der Treppe und lief auf und ab. Seine wütende Reaktion gegenüber Konrad war nicht richtig gewesen. Zwar hatte ihn die Frage, ob er mit Radows Tod etwas zu tun hatte, verletzt, aber er konnte auch verstehen, dass Konrad ihn das gefragt hatte. Marcel hatte sich in den letzten Stunden alles andere als professionell verhalten, hatte eine Scheißwut auf Radow geäußert. Es war nur richtig, dass sein Partner einmal mehr nachhakte.

Er schüttelte die Gedanken ab und wählte die Nummer des Präsidiums. Nach etlichen Weiterleitungen war klar, dass Kim nicht dort aufgetaucht war. Marcel hätte sich für seine Dummheit am liebsten geohrfeigt.

„Und hast du etwas erreicht?", fragte Konrad, der auf Marcel zugelaufen kam.

„Sie war nicht auf dem Präsidium."

„Gut, dann fahren wir jetzt bei ihr zu Hause vorbei."

Marcel schluckte. „Okay." Er zeigte in Radows Haus, um etwas Zeit zu schinden. „Was sagen der Arzt und Becker?"

„Er hat zwei Schläge mit einem schweren Gegenstand bekommen. Einen auf den Hinterkopf und einen gegen die Stirn. Woran er genau gestorben ist, wissen wir noch nicht", erwiderte Konrad und klang etwas missmutig.

Nicht nur, dass Marcel sich kurz vor Radows Tod mit diesem geprügelt hatte, nun war auch einer der Verdächtigen in ihrem Fall tot. Zudem wusste die Kriminalpolizei nicht, ob es noch weitere Opfer gab. Wenn dem so war, hatte die Soko Traumopfer ein großes Problem.

„Gut, wir sind hier fertig, brechen wir auf", sagte Konrad. Auf dem Weg zum Auto telefonierte er und gab den Kollegen weitere Anweisungen.

Anschließend fuhren sie zu Kim.

Marcels Übelkeit verstärkte sich, je näher sie ihrem Haus kamen. Er hatte Angst vor dem, was ihn dort erwartete.

Konrad parkte den Wagen, drehte sich nach hinten und schaute Marcel streng an. „Ich muss dir nicht sagen, dass ich dich dadrin nicht sehen möchte, oder?"

Marcel nickte.

„Ich meine es ernst. Du wirst hier im Auto bleiben."

„Ich habe es verstanden." Marcel hatte keine Lust, in Kims Haus zu gehen. Die Angst, in eine Mörderin verliebt zu sein, fraß ihn regelrecht auf.

„Anschließend fahre ich dich nach Hause und du bleibst dem Präsidium fern."

Wieder nickte Marcel wortlos, auch wenn es ihm überhaupt nicht gefiel. Doch es war kein guter Zeitpunkt, darüber zu diskutieren.

Konrad und Stefan stiegen aus und liefen zum Eingang. Sie klingelten.

Marcel starrte gespannt auf die Tür, als sie geöffnet wurde.

Doch nicht Kim kam zum Vorschein.

Er runzelte die Stirn. Durch die Anstrengung, nur mit dem einen Auge sehen zu können, tränte es andauernd und deshalb sah er nur verschwommen.

Stefan und Konrad betraten das Haus.

Sein Körper signalisierte Marcel, dass er erschöpft war, doch das Adrenalin pumpte durch ihn und hielt ihn wach. Ständig musste er gähnen, was ihm höllische Schmerzen im Gesicht bereitete. Er lehnte seinen Kopf gegen die kalte Fensterscheibe und wartete.

Nach quälenden Minuten kamen Stefan und Konrad wieder heraus. Allein. Und je mehr sie sich dem Auto näherten, desto mehr erkannte Marcel Konrads besorgten Gesichtsausdruck.

„Und?", wollte Marcel wissen, sobald die beiden in den Wagen gestiegen waren.

„Sie ist weg", antwortete Stefan.

„Wie meinst du das? Und wer war die Frau?"

Konrad drehte sich um. „Sie stellte sich als Haushälterin vor. Du kennst sie nicht?"

„Nein, Kim hatte mir aber erzählt, dass sie eine beschäftigt, weil sie wenig Lust auf Putzen hat. Hat Kim ihr die Tür geöffnet, als sie heute kam?"

Stefan schüttelte den Kopf. „Sie hat einen Schlüssel, weil Kim Berger meistens schon in der Schule unterrichtet, wenn sie ihre Arbeit im Haus beginnt. Es ist abgesprochen, dass sie eigenständig hinein darf."

„Also ist Kim heute Morgen zur Arbeit gefahren?"

Konrad seufzte. „Das prüfen wir noch, aber ich denke, wohl eher nicht. Ihr Kleiderschrank ist leer. Wie es aussieht, ist sie verreist und hat alle ihre Sachen mitgenommen."

Marcels Herz setzte aus. „Sie ist abgehauen", sagte er tonlos.

„Das ist offensichtlich", erwiderte Konrad. „Nun bleib aber erst einmal ruhig. Es bedeutet nicht, dass sie auch Schuld am Tod ihres Ex-Mannes hat. Vielleicht ist sie wegen deines Ultimatums getürmt ..."

Marcel hörte Konrad nicht mehr zu. In seinen Ohren rauschte es. Alles drehte sich. Und dann wurde es plötzlich dunkel.

# KAPITEL 21

„Du kommst jetzt erst einmal mit zu uns."

„Bitte, Caro, mir wäre es lieber, wenn ihr mich nach Hause bringen würdet. Ich brauche etwas Ruhe. Ich bin einfach müde." Marcel rieb sich die Stirn.

„Keine Widerrede. Nach ärztlicher Sicht solltest du in der Klinik bleiben. Da du darauf aber nicht hören möchtest, werde ich wenigstens aufpassen, dass es dir gut geht." Carolin öffnete die Hintertür und zeigte ins Auto. „Los, steig ein."

Marcel ließ sich auf den Rücksitz fallen und seufzte. „Behandelt mich nicht wie ein Kleinkind."

Carolin setzte Marlene neben ihn in die Babyschale und schnallte sie an. „Tun wir nicht. Du musst auch mal Hilfe annehmen."

Jörg startete den Motor. „Du hast eine Gehirnerschütterung und da solltest du dir wirklich nicht zu viel aufbürden."

„Deshalb möchte ich gern nach Hause und dort zur Ruhe kommen."

Carolin drehte sich zu ihm um und schaute ihn mit gehobenen Augenbrauen an. „Wir kennen dich. Du würdest dich nicht ausruhen. Wir bringen dich auf andere Gedanken."

Marcel winkte ab. „Meinetwegen. Aber heute Abend geh ich nach Hause."

Carolin drehte sich seufzend wieder nach vorn.

Die restliche Fahrt verlief schweigend.

Marcel dachte an den vorherigen Tag zurück. Nachdem er in Konrads Auto das Bewusstsein verloren hatte, war er im Stadtklinikum wieder aufgewacht. Es hatte eine Weile gedauert, bis er sich daran erinnert hatte, dass Kim verschwunden und Radow tot war. Nach der Nacht in der Klinik hatte er die Ungewissheit nicht mehr ausgehalten. Er hatte Carolin und Jörg gebeten, ihn abzuholen, damit er sich auf den neuesten Stand bringen konnte. Doch er wollte nicht behütet werden.

Als sie in Moselweiß auf Jörgs Grundstück fuhren, wachte Marcels Nichte auf. Das Geschrei verschlimmerte Marcels Kopfschmerz.

*Perfekte Ruhe.*

Carolin stieg aus und holte Marlene aus dem Auto.

Jörg half Marcel beim Aussteigen.

„Ich bitte dich, Jörg, ich komme zurecht. Ich bin doch kein rohes Ei." Widerwillig folgte er Carolin ins Haus und sehnte sich nach seinem eigenen Sofa.

Jörg bereitete der Kleinen Säuglingsmilch zu und setzte sich mit ihr ins Wohnzimmer auf das Sofa. Sobald die Flasche im Mund war, kehrte Ruhe ein, was Marcels Kopf dankend annahm.

Er massierte sich die Schläfen.

„Hast du starke Schmerzen?", fragte Jörg.

„Es ist gut auszuhalten", antwortete Marcel.

Die Nacht in der Klinik hatte seinen Verletzungen gutgetan. Er hatte ein Schmerzmittel gespritzt bekommen, das wesentlich besser geholfen hatte als die Tabletten und auch die Schwellungen gingen langsam zurück. Zumindest konnte er wieder freier atmen und sein Auge bereits einen Schlitz weit öffnen.

Marcel setzte sich an den Tisch und streckte seine müden Beine aus.

„Möchtest du etwas essen oder trinken?", fragte Carolin.

„Am liebsten ein Bier."

Zwei Minuten später hatte er ein gekühltes Bier in der Hand. Er nahm einen großen Schluck. Die Kühle fühlte sich angenehm in der Kehle an. Der herbe Geschmack vertrieb den fahlen, den er zuvor gehabt hatte.

Carolin gesellte sich zu ihm. „Ich habe einen Schock bekommen, als Konrad angerufen hat. Nun erzähl mir doch endlich mal, was passiert ist."

Marcel verdrehte die Augen. Er hatte eigentlich wenig Lust, darüber zu reden, doch er wusste, dass er seine Schwester nicht abschütteln konnte. „Ich habe eine aufs Maul bekommen. Nicht weiter tragisch."

„Das hätte ich nie erraten", antwortete Carolin leicht genervt. „War das bei einem Einsatz?"

„Nein, es war Kims Ex-Mann."

„Wie bitte?" Carolin sah ihn entsetzt an.

Jörg stand auf, legte die Kleine in die Babywiege und setzte sich mit an den Tisch. „Das geht aber über Stalking hinaus. Der ist ja gemeingefährlich."

Marcel nickte. „Er hat Kim wohl mit irgendetwas in der Hand und droht ihr. Jedes Mal, wenn ich bei ihr bin, taucht er auf und macht Stunk."

Carolin konnte die Kinnlade kaum schließen. „Was? Das ist ja wirklich gruselig."

Marcel seufzte. „Lassen wir es gut sein." Er trank das Bier aus.

Jörg stellte ihm und sich ein weiteres auf den Tisch. „Klingt auf jeden Fall nicht nach einer sehr glücklichen Beziehung."

Marcel lachte auf. „Du hast es hier mit dem größten Loser zu tun, was das Thema Frauen angeht. Ich suche mir immer besonders komplizierte Fälle aus."

Carolin schmunzelte. „Irgendwann wird schon noch die Richtige kommen."

Marcels Lachen erstarb. „Bei Kim dachte ich wirklich, dass es endlich die Frau ist, nach der ich mich sehne."

Seine Schwester räusperte sich und stand auf.

„Hey, was sollte das?" Marcel trank die Flasche Bier wieder in zwei Zügen aus.

„Was meinst du?"

„Dein Räuspern. Ich hatte von Anfang an das Gefühl, dass du Kim nicht magst."

„So ein Blödsinn. Das hast du dir nur eingebildet", antwortete Carolin und hantierte mit etwas in der Küche.

„Ich habe eine sehr gute Menschenkenntnis und genau gesehen, dass du sie merkwürdig angeschaut hast."

Carolin wischte hektisch auf der Arbeitsplatte im Küchenbereich herum. „Jetzt übertreibst du aber. Ich habe sie doch ganz herzlich willkommen geheißen." Sie schüttelte verständnislos den Kopf.

„Komm, Schatz, setz dich wieder zu uns. Du sollst in der Prothese noch nicht so lange stehen. Du willst doch zur Hochzeit keine Schmerzen haben, oder?" Jörg stand auf und holte zwei Schnapsgläser. Er stellte sie auf den Tisch, füllte sie mit Tequila und schob eines zu Marcel.

Carolin setzte sich nach kurzem Zögern dazu.

Marcel schüttete den Alkohol hinunter und ließ sich nachgießen.

„Vielleicht solltest du nicht so viel trinken", sagte Carolin zu ihm und warf Jörg einen verärgerten Blick zu.

„Lass ihn doch. Er hat eben gerade Bedarf." Jörg lachte.

Marcel stimmte ein. „Das kannst du laut sagen."

Nach drei weiteren Tequilas war Marcel entspannt und hatte seine Hemmungen über Bord geworfen. „Jedenfalls kann mich Kims Ex-Mann nun nicht mehr verprügeln."

„Warum?", fragte Jörg.

Marcel zuckte die Schultern. „Weil er mausetot ist."

„Was?" Carolin schaute ihn mit offenstehendem Mund an.

„Keine Sorge, Schwesterlein, ich war das nicht, auch wenn ich es wirklich gern getan hätte."

„Sei vorsichtig mit solchen Äußerungen", warnte Jörg.

„Ja, ja, ich weiß. Selbst mein Partner hat mich schon verdächtigt. Aber ich habe diesen Typen nicht ermordet." Er hob seine rechte Hand und legte die linke auf die

Brust. „Ich schwöre es. Ich bin Kriminalkommissar und mein Job ist mir heilig."

Carolin war etwas blass um die Nasenspitze geworden. Eindringlich musterte sie Marcel.

„Was guckst du so? Du glaubst mir doch, oder?"

„Natürlich, ich traue dir das nicht zu. Ich mache mir nur Sorgen um dich. Gibt es denn schon einen Verdächtigen?"

Marcel lachte auf. „Na klar."

Jörg und Carolin schauten ihn abwartend an.

Und erst dann kam Marcel die Erleuchtung, dass er bereits zu viel verraten hatte. „Ich darf euch das nicht erzählen."

Carolin schluckte. „Das verstehe ich. Warum habt ihr euch denn so geprügelt? Das darfst du doch bestimmt erzählen, oder?"

„Was interessiert dich das denn so brennend?"

Sie stand auf und stellte sich ans Fenster. „Du hattest recht, mir gefällt sie nicht. Sie ist nicht die Richtige für dich", erwiderte sie, ohne Marcel anzublicken.

„Und warum nicht?"

Carolin schaute kurz zu Jörg. „Das ist nur so ein Gefühl. Sie wirkt ziemlich nervös. Und die Geschichte mit ihrem Ex … Vielleicht ist es noch zu früh für sie, sich auf eine neue Beziehung einzulassen."

Marcel war schlagartig nüchtern. „Unsinn. Und ich suche mir meine Frauen selbst aus."

Jörg schaute Caro an und schüttelte ganz leicht den Kopf.

„Das habe ich gesehen, Jörg. Was ist hier los?"

Dieser seufzte. „Nun gut, ich habe gelogen. Ich kenne Kim. Sie war mal Patientin bei mir. Vor ungefähr drei Jahren. Da hatte sie Probleme."

Marcel dachte an die Geschichte, die ihm Kim erzählt hatte. „Was für Probleme?"

„Darüber darf ich mit dir nicht reden."

Marcel schaute seine Schwester an. Dann sah er zurück zu Jörg und zeigte auf seine Carolin. „Aber ihr hast du es erzählt?"

„Ja, er hat es mir auf mein Drängen hin gesagt. Ich habe auch beobachtet, wie verstört sie reagiert hat als sie Jörg das erste Mal gesehen hat."

„Es war ihr sicher sehr unangenehm. Ich meine, sie hat mir intime Sachen anvertraut, und dann muss sie plötzlich mit mir am Tisch essen und meine Hochzeit mitplanen. Das ist mehr als ungewöhnlich."

„Das hätte sie mir trotzdem sagen können." Marcel stöhnte. „Was habe ich mir da nur wieder eingebrockt?"

„Sie hat mit ihren eigenen Sorgen zu kämpfen, das musst du dir doch nicht aufhalsen." Carolin atmete geräuschvoll aus. Dann setzte sie sich wieder zu Marcel. „Deshalb meinte ich, dass sie vielleicht nicht die Richtige ist."

Marcel strich sich durchs Gesicht, was er im selben Augenblick zutiefst bereute, weil der Schmerz mit voller Wucht zurückkam. „Ich denke, dass sie ihren Ex-Mann ermordet hat."

„Was?", schoss es gleichzeitig aus Carolins und Jörgs Mund.

„Es ist noch nicht bewiesen. Ich vermute es nur, weil sie mir gegenüber den Wunsch geäußert hat, ihn zu töten. Am nächsten Tag war er tot und Kim verschwunden."

Carolin schaute Marcel mit offenstehendem Mund an. „Sie ist verschwunden?"

„Ja. Ihr Kleiderschrank ist leer." Marcels Hände zitterten. Wut kochte in ihm, weil er sich so in ihr getäuscht hatte.

„Aber meinst du nicht, dass sie das nur in Rage geäußert hat? Wegen etwas Stalking bringt man doch niemanden um." Carolin schüttelte den Kopf.

Jörg schluckte und schaute Marcel sprachlos an.

Marcel sah ihn eindringlich an. „Du kennst sie doch aus der Therapie. Meinst du, sie wäre in der Lage, zu töten?"

Jörg schüttelte den Kopf. „Nein, das denke ich nicht. In der Hinsicht ist mir nie etwas aufgefallen."

Carolin seufzte. „Es tut mir so leid für dich." Sie tätschelte Marcels Arm.

Es fehlte nicht mehr viel und Marcel hätte losgeheult. Doch er unterdrückte seine Gefühle und biss sich auf die Zunge.

Jörg wusste offenbar nichts von dem Mord, den sie laut ihrer eigenen Aussage vor drei Jahren verübt hatte. Und Marcel würde sich unterstehen, das nun zu erzählen. Er selbst war sich nicht sicher, ob er das glauben konnte. Stimmte die Geschichte mit dem Traum überhaupt oder steckten sie und ihr Ex sogar gemeinsam hinter den Morden? Er schüttelte den Kopf. Dann hätte sie ihn nicht getötet.

Jörg riss ihn mit einem Räuspern aus den Gedanken. „Noch ist es ja nicht bewiesen. Warten wir erst einmal ab. Vielleicht hat Kim ja auch eine gute Erklärung für ihr Verschwinden. Noch einen Tequila?"

Marcel schob sein Glas über den Tisch. „Ich nehme die ganze Flasche."

# KAPITEL 22

Die Frau in Zimmer zwei warf ihren Kopf hin und her.

Er zoomte näher an sie heran und freute sich, als er die Angst in ihrem Gesicht sehen konnte. Nicht mehr lange, dann würde er den nächsten Mord umsetzen. Noch zweimal, dann war alles vorbei. Anschließend würde er so schnell wie möglich verschwinden. Die leise Hoffnung, dass sein Leben doch noch einmal so werden würde wie vor den Morden, hatte er nicht ganz aufgegeben, auch wenn ihm klar war, dass es eine reine Illusion war. Das Glück, das er in Danas Gegenwart empfunden hatte, würde nicht zurückkehren.

Noch einmal betrachtete er das zarte Gesicht der Frau in Zimmer zwei. Das ebene Hautbild, die leicht geröteten Wangen und die vollen Lippen erinnerten ihn an Dana, die Liebe seines Lebens.

Sofort breitete sich ein stechender Schmerz in seiner Brust aus. Er lehnte sich in seinem Stuhl zurück und schloss die Augen. Einen Moment lang würde er mit Freude an die schönste Zeit seines Lebens zurückdenken.

„Du bist das wundervollste Mädchen, das ich je getroffen habe."

Dana lächelte ihn an, ihre Augen strahlten vor Glück. Sie drückte ihm einen Kuss auf seinen Mund.

Der Duft ihres blumig-süßen Parfüms kitzelte in seiner Nase und seine Lippen schmeckten nach dem Erdbeergeschmack ihres Lippenbalsams.

„Du bist ein so unglaublich toller Mensch. Ich habe jedes Mal Schmetterlinge im Bauch, wenn ich dich sehe."

Er grinste. „Nicht nur Schmetterlinge."

Dana streichelte sich über ihren Bauch, der fast zu platzen drohte, so groß war er schon. Plötzlich wurde ihr Gesichtsausdruck ernst. „Hoffentlich funktioniert alles so, wie wir es uns vorstellen. Ich wünschte, du würdest dich mit deinen Eltern etwas besser verstehen, damit sie uns helfen könnten. Die sind doch gar nicht so übel. Bei mir ist alles viel komplizierter."

Er strich ihr über die weichen Wangen. „Wozu brauchen wir meine Eltern? Das bekommen wir allein hin. Ich freue mich so sehr auf unsere Zeit zu dritt."

„Wir sind noch so jung und haben keine Ahnung, wie man ein Kind großzieht. Du hast viel vor in deinem Leben, wir können das nicht allein stemmen. Du bist deinen Eltern gegenüber nicht fair. Sie wollen nur das Beste für dich."

„Ach, Dana, das ist kompliziert. Es ist gut, dass du dich mit ihnen verstehst, aber ich möchte nicht, dass sie sich einmischen."

Dana seufzte, kaute aber nicht weiter auf diesem Thema herum. Das Strahlen ihrer Augen rückte wieder in
den Vordergrund.

Zu diesem Zeitpunkt malte er sich nicht aus, welche
Tragödie sich nur wenig später abspielen würde.

Er wischte sich die nassen Augen trocken. Schüttelte
den Kopf. Dann schaute er auf die Monitore.

Es hatte sich nichts geändert. Die Frau in Zimmer zwei
schlief weiter, gepeinigt von ihrer Angst. Schon bald würde ihre Qual ein Ende haben.

Doch nun hatte er sich erst einmal anderen Dingen zu
widmen. Er schaute auf die Uhr. Er musste los, ehe sein
Fehlen auffallen würde. Ein letzter Blick auf die schla-
fenden Opfer bereitete ihm ein flaues Gefühl im Magen,
denn sie waren das Ergebnis eines dummen Fehlers. Sein
Leben lang hatte er keine Probleme gehabt, gut gelebt
und war zufrieden gewesen. Doch dann hatte er sich
mit Mattes Radow eingelassen. Und damit war auch der
Mensch in sein Leben getreten, der ihm dieses ganze Theater eingebrockt hatte.

# KAPITEL 23

*Samstag, 24. Oktober 2020*

Da ist ja unser Sorgenkind wieder", sagte Konrad zu Marcel. „Du siehst ausgeschlafen aus."

Marcel lächelte. „Ich bin bei bester Gesundheit."

„Dein Gesicht sagt etwas anderes, aber wir wollen dir mal glauben. Du bist sicher, dass du wieder arbeiten kannst? Ich habe keine Zeit, noch einmal deinen Pfleger zu spielen." Er zwinkerte.

„Ich bin dir wirklich dankbar, dass du unter Einsatz deines Lebens meines gerettet hast. Aber ich verzichte darauf, ständig ins Krankenhaus abgeschoben zu werden."

Konrad lachte. „Hab ich gern gemacht."

In der Tat fühlte sich Marcel wohler, auch wenn der letzte Tag ziemlich übel für ihn ausgegangen war. Schon am Mittag hatte der Tequila ihn ausgeknockt, doch dafür hatte er den restlichen Tag und die Nacht geschlafen, weshalb er nun topfit war.

Einzig die Tatsache, dass er Carolin und Jörg zu viel erzählt hatte, beschäftigte ihn. Als er sie am Morgen verabschiedet hatte, hatten sie ihm schwören müssen, dass alles unter ihnen bleiben würde.

„Hallo, Herr Kollege, schläfst du etwa doch noch?"

Marcel schrak auf. „Äh, nein, entschuldige bitte. Ich war nur kurz in Gedanken. Möchtest du mich kurz auf den neusten Stand bringen?"

Konrad nickte. Sein Gesichtsausdruck wurde ernst. „Also im Fall Kim bist du raus, das ist klar. Wie ich dich kenne, möchtest du trotzdem wissen, ob wir eine Spur haben. Nein, haben wir nicht. In der Schule hat sie fristlos gekündigt und ist nicht mehr dort erschienen. Ich gehe davon aus, dass du es unverzüglich an uns weitergibst, wenn sie sich bei dir meldet."

Obwohl er damit gerechnet hatte, traf es Marcel mitten ins Herz, dass Kim wirklich untergetaucht war. Er verdrängte das Gefühl und nickte. „Selbstverständlich."

„Gut. Wir haben heute Morgen die Patientenakten aus dem Schlaflabor erhalten. Die gehen wir jetzt durch. Stefan hat herausgefunden, dass Jennifer Lorenz und Astrid Lohne gemeinsam in Koblenz BWL studiert haben, aber anscheinend hatten sie keinen Kontakt mehr nach dem Studium. Sonst haben wir nichts."

„Moment, Astrid Lohne hat mit Lorenz zusammen studiert?"

„Hmmm." Konrad blätterte in den Unterlagen. „Ja, 2010 haben sie begonnen. Warum?"

„Jennifer Lorenz war eine Freundin von Caro. Sie hat auch in Koblenz BWL studiert. Hoffentlich kannte meine Schwester Astrid Lohne nicht, ich will ihr nicht noch mal den Tod einer Freundin beibringen müssen." Er schloss für einen Moment die Augen. Dann sah er Konrad wieder an. „Aber in unserem Fall ist das doch mit

Sicherheit die Verbindung, die uns bisher gefehlt hat. Wir haben also auf der einen Seite die Albtraumgeplagten. Da passt Mattes Radow ja bestens rein, denn mit denen hatte er Kontakt im Schlaflabor. Auf der anderen Seite stehen die ehemaligen BWL-Studentinnen. Aber wie kommt der Täter auf die?"

„Sie scheinen auf jeden Fall die Traumopfer zu sein, mit denen die Ängste der anderen nachgespielt werden. Nach welchen Kriterien sie ausgesucht wurden, müssen wir noch herausfinden. Wir werden prüfen, ob Radow eine Verbindung zu jemandem in dem Studiengang oder der Uni hatte. Kennt Carolin ihn?"

„Ich habe mit ihr über Kim und ihren Ex gesprochen, sie kennt ihn nicht. Aber Jörg kennt Kim schon länger. Er hat sie vor drei Jahren therapiert, zu dem Zeitpunkt, als der Mord angeblich passiert ist."

„Okay, wir schauen uns die Akten aus dem Labor an und vergleichen sie mit Vermisstenmeldungen. Wollen wir hoffen, dass es nicht noch mehr Opfer gibt. Dann durchforsten wir Radows Vergangenheit, ob er eine Verbindung zu den Opfern Lorenz und Lohne hat. Und wir holen uns einen Beschluss, damit wir die Studenten von 2010 prüfen können." Konrad setzte sich an seinen Schreibtisch. „Wir können uns auf jeden Fall sicher sein, dass diese Albträume ein Schlüssel des Verbrechens sind. Mir geht die ganze Zeit durch den Kopf, was du über Kim erzählt hast."

Marcel wollte nicht mehr an sie denken, wünschte sich, sie nie kennengelernt zu haben. Doch die Zeit ließ sich nicht zurückdrehen. „Ich weiß, was du sagen möchtest.

Es ist schon merkwürdig, dass ihre Geschichte auch von einem Albtraum handelt. Vielleicht hat Kim wegen der Träume und dieser Tablette unter einer Psychose gelitten und deshalb irgendwelche Trigger, die sie komplett durchdrehen lassen. Radow könnte das ausgenutzt haben."

„Es gibt auf jeden Fall Parallelen zu unseren von Albträumen geplagten Opfern. Kim wurde vermutlich betäubt, es soll ein Mord passiert sein und dann waren ihre Qualen angeblich vorbei, ähnlich wie es in den Botschaften der Opfer stand. Wenn sie die Wahrheit gesagt hat, ist Radow wahrscheinlich unser Mann. Dann müssen wir das nur noch beweisen und hoffen, dass es keine weiteren Opfer gab, die er festhielt. Wir müssen aber auch in Betracht ziehen …" Konrad wischte sich über den Bart und sah Marcel mitleidig an.

„Dass Kim ebenso eine Täterin ist."

„Tut mir leid, aber genau so ist es. Sie könnte mit Radow gemeinsame Sache gemacht haben. Er könnte sie mit diesem Mord erpresst haben, weshalb sie möglicherweise nicht zur Polizei gegangen ist." Konrad verharrte einen Augenblick still. Dann atmete er tief ein und aus. „Konzentrieren wir uns erst einmal auf die Patientenakten aus dem Schlaflabor und hoffen, dass wir nicht noch mehr Opfer finden."

Marcel setzte sich an seinen Platz. Er trank einen Schluck Wasser und verzog das Gesicht, denn es war abgestanden. Dann zog er einen Stapel Akten zu sich heran. Er war froh, dass er wieder fähig war zu arbeiten. „Konrad?"

„Ja?"

„Danke."

„Für was?"

„Dass du mich wieder mitarbeiten lässt."

Konrad zwinkerte. „Das hast du dem Personalmangel zu verdanken."

Stefan kam ins Büro. Im Schlepptau hatte er Herrn Lorenz.

Dieser sah blass aus, hatte rote, geschwollene Augen und seine Hände zitterten.

„Herr Lorenz hat eine Entdeckung gemacht, die von Bedeutung sein kann. Deshalb habe ich ihn gleich zu euch durchgewunken."

„Hallo, Herr Lorenz." Konrad bot ihm ein Platz an seinem Schreibtisch an.

Marcel gesellte sich dazu.

„Ich kann es selbst nicht glauben, aber … Sie haben mich nach der Treue meiner Frau gefragt. Es ist kaum zu ertragen. Sie stirbt und plötzlich bröckelt ihre ganze liebevolle Fassade." Er schüttelte den Kopf und wischte sich die Tränen aus den Augen. Dann sah er Konrad und Marcel an. „Sie hat mich betrogen." Herr Lorenz legte zwei Bilder auf den Tisch.

Darauf war seine Frau in den Armen eines Mannes zu sehen. Das Paar küsste sich innig.

„Ich habe die Fotos in der Jackentasche gefunden, als ich ihre Sachen wegräumen wollte."

Marcel schluckte. „Vielen Dank, Herr Lorenz. Das ist ein guter Hinweis. Kennen Sie den Mann?"

„Nein, noch nie gesehen."

„War Ihre Frau einmal in einem Schlaflabor?"

„Nein, nie."

„In Ordnung. Wir behalten die Bilder, um der Sache nachgehen zu können. Es tut mir aufrichtig leid, dass Sie das gerade durchstehen müssen."

Herr Lorenz erhob sich. „Vielleicht ist das der Mörder. Jenny wollte es bestimmt beenden und er konnte das nicht akzeptieren. Ich meine, das passiert doch immer wieder, oder?"

Marcel wünschte sich, dass es so einfach zu lösen wäre, machte sich aber keine großen Hoffnungen. „Das prüfen wir", sagte er deshalb nur.

„Auf Wiedersehen." Herr Lorenz verließ mit hängenden Schultern das Büro.

„Das ist nicht zu fassen." Marcel haute auf den Tisch. „Hab ich doch gewusst, dass Doktor Lenz uns etwas verschwiegen hat. Wetten, er hatte auch ein Verhältnis mit Astrid Lohne?"

„Mach mal halblang." Konrad hob beide Hände. „Das kann Zufall sein."

„Quatsch. Die Traumopfer sind Affären von ihm. Das ist die Verbindung. Der steckt mit Radow unter einer Decke."

„Wir müssen erst beweisen, dass er auch mit Astrid Lohne etwas hatte. Also bestellen wir ihn her."

Eine Stunde später saßen die beiden mit Doktor Lenz zusammen.

Marcel legte die Fotos auf den Tisch. „Na? Fällt Ihnen nun wieder ein, dass Sie die Dame kannten?"

Der Arzt wischte mit den Händen nervös über die Beine. Seine Füße wippten. „Ja, ich … Es tut mir leid. Ich kenne Jennifer. Wir haben eine lockere Affäre. Ich wollte das nicht sagen, weil sie verheiratet ist."

„Das war nicht klug von Ihnen. Jennifer Lorenz wurde ermordet." Marcel beobachtete genau, wie der Mediziner reagierte.

Dieser riss die Augen auf. „Was? Wann?"

Marcel drehte die Fotos um, und zeigte auf das Datum. „Einen Tag, nachdem die Fotos entstanden sind."

Doktor Lenz starrte Marcel an und wurde blass. „Ich habe damit nichts zu tun. Ich schwöre. Es war nichts Ernstes. Ich habe keinen Grund, sie zu töten."

„Was ist mit Astrid Lohne? Hatten Sie auch mit ihr ein Verhältnis?"

„Nein, die kenne ich wirklich nicht."

„Wie stehen Sie zu Mattes Radow?"

„So, wie ich es gesagt habe. Er ist mein Kollege und ich habe ihn geschätzt, bis er nach der Trennung nicht mehr der Alte war.

„Hatte er schon einmal einen solchen Wandel durchgemacht?", wollte Konrad wissen.

„Es gab schon einmal so eine Phase vor circa drei Jahren. Da war er über Wochen total neben der Spur, unkonzentriert und fahrig. Als ich ihn darauf ansprach, meinte er, dass es seiner Frau nicht gut gehe. Es legte sich aber nach ein paar Wochen wieder."

Sofort wurde Marcel klar, was der Auslöser für die Veränderung vor drei Jahren gewesen sein könnte. Da war der angebliche Mord geschehen, den Kim begangen haben sollte. Marcel schwitzte. Er ging zum Fenster und öffnete es.

Ein kalter Herbstwind trug frischen Sauerstoff in das Büro.

„Wir haben bei Jennifer Lorenz eine Spermaprobe sichergestellt. Wann hatten Sie das letzte Mal Geschlechtsverkehr mit ihr?", fuhr Konrad fort.

Lenz zeigte auf das Foto. „An dem Tag."

„Sind Sie mit einem DNA-Abgleich einverstanden?"

„Ja." Lenz senkte den Kopf. „Ich habe sie nicht getötet, das müssen Sie mir glauben."

„Das war schon alles. Halten Sie sich bitte für uns zur Verfügung." Konrad erhob sich.

„Selbstverständlich." Der Arzt erhob sich ebenfalls und verließ das Büro.

„Klang für mich nach der Wahrheit. Glaubst du ihm?"

Konrad hob die Schultern. „Wir lassen ihn auf jeden Fall nicht außer Acht. Und jetzt gehen wir die Krankenakten durch."

Nach zwei Stunden waren die beiden mit den Akten fertig.

Die Soko Traumopfer hatte sich versammelt und. Konrad zeigte auf den Stabel Akten. „In Ordnung, Marcel und ich sind die Patientenakten des Schlaflabors durchgegangen. Unsere Opfer Helmut Bartels und Liljana Meister wurden beide von unserem Tatverdächtigen Mattes Radow betreut. Wir haben zwei weitere Patienten gefunden, die von ihm versorgt und in den letzten Tagen vermisst gemeldet wurden. Viktoria Gassen und Daniel

Rust. Beide sind laut Angehörigen verreist, seitdem aber nicht mehr erreichbar. Doktor Lenz war jedes Mal, wenn diese vier Patienten im Schlaflabor waren, ebenfalls im Dienst. Außerdem hatte er mit dem Opfer Jennifer Lorenz eine Affäre. Wir wissen nicht, ob diese mit den Morden zusammenhängt."

Ein Raunen zog durch den Raum.

Marcels Gedanken schwirrten um die Durchsicht der Akten. Irgendetwas in ihm drängte ihn dazu, noch einmal hineinzuschauen. So, als wollte es ihm sagen, dass er eine Sache übersehen hatte.

„Doktor Lenz, der Schlafmediziner, hat uns erzählt, dass ein EEG-Gerät entwendet wurde. Das passierte ebenfalls in den letzten Wochen, sodass es mit dem Fall zu tun haben könnte. Sowohl Radow als auch Lenz hatten uneingeschränkten Zugang zu der Station. Kurz nachdem das Gerät gestohlen wurde, hat sich Radow krankgemeldet und ist seitdem nicht wieder aufgetaucht. Die Station wurde daraufhin aufgrund von Personalmangel geschlossen."

„Klingt alles sehr verdächtig", erwiderte ein Kollege.

„Schwierig wird es nun für uns, weil Radow tot ist. Er wurde vorgestern Nacht mit zwei Schlägen auf den Kopf getötet. Täter unbekannt. Wir verfolgen einen Hinweis. Gesucht wird Kim Berger, Radows Ex-Frau."

Marcels Atem stockte kurz. Er war heilfroh, dass seine Beziehung zu Kim im Präsidium noch nicht die Runde gemacht hatte.

„Hat sie auch etwas mit den anderen Morden zu tun?", fragte Becker.

„Das wissen wir nicht. Ein mögliches Motiv, ihren Ex-Mann zu töten, hatte sie, weil er sie seit der Trennung bedroht und körperlich angegriffen hatte. Aber wir können auch nicht ausschließen, dass sie mit ihm gemeinsame Sache gemacht hat." Konrad pausierte kurz und schaute auf seine Notizen. „Aber wenn Radow allein agiert hat, müssen wir schleunigst herausfinden, wo er die Opfer versteckt. Denn dann gibt es niemanden mehr, der sich um diese kümmert. Viel Zeit haben wir möglicherweise nicht mehr."

„Was ist mit diesem Doktor Lenz?", fragte ein weiterer Kollege.

„Wir werden ihn gründlich untersuchen, seine Alibis checken. Das übernimmst bitte gleich du."

Der Kollege nickte.

„Schweißer ist angeschlagen, deshalb wird er als Ansprechpartner im Präsidium bleiben. Stefan übernimmt seinen Platz bei den Arbeiten im Feld. Außerdem wird Marcel ermitteln, ob Lenz und Radow irgendwelche Verbindungen zu Lorenz und Lohne hatten."

Marcel stockte kurz der Atem, es war nicht abgesprochen, dass er im Präsidium bleiben sollte. Doch er wagte nicht, einen Einwand zu geben.

Becker betrachtete ihn stillschweigend.

Es löste Unbehagen in Marcel aus. Er hatte das Gefühl, jeder könnte wie in einem Buch in seinem Gesicht lesen.

Konrad klatschte in die Hände. „Gut, gehen wir an die Arbeit. Becker, du wartest bitte kurz."

Die Kollegen verließen den Besprechungsraum, nur Konrad, Wolfgang und Marcel blieben zurück.

„Habt ihr etwas gefunden?", fragte Konrad Becker. Dann drehte er sich zu Marcel. „Ich habe Wolfgang von deiner Auseinandersetzung erzählt."

Marcels Wangen wurden heiß.

„Üble Sache, tut mir leid, mein Freund."

„Danke."

„Also, auf der Statue, die wir als Tatwaffe identifiziert haben, waren nur die Fingerabdrücke von Radow selbst. Der Täter oder die Täterin hat also vermutlich Handschuhe getragen. Laut Rechtsmedizin starb er an einer Hirnblutung."

„Alles klar." Konrad schaute zu Marcel. „Wie finden wir jetzt raus, wo er die Opfer gefangen hielt, wenn er der Mörder in unserem Fall war?"

Wieder meldete sich das komische Gefühl in Marcel. „Ich muss noch mal in die Patientenakten schauen. Mich lässt da was nicht los." Er ging ins Büro und holte sich die zwei Akten der noch vermissten Personen, die womöglich Opfer von Radow sein könnten, und sah die Aufnahmeblätter erneut durch. Dann verglich er sie mit Bartels und Meisters Dokumentationen.

Der überweisende Arzt hatte unleserlich unterschrieben, doch es war bei allen vier Opfern die gleiche Unterschrift.

Marcel griff zum Telefon und wählte die Nummer des Schlafmediziners. Er nannte die Namen der Patienten und bat ihn, nachzuschauen, wer der überweisende Arzt gewesen war.

Marcel hörte es im Hintergrund rascheln.

Dann gab Lenz Marcel den Namen durch.

Marcel schluckte den Kloß in seinem Hals hinunter. Konrad schaute ihn mit großen Augen an. „Was ist?"

# KAPITEL 24

Würdest du jetzt endlich mal deinen Mund auf-machen? Was hast du herausgefunden?" Konrad stemmte seine Hände in die Hüften und sah Marcel auf-fordernd an.

Marcel holte tief Luft und konzentrierte sich auf seine Arbeit. Es war sicher nur ein Zufall. Trotzdem musste er seinen Kollegen davon in Kenntnis setzen. „Bei Helmut Bartels und Liljana Meister stand Jörg Krüger als über-weisender Arzt auf dem Aufnahmeblatt. Ebenso bei Vik-toria Gassen und Daniel Rust, die möglicherweise auch Radows Opfer geworden sind."

„Jörg Krüger, das ist doch …"

Marcel schluckte. „Der zukünftige Ehemann meiner Schwester und Kims ehemaliger Psychologe."

Konrad stöhnte auf. „Eigentlich müsste ich dich echt von dem Fall abziehen, aber ich habe kein Personal." Er massierte sich den Bart. „Nun gut, so schlimm ist es nun auch wieder nicht. Du sagtest ja, dass er ein angesehe-ner Psychologe in Koblenz ist. Zu ihm werden die Leu-te wahrscheinlich gern mit ihren Problemen gehen. Es muss also gar nichts bedeuten, dass er zufällig alle an das Schlaflabor verwiesen hat."

Marcel nickte. „Carolin hat mir erzählt, dass er manchmal sehr spät heimkommt, weil er sich vor lauter Patienten nicht retten kann."

„Siehst du, kein Grund zur Sorge. Ich fahre trotzdem mit Stefan vorbei und frage nach. Vielleicht kennt er diesen Radow ja doch, wenn er Patienten dorthin überweist."

„Es hat mir gestern bei dem Gespräch mit Caro und Jörg nicht den Eindruck gemacht."

Konrad presste die Lippen zusammen. „Wir fragen trotzdem noch mal nach. Ich bin echt froh, wenn der Fall abgeschlossen ist. Also, ich fahre jetzt zu diesem Krüger und du betreust hier die Soko."

Marcel nickte.

Nachdem Konrad und Stefan losgefahren waren, kontrollierte Marcel zum gefühlt hundertsten Male sein Handy. Andauernd drängte sich ihm die Hoffnung auf, dass Kim sich melden und ihm erklären würde, warum sie einfach abgehauen war. Alles sah danach aus, dass sie ihm etwas vorgespielt hatte, aber trotzdem ließ sein Herz noch nicht von ihr ab.

Er packte das Handy in die Schublade und drückte diese mit Nachdruck zu. *Schluss jetzt.*

Die nächsten zwei Stunden verbrachte Marcel mit Akteneinsichten, Vergleichen, Telefonaten und Schreibarbeiten. Nervös erwartete er Konrad zurück. Es war der Albtraum eines jeden Ermittlers, dass eines Tages jemand aus dem engsten Verwandtschafts- oder Bekanntenkreis in eine Ermittlung geriet. Marcel beruhigte sich, indem er sich noch einmal klarmachte, dass das mit Jörg nur Zufall war. Er beschloss, nicht allzu viel Gewicht darauf zu legen, dass er der überweisende Arzt der Opfer gewesen war.

Er sprang auf, als Konrad und Stefan zurückkamen. „Und?"

Konrad goss sich Kaffee in eine Tasse, nahm einen Schluck und spuckte ihn zurück. „Warum gewöhne ich mir nicht an, den Kaffee zu meiden? Davon kriegt man ein Magengeschwür."

Ungeduldig wartete Marcel.

Konrad setzte sich und verschränkte die Arme hinter dem Kopf. „Es ist gar nichts Aufregendes passiert. Jörg Krüger hat sofort bestätigt, dass er diese Patienten an das Schlaflabor überwiesen hat. Es ist das einzige in Koblenz und er kennt Doktor Lenz von diversen Tagungen zum Thema gesunder Schlaf."

Marcel atmete erleichtert aus. „Klingt einleuchtend." Doch dann glaubte er, ein großes Aber in Konrads Erzählungen gehört zu haben. Sofort spannte sich alles in ihm an, nervös lief er auf und ab.

„Kannst du dich jetzt mal hinsetzen?", forderte Konrad ihn auf. „Du machst mich verrückt damit."

Marcel nahm auf einem Stuhl neben Konrad Platz und zog die Ärmel seines Pullovers hoch.

„Also weiter. Jörg Krüger ist auf Verhaltenstherapie bei Albträumen spezialisiert. Es ist völlig normal, dass er in Verbindung mit den Opfern steht. Zu den Patienten hat er mir ohne einen Beschluss vom Richter natürlich nichts gesagt."

„Meinst du, es ist nötig, einen zu besorgen?"

Konrad spielte mit der Zunge im Mund, was Knetsch-geräusche verursachte. „Da kommen wir zu dem Punkt, an dem mir der feine Herr Psychologe nicht gefallen hatte."

Marcel seufzte. Es gab also wirklich ein Aber. „Und der Punkt wäre?" Er kaute an der Unterlippe.

„Er wirkte ziemlich arrogant. Ich hatte fast das Gefühl, dass es ihm Spaß bereitete, an seiner Schweigepflicht fest-zuhalten. Ihm war klar, dass ich mit einem Beschluss zu-rückkommen könnte, doch es kostet uns nun mal Zeit."

„Was ihm zugutekäme, sollte er irgendwie mit drinste-cken. Als ich ihn kennengelernt habe, fand ich ihn auch arrogant."

„Was mich noch viel mehr störte, war seine Reaktion auf die Frage, ob er Mattes Radow persönlich kannte."

Marcel stand wieder auf und steckte die Hände in die Hosentaschen. Er unterdrückte erneut den Drang, im Zimmer umherzulaufen. „Was war denn seine Reaktion?"

„Er hat verneint, doch er konnte mir bei der Antwort kaum in die Augen sehen und hat mir auch etwas zu viel geblinzelt. Außerdem hat der sonst so schlagfertige Krü-ger gezögert. Da bröckelte seine Arroganz."

Marcel hielt die Luft an und blies sie dann lautstark aus. „Er hat mir also möglicherweise etwas vorgemacht. Aber warum?"

„Du sagtest, du warst betrunken. Vielleicht hast du nicht wahrgenommen, dass er sich komisch verhalten hat."

„Ich kümmere mich um einen Beschluss für seine Praxis. Hoffen wir, dass er in der Zeit nichts vertuscht."

Konrad lachte auf. „Hältst du mich wirklich für so doof? Hey, ich bin es, Konrad Malter. Ich habe ihm einen Streifenbeamten als Gast dagelassen, der aufpasst, dass er nicht in die Praxis fährt."

Marcel zog eine Grimasse. „Wie konnte ich nur?"

„Ich habe auch bereits mit dem Staatsanwalt telefoniert und alles in die Wege geleitet. Wir werden einen Haufen Arbeit bekommen."

Marcel schwieg einen Moment und dachte über Jörg nach.

„Was geht in deinem Kopf vor?", fragte Konrad.

„Ich habe gerade ein wenig weitergesponnen. Jörg ist mit Carolin verlobt, Lohne und Lorenz waren mit Caro in einem Studiengang und sind sogar befreundet. Er könnte über sie an die Frauen gekommen sein. Dann wäre meine Schwester auch in Gefahr."

„Marcel, du bist nicht mehr neutral. Krüger ist kein Verdächtiger. Es ist vielleicht Zufall, dass seine Patienten zu Opfern wurden. Also keine voreiligen Schlüsse ziehen."

Marcel seufzte. Konrad hatte recht. „Alles klar. Dann hole ich mir jetzt schnell etwas zu essen, ich sterbe nämlich gleich vor Hunger."

Konrad lächelte. „Bring mir etwas mit."

„Dir? Hat deine Frau vergessen, dir etwas einzupacken?"

„Hast du was mit den Ohren?"

„Bin schon unterwegs." Marcel fragte noch die anderen Kollegen, machte sich Notizen und holte in der Pizzeria in der Nähe des Präsidiums mehrere Pizzen.

Auf dem Rückweg klingelte sein Handy.

Als er auf das Display sah, wurde ihm heiß. Er ging nicht dran.

Der Ton verstummte, nur um kurz darauf erneut einzusetzen.

Es hatte keinen Sinn, sich zu verstecken, sie würde nicht aufgeben. Also nahm er ab. „Carolin, ich arbeite."

„Du meinst wohl eher, dass du die Praxis meines Mannes auseinandernimmst", sagte sie wütend. „Was soll das bitte?"

„Es ist nur Routine. In einem Fall sind Patienten von ihm involviert."

„Ich bin nicht doof. Es geht doch um den ExMann deiner Freundin. Warum willst du Jörg da jetzt reinziehen?"

„Das hat gar nichts mit mir zu tun. Ich habe in diesem Fall nicht das Sagen. Beruhige dich."

„Ich soll mich beruhigen? Wir haben dich gestern hier aufgenommen, haben dir zugehört und dich umsorgt. Ist das jetzt der Dank?"

„Noch mal, Caro, ich kann da nichts machen. Es ist eine Ermittlung und da kommt es nun mal vor, dass wir auch in Büroräumen nach Hinweisen suchen müssen. Es läuft alles ganz geregelt ab. Wir haben einen Beschluss für die Durchsuchung."

„Weißt du, was ihr ihm damit antut, wenn das die Runde macht?"

„Wir tun ihm gar nichts an. Er hat sich auf seine Schweigepflicht berufen und …"

„Ja, zu Recht. Er ist ein guter Psychologe."

„Wenn der Richter nicht einen guten Grund gesehen hätte, dann hätte er den Beschluss nicht genehmigt. Es geht alles mit rechten Dingen zu."

„Glaubst du, Jörg ist ein Krimineller?"

„Das hat überhaupt keiner gesagt." Marcel bog auf den Parkplatz des Präsidiums ein. „Wir wollen nur Informationen zu den Patienten. Also reg dich ab."

„Musste das wirklich ein Tag vor der Hochzeit sein? Jörg ist völlig fertig."

„Entschuldige bitte. Aber es geht um Leben und Tod, da können wir leider keine allzu große Rücksicht auf eine Hochzeit nehmen." Marcel biss die Zähne zusammen. So plump hatte er nicht reagieren wollen.

Am Ende der Leitung blieb es einen Augenblick still, doch dann konnte er Carolin atmen hören. „Es kann keiner etwas dafür, dass du bei deinen Frauen immer in die Scheiße greifst. Du musst mir meine Hochzeit deshalb nicht zerstören."

„Ach Carolin, was hat es denn jetzt mit meinen Beziehungen zu tun?"

„Du bist sauer, weil das mit Kim wieder nicht das Richtige ist."

„Du kommst vom Thema ab. Wir suchen nach einem Mörder und versuchen, die restlichen Opfer zu finden."

„Jörg ist nicht der Täter."

„Das hat ja auch niemand behauptet."

„Ihr habt ihn aber so behandelt." Carolin seufzte laut. „Unter diesen Umständen ist es vielleicht besser, wenn du nicht zu unserer Hochzeit kommst, Marcel."

„Aber …"

„Ich möchte nicht, dass dein Berufsleben mit deinem privaten so heftig kollidiert."

„Du übertreibst total."

„Nein, tue ich nicht. Du hast sowieso kaum Zeit für mich gehabt. Da kommt es nun auch auf diesen einen Tag nicht mehr an. Ich werde Mama fragen, ob sie meine Trauzeugin sein will."

„Caro, Schatz, das muss doch nicht sein", sagte Jörg im Hintergrund.

„Vielleicht überlegst du dir, was in deinem Leben wichtiger ist. Deine Familie oder dein Job."

„Findest du das jetzt nicht etwas unfair? Ich kann doch nichts dafür, dass Jörg in den Fokus gerückt ist. Wir machen nur unsere Arbeit. Wäre eines der Opfer jemand aus unserer Familie, hättest du nicht so reagiert. Außerdem waren zwei der Getöteten deine Freundinnen. Caro, vielleicht bist du auch in Gefahr."

„So ein Unsinn, Marcel. Versuche nicht, mich auf diese Art umzustimmen. Ich bin maßlos enttäuscht und das wird sich nicht ändern." Carolin legte auf.

Marcel starrte noch einige Augenblicke sein Handy an, fassungslos über Carolins Reaktion. Wütend schlug er gegen das Lenkrad. Schließlich stieg er aus, nahm die Pizzen und ging ins Gebäude.

Die Kollegen hatten sich bereits an dem großen Tisch im Besprechungsraum versammelt und applaudierten, als Marcel die Pizzen in die Mitte stellte.

„Lasst es euch schmecken", sagte Marcel. Dann verließ er das Zimmer. Er ging an seinen Schreibtisch und vergrub seine Hand in seinen Haaren. In seinem Kopf schwirrten die Worte seiner Schwester umher.

Konrad kam ins Büro. „Ist alles in Ordnung? Wolltest du nicht auch etwas essen?"

„Mir ist der Appetit vergangen."

„Wieso das?"

„Carolin hat mich gerade angerufen."

Konrad zog Luft durch die Zähne. „Oh, oh."

„Ich bin von der Hochzeit ausgeschlossen." Er warf einen Kugelschreiber gegen die Wand. „Das ist doch alles zum Kotzen. Erst Kim, die mich verarscht, und dann der Verlobte meiner Schwester, der merkwürdig ist. Familie Schweißer scheint die Kacke magisch anzuziehen."

„Nun krieg dich ein. Es ist nur verständlich, dass deine Schwester jetzt sauer ist. Sie freut sich auf den schönsten Tag ihres Lebens, da ist so ein Zwischenfall nun mal nicht gerade willkommen. Es muss doch gar nicht so sein, dass Jörg irgendetwas mit dem Fall zu tun hat, nur weil er die Patienten dorthin überwiesen hat. Und wenn er Radow wirklich kannte, heißt das trotzdem nicht, dass er etwas von den Morden wusste."

Marcel seufzte.

„Warten wir es ab. Und jetzt komm, ich mag keine kalte Pizza."

# KAPITEL 25

*Samstag, 24. Oktober 2020*

Herr Schröder kam, sich auf seinem Gehstock stützend, aus seinem Haus gelaufen. „Herr Kommissar, ich muss Sie warnen."

„Hallo, Herr Schröder, Sie sind ja ganz aufgebracht. Alles in Ordnung?", sagte Marcel laut, weil der alte Nachbar nicht mehr gut hören konnte.

„Nein, nein, nichts ist in Ordnung. Ein Mann lungert schon eine ganze Weile vor Ihrem Haus herum. Aber keine Sorge, ich habe ihn im Auge behalten, Sie wissen ja, ich kann das gut. Wer einmal Polizist war, verlernt solche Dinge nicht." Herr Schröder zwinkerte Marcel verschwörerisch zu.

Marcel blickte zu seinem Haus und sah einen hochgewachsenen Mann vor seiner Tür auf und ab laufen. „Keine Sorge, Herr Schröder, der Typ ist harmlos. Er wartet nur auf mich."

Etwas Enttäuschung machte sich im Gesicht seines Nachbars breit. „Na, dann ist es ja gut."

„Vielen Dank, Sie haben wirklich gute Arbeit geleistet. Ich bin so froh, dass Sie neben mir wohnen."

Nun funkelte der Stolz in den Augen des Mannes. Dann zeigte er auf Marcels Gesicht. „Sie scheinen jemanden zu brauchen, der auf Sie aufpasst."

Marcel lachte. „Da könnten Sie recht haben. Auf Wiedersehen."

Der alte Mann nickte und schlurfte zurück in sein Haus.

Marcel ging weiter zu seinem eigenen. „Welch hoher Besuch", begrüßte er Karl Hohlbein.

„Meine Güte, ist dir eine Dampflok übers Gesicht gefahren?"

„Fühlt sich so an. Aber es war nur der Ex-Mann meiner Freundin, von dem ich dir erzählt habe. So viel zum Thema, dass ich ihre Vergangenheit ruhen lassen sollte."

Marcel bat Karl ins Haus. Er war in letzter Zeit wenig in seinen eigenen vier Wänden gewesen, sodass es ein wenig muffelig roch. Sofort öffnete er ein paar Fenster. „Kann ich dir etwas anbieten?"

„Ein Kaffee wäre großartig."

Marcel schaute auf die Uhr. „So spät noch?"

„Für einen Kaffee ist es nie zu spät."

Marcel machte Karl einen Kaffee und wählte selbst ein Glas Wasser mit Apfelgeschmack. Dann setzte er sich zu Karl an den Küchentisch, auf dem das Geschirr von zwei Tagen stand. „Sorry, für die Unordnung. Ich war nicht oft zu Hause."

Karl zuckte die Schultern. „Ich werde es überleben. Habt ihr viel zu tun, sodass du nicht zum Aufräumen kommst?"

„Wieder mal ein irrer Fall." Marcel fasste die bisherigen Hinweise für Karl zusammen und erzählte ihm auch von seiner Freundin und Jörg.

„Puh, da steckt jede Menge in dem Fall. Die Morde werden an Orten verübt, wo man die Opfer schnell findet. Der Täter fühlt sich sehr sicher, arbeitet engagiert und genau nach einem Plan. Er möchte etwas damit ausdrücken. Also will er, dass die Leichen gefunden werden und die Polizei oder die Öffentlichkeit darüber spricht."

„Das könnte stimmen. Glaubst du, wir sind mit unseren Vermutungen auf dem richtigen Weg?"

„Dafür weiß ich zu wenig, aber es klingt danach, dass ihr eine gute Spur habt." Karl schlug ein Bein über das andere und wippte damit auf und ab. „Mir geistert da noch etwas im Kopf herum. Wie hast du Kim kennengelernt?"

„Was spielt das für eine Rolle?"

„Nun, wenn ihr den Verdacht hegt, dass sie ihre Finger mit im Spiel hat, dann hatte sie es vielleicht ganz gezielt auf dich abgesehen."

Marcel runzelte die Stirn. „Ich habe sie im Fitnessstudio kennengelernt." Die Vermutung seines Freundes gefiel ihm gar nicht. „Warum sollte sie es gezielt auf mich abgesehen haben?"

„Vielleicht weil sie durch dich jemanden hätte, über den sie erfahren kann, wie weit die Ermittlungen sind. Mir fehlen allerdings die Einzelheiten, um das einschätzen zu können."

„Aber woher sollte Kim wissen, dass ich bei der Kripo arbeite? Wir haben bei unserem Kennenlernen nicht darüber gesprochen."

„Nun, du bist seit der Buchveröffentlichung bekannt."

„Stimmt. Radow hatte in einem Streit sogar angedeutet, dass er mich kennt. Aber dann verstehe ich nicht, warum er ständig versucht hat, mich von Kim fernzuhalten. Wenn man mich krankenhausreif prügelt, kann man doch nichts über die Ermittlungen herausfinden."

„Da ist etwas dran. Meine Vermutung ist höchstwahrscheinlich falsch." Er nahm einen Schluck Kaffee und schaute einen Augenblick aus dem Fenster. Dann blickte er wieder zu Marcel. „Du sagtest, ihr nehmt an, dass der Täter einen Albtraum nachspielt."

„Es sieht so aus. Die beiden Opfer, die die Botschaft in der Hand hatten, waren aufgrund ihrer Albträume in Behandlung bei Jörg Krüger und im Schlaflabor bei Radow und Doktor Lenz. Die Inszenierung der Morde zeigt eindeutige Parallelen zu diesen Träumen."

„Und Kim Berger quälte auch ein Albtraum?"

„Genau. Ihr Ex-Mann Radow hat ihr eingeredet, dass sie jemand anderes opfern muss, um den Traum loszuwerden. Wir vermuten, dass ein ähnliches Motiv auch hinter den derzeitigen Morden steht und die Frauen, mit denen der Albtraum nachgespielt wurde, geopfert worden sind."

Karl rieb sich das Kinn und nickte. „Möglicherweise war Kim Berger selbst eines der Opfer oder sie hat dir ein Märchen erzählt, weil sie mit drinsteckt."

Marcel übermannte Traurigkeit. „Kim behauptet, sie hätte jemanden umgebracht, aber sie kann sich nicht daran erinnern. Der Täter in unserem Fall geht allerdings anders vor. Da haben nicht die Träumenden jemanden getötet."

„Und seid ihr euch sicher, dass nicht die Träumenden die Frauen getötet haben?"

„Ja, das ist vom Rechtsmediziner absolut ausgeschlossen. Das erste Opfer zum Beispiel wurde durch den Wald gejagt und mit einem Seil stranguliert. Das Opfer daneben, das den Traum hatte, war allein vom Körperbau und der Kraft gar nicht in der Lage, das zu tun. Außerdem hatten sie schon das Narkotikum im Körper, als die Morde passierten."

„Nun, es könnte sein, dass ein einschneidendes Erlebnis den Täter inzwischen anders agieren lässt. Vielleicht hängen die Ereignisse heute auch nicht mit Kim Bergers Geschichte zusammen. Oder aber es könnte noch jemand an den Taten beteiligt sein."

„Vielleicht war es die Trennung von Kim, die Radow selbst zum Mörder gemacht hat."

„Wenn es sich wirklich so zugetragen hat, wie Kim es dir geschildert hat. Dass sie sich nicht erinnern kann, könnte genauso gut gelogen sein. Vielleicht haben sie beide zusammen getötet."

Marcel wischte sich über die Augen. „Aber Radows Aggressivität und seine Drohungen gegen Kim haben sich echt angefühlt. Es ist schwer für mich zu glauben, dass Kim eine Mörderin ist."

„Es wäre harter Tobak. Tut mir wirklich sehr leid."

„Schon gut. Leider müssen wir davon ausgehen. Die Beweggründe ihres Verschwindens sind zumindest fragwürdig. In erster Linie verdächtigen wir sie aber des Mordes an Radow."

„Interessanter Fall. Ich sollte mir überlegen, doch wieder als Fallanalytiker zu arbeiten. Dann hätte ich eine sinnvolle Beschäftigung."

„Aber nur, wenn du nicht wieder so arrogant wirst."

Die beiden lachten. Marcel tat es gut, mit Karl über den Fall zu sprechen. Nicht nur, weil er vielleicht noch eine andere Idee zu dem Ganzen hatte, sondern auch, weil es ihm half, den Schock über Kims mögliche Beteiligung zu verarbeiten.

Karl schlug ihm auf die Schulter. „Tut mir leid, dass deine Schwester so sauer ist."

Marcel winkte ab. „Das wird schon wieder. Ich kann sie ja verstehen, aber ich kann nichts dafür, dass Jörg in die Ermittlungen gerutscht ist, weil er die Opfer an das Schlaflabor verwiesen hat. Sie brauchen ja gar nichts befürchten. Spätestens in ein paar Tagen ist das gegessen und sie können ihre Ehe zelebrieren."

Karl trank den letzten Schluck Kaffee aus. „Bei dir geht es aber auch nicht ohne Drama, was?"

„Ich hätte in meinem Frei einfach wegfahren sollen, dann hätte ich mir so manchen Ärger erspart."

Marcel lag hellwach in seinem Bett, nachdem Karl mitten in der Nacht den Heimweg angetreten hatte, und dachte über die Unterhaltung nach. Kims Liebe zu ihm war nicht gespielt, da war sich Marcel sicher. Obgleich sich alle Alarmsignale in seinem Kopf meldeten und warnten, schrieb er ihr eine Nachricht.

*Hallo Kim,*

*bitte melde dich bei mir. Egal, was passiert ist, wir können das klären. Aber weglaufen bringt nichts. Ich helfe dir. Wir finden bestimmt eine Lösung.*

Er sendete die Nachricht ab und schon Sekunden später ärgerte er sich darüber. Er sollte sich nicht so unprofessionell verhalten. All seine Instinkte sagten ihm, dass Kim bis zum Hals im Schlamm steckte. Eigentlich konnte er seinen Instinkten immer trauen, nur waren sie dieses Mal in einen Kampf mit seinem Herzen verwickelt.

Er drehte sich auf die Seite und schloss die Augen. Hoffte, dass jeden Augenblick eine Antwort kommen würde.

Marcel kam versehentlich mit seiner Hand an sein Auge und schrie vor Schmerz auf. Er atmete den Schmerz weg.

Da kam ihm eine Eingebung und er fragte sich, warum er nicht schon viel früher die Geschichte mit Kims ermordeten Adoptiveltern geprüft hatte. Karl hatte recht, sie könnte ihn in allen Dingen belogen haben.

Marcel wälzte sich im Bett herum und wartete nur noch auf den Morgen, um endlich ins Büro fahren zu können.

# KAPITEL 26

Es war noch sehr früh am Morgen, doch er hatte keinen Schlaf in der Nacht gefunden und war deshalb bereits aufgestanden. Obwohl er es an diesem Tag eigentlich nicht vorgehabt hatte, war er zu den Räumen gegangen und hatte sich vor die Monitore gesetzt. Er beobachtete die Frau in Zimmer zwei, die ihn an Dana erinnerte.

Sie träumte in diesem Moment etwas Grausames, das erkannte er sofort.

In ihm war alles angespannt. Die Situation drohte ihm zu entgleiten und er beabsichtigte, um jeden Preis zu verhindern, dass der Plan des Monsters scheiterte. Das konnte er nicht zulassen. Nicht, wenn er Danas Versprechen einhalten wollte. Und das wollte er unbedingt. Zur Not mussten noch mehr Menschenleben ausgelöscht werden.

All die armen Seelen in den Zimmern konnten nichts dafür, dass sie Teil des Plans waren. Sie waren nur Mittel zum Zweck. Die Frauen, auf die er die Angst der Träumenden übertragen musste, wurden hingegen geopfert, weil sie einmal in ihrem Leben einen Fehler begangen hatten.

Doch auch wenn der Plan vollzogen war, würde sein Leben nicht zur Ruhe kommen. Es gab zu viele Dinge, die schiefgegangen waren.

Wütend schlug er auf den Tisch. Er hasste es so sehr. Am liebsten hätte er an diesem Tag schon alle getötet, um dem Ganzen schnell ein Ende zu setzen.

Einen Moment überlegte er, ob er diesen kranken Menschen nicht auch einfach töten sollte. Kurzer Prozess und dann wäre alles gelöst. Aber es gab eine Sache, die ihn davon abhielt: die Schadenfreude, die er haben würde, wenn ihn die Person, die so viel Leid über die Opfer und deren Angehörigen brachte, anstarren und ganz blass im Gesicht werden würde, wenn sie die Wahrheit erfuhr. Oh, wie er sich darauf freute.

Das war nicht von Anfang so gewesen. Zuerst hatte ihn die Angst, einen geliebten Menschen zu verlieren, zu den schrecklichen Taten getrieben. Doch dann war sein eigener Plan in seinem Kopf gewachsen. Er hatte dem eigentlichen Drahtzieher die absurden Opferungen anfangs eingeredet, um Zeit zu gewinnen. Doch nun wurde es immer schlimmer.

Er fragte sich, wie krank er war. Seine Taten, seine Besessenheit, den Plan durchzuhalten, waren nicht weniger schlimm als die Motive des gestörten Monsters.

Ein Aufschrei aus Zimmer zwei riss ihn abrupt aus den Gedanken. Er hatte sich so sehr erschrocken, dass er das Wasserglas vom Tisch gefegt hatte. Das Wasser ergoss sich über seinem Schritt. „Verfluchter Mist." *Was brüllt die dumme Kuh so rum?* Wütend erhob er sich und ging in Zimmer zwei. Er zog die Frau aus dem Bett, die ihn aus panischen Augen anstarrte. Schon meldete sich sein schlechtes Gewissen. Er wollte nicht ruppig sein. Auch wenn sie bald durch ihn sterben würde, war sie das Opfer des Monsters, nicht seines.

Die Frau zitterte am ganzen Leib. „Was haben Sie vor?"

„Setzen Sie sich!", forderte er sie auf.

Sie reagierte ohne Zögern und ließ sich auf den Stuhl nieder. „Was wollen Sie? Und wo ist der Mann aus Zimmer drei?"

„Er hat seinen Frieden gefunden. Nie wieder wird er Qualen erleiden."

„Ist er zu Hause? Haben Sie ihn von den miesen Albträumen geheilt?"

„Ich bin ganz sicher, dass er keine mehr hat."

Das Aufflammen der Hoffnung in ihren Augen verursachte ihm ein mulmiges Gefühl.

„Das ist schön, obwohl ich Ihre Methoden hier als sehr fragwürdig erachte." Die Frau schlang ihre Arme um ihren Körper. „Sie hätten uns besser erklären müssen, wie diese Forschung abläuft. Ich hätte sicher abgelehnt." Sie holte tief Luft und sah ihn eindringlich an. „Sie wirken fast besessen von unseren Ängsten und Träumen und Sie schüren damit meine Angst noch mehr."

„Mache ich Ihnen genauso große Angst wie Ihr Albtraum?"

„Meine Furcht vor Ihnen ist definitiv größer. Ich möchte gehen."

Er nickte. „Das kann ich gut verstehen. Sie haben es fast geschafft. Bald sind Sie Ihre Qualen los." Er betrachtete den Schweiß auf ihrer Stirn. „Haben Sie gerade wieder den Traum gehabt?"

Die Frau senkte den Blick und kratzte sich über den Arm. Er war bereits aufgekratzt und Blutkrusten bedeckten ihn.

„Haben Sie?", fragte er erneut.

Sie nickte. Ihre Augen füllten sich mit Tränen.

Er legte sein Notizbuch auf den kleinen Tisch im Raum, zog den Stuhl heran und griff nach einem Stift. „Dann erzählen Sie ihn mir."

Die Frau schaute ihn verängstigt an. „Ich möchte gehen, bitte lassen Sie mich raus. Unter diesem Zwang kann ich nicht mehr von Ihnen behandelt werden."

Langsam verlor er die Geduld. Er hatte das alles so satt. Er fletschte die Zähne. „Sie sollen ihn mir erzählen."

Sie schluckte und dicke Tränen tropften zu Boden. „Ich laufe in der Stadt herum und dann werde ich verfolgt."

„Von wem?"

„Es sind zwei vermummte Männer. Ich kenne ihre Stimme nicht. Sie sind mit Pistolen bewaffnet und jagen mich. Ich versuche, um Hilfe zu schreien, doch es kommt kein Laut raus."

*Der Klassiker.* Er schrieb sich Stichpunkte auf. Ein typischer Traum von Menschen, die ein Ereignis erlebt haben könnten, was lange zurücklag und trotzdem noch mit Angst oder Wut verknüpft war. Womöglich hatte die Frau diese Emotionen sehr lange unterdrückt. „Wie geht es weiter?"

„Sie jagen mich zu einer Brücke. Am anderen Ende stehen mein Mann und meine Kinder und winken mir zu.

Sie treiben mich an, schnell zu laufen, denn bei ihnen bin ich in Sicherheit. Ich renne über die Brücke. Kurz bevor ich die andere Seite erreiche, stürzt sie ein und ich falle in die Tiefe."

Die einstürzende Brücke im Traum könnte bedeuten, dass die Frau ihr Seelenleben in Ordnung bringen musste. Aber das war nicht mehr nötig. Er würde ihre Qualen bald beenden. „Das klingt wirklich beängstigend. Sie leiden schon sehr lange unter dem Traum, nicht wahr?"

„Ja, seit ich ein Kind bin."

„Der Traum sagt viel über die Emotionen, die Sie in sich tragen. Ich kann gut verstehen, warum er Sie so quält, und werde Ihnen helfen."

„Ich möchte gern nach Hause. Ich habe Angst vor Ihnen." Ihre Augen füllten sich mit Tränen. Sie senkte ihren Blick.

Seine Dana war nie so ängstlich gewesen, egal, vor welcher Herausforderung sie gestanden hatte. Er hatte nur ein einziges Mal in ihr verängstigtes Gesicht schauen müssen. Und das war am Tag ihres Todes gewesen.

Er lächelte die Frau an. „Ich verspreche Ihnen, schon ganz bald lasse ich sie gehen." *Nur nicht dorthin, wohin du willst.* Er stand auf, öffnete die Tür und drehte sich noch einmal zu ihr. „Nur noch nicht heute."

# KAPITEL 27

Marcel war um sechs aufgestanden. Sein Körper war kraftlos, doch sein Vorhaben hatte ihn aus dem Bett gedrängt. Noch bevor die anderen ins Büro kamen, wollte er nach Beweisen für Kims Geschichte suchen.

Sofort setzte sich Marcel an den Computer, um im Archiv die Akte des Mordes an dem Ehepaar Berger zu suchen. Marcel überlegte angestrengt, was Kim ihm alles erzählt hatte. Sie war zehn gewesen, also gab er im Suchfeld das Jahr 2000 ein. Es dauerte nicht lange, da öffnete sich ein passender Fall. Er las den Bericht und bekam Gänsehaut.

Dort stand genau das, was Kim ihm erzählt hatte. Das Kind, das man in der Scheune des Nachbarn gefunden hatte, war anschließend in einer Pflegefamilie aufgewachsen, da die leibliche Mutter tot und der Vater unbekannt gewesen war.

Die derzeitige Situation war nach wie vor bescheiden, doch es beruhigte Marcel, dass Kim ihm die Wahrheit gesagt hatte.

Er klickte sich durch die Bilder und betrachtete die Fotos der Scheune, in der Kim gefunden worden war. Als er auf ein Bild stieß, das die Scheune von außen zeigte, kniff er die Augen zusammen. Sie kam ihm bekannt vor. Er dachte nach, hatte das Gefühl, ganz nah dran zu sein, zu erkennen, wo er den Schuppen schon einmal gesehen hatte. Doch dann flutschte die Erinnerung immer wieder weg.

Nach einer gewissen Zeit gab Marcel es auf. Er erhob sich und schaute aus dem Fenster. Beobachtete, wie die Kollegen nach und nach das Gebäude betraten.

Konrad kam mit zwei Kaffeebechern ins Büro. „Morgen. Dein Gesicht sieht besser aus. Aber was machst du hier?"

„Arbeiten."

„Deine Schwester heiratet heute."

„Ja, und? Ich wurde ausgeladen."

„Es hat sich nicht beruhigt?"

„Ich habe sie mehrfach versucht zu erreichen, aber sie nimmt keinen meiner Anrufe entgegen." Marcel winkte ab. „Es ist okay. Also, ein Kaffee für mich?"

„Es waren eigentlich beide meine, aber ich will mal nicht so sein." Er reichte Marcel einen.

„Danke. Was steht an?"

„Aktendurchsicht. Stefan kümmert sich parallel um Jörg Krügers Laptop."

„Gut, dann lass uns starten." Marcel klatschte in die Hände und setzte sich zu Konrad an den Schreibtisch.

Gemeinsam schauten sie die Akten durch, fanden jedoch nichts Hilfreiches.

„Offensichtlich geht in der Praxis deines Schwagers alles mit korrekten Dingen zu", sagte Konrad.

„Da bin ich anderer Meinung." Stefan stand mit dem Laptop in der Hand im Büro. „Ich habe etwas gefunden, das euch sicher staunen lassen wird."

„Schieß los", forderte Konrad Stefan auf.

Dieser stellte den Laptop in die Mitte des Tisches. „Ich gestehe, ich hätte es fast nicht gefunden. Jörg Krüger hat es ganz gut versteckt. Aber nicht gut genug." Er öffnete eine Datei und diverse Fotos erschienen auf dem Laptop.

„Was?", platzte es aus Marcel heraus. Der Schreck fuhr ihm in die Glieder. Er hielt die Hand auf sein Herz und rang nach Luft. „Das fasse ich nicht. Er heiratet heute meine Schwester."

Die Bilder zeigten, wie Jörg Krüger wild mit Mattes Radow herumknutschte, sowie weitere pikante Details.

„Er ist homosexuell?", fragte Marcel.

„Nun, er könnte ja auch bisexuell orientiert sein", antwortete Stefan.

Marcel dachte sofort an Kims Aussage, dass sie sich getrennt habe, weil Radow eine Affäre mit einem Mann eingegangen sei.

Stefan schaute zu Konrad. „Du hattest mit deinem Instinkt also recht. Krüger kennt Radow, sogar auf ganz besondere Art und Weise."

Konrad klickte sich durch die Bilder. „Warum hat Krüger Fotos von seinem Techtelmechtel?"

„Auch darauf kann ich euch eine Antwort liefern. Ich habe seinen Mailverkehr geprüft. Er wurde erpresst. Mit diesen Fotos." Stefan öffnete die Mail.

*Keine Sorge, es bleibt geheim, solange du das machst, was ich will.*

„Weitere Mails habe ich nicht gefunden." Stefan stemmte die Hände in die Hüften.

„Konntest du herausfinden, von wem die Mails stammen?"

„Nein. Die IP-Adresse führt zu einem Internetcafé und das Postfach ist natürlich ein Fake. Da bedarf es noch etwas Recherche."

Marcels starrte stumm auf die Fotos.

„Also fassen wir zusammen." Konrad hob den Daumen. „Jörg Krüger hatte ein Verhältnis mit Mattes Radow." Er hob den Zeigefinger dazu. „Es existieren Fotos, mit denen er erpresst wurde. Stellt sich die Frage, von wem."

Marcel räusperte sich. Es war Zeit, seinen Kollegen von dem Gespräch mit Hohlbein zu erzählen, da dieser eventuell recht hatte. „Gestern war Karl Hohlbein bei mir."

„Ah, dein neuer Freund." Konrad grinste.

„Ich habe mit ihm über Kim und Radow gesprochen." Marcel erzählte von Karl Hohlbeins Idee, dass Kim ihn gezielt ausgewählt hatte.

„Puh." Konrad runzelte die Stirn.

„Es war nur ein Gedanke von ihm. Vielleicht wurde Krüger von Radow und Kim erpresst. Wir müssen eventuell davon ausgehen, dass beide unter einer Decke stecken und Kim mich mit ihrer Geschichte über ihren Albtraum belogen hat."

„Aber warum erpressen die ausgerechnet Krüger?", fragte Stefan.

„Damit er die Patienten, die mit Albträumen zu ihm kommen, an das Schlaflabor verweist und sie so ihre Opfer finden. Ich meine, Radow schien ja schon einen an der Schüssel zu haben." Marcel winkte mit der flachen Hand vor seiner Stirn hin und her.

„Aber vielleicht war Kim auch nur eines von Radows Opfern", sagte Konrad. „Sie hatte eventuell Glück, dass sie die Ehefrau war, und lebt nur deshalb noch."

Marcel war hin und hergerissen, was Kim anging. Auf der einen Seite verhielt sie sich verdächtig, auf der anderen gab es aber Hinweise, die dagegensprachen, dass sie Mittäterin war.

Doch sein Gefühl sagte ihm leider mittlerweile, dass sie nicht unschuldig war. Er schluckte und sah dann seine Kollegen an. „Sie hat zugegeben, dass sie jemanden ermordet hat. Ich bin nicht sicher, ob sie wirklich nur Radows Opfer ist. Diese Gedächtnislücke bezüglich des angeblichen Mordes kann auch nur vorgespielt sein. Vielleicht hat Radow sie von dieser abstrusen Idee, man könne Albträume loswerden, indem man andere opfert, wirklich überzeugt." Marcel nickte vor sich hin und fuhr sich mehrmals mit der Hand durch das Gesicht. Er ignorierte den Schmerz, der dabei entstand. „Sie ist doch nicht umsonst verschwunden." Auch wenn diese Vermutungen Marcel bis ins Mark erschütterten, waren die Puzzleteile eindeutig. „Es ist sehr merkwürdig, dass die sich alle untereinander kennen. Radow mit Krüger eine Affäre, Kim mit dem einen verheiratet und bei dem anderen zur Therapie. Das sind mir einfach zu viele Zufälle."

„Und was ist mit Lenz?", fragte Stefan.

Konrad hob die Arme. „Wahrscheinlich hat er nichts damit zu tun und das Verhältnis mit einem unserer Opfer war wirklich nur Zufall. Ganz ausschließen sollten wir ihn aber nicht."

Marcel schaute sich noch einmal die Bilder an, mit denen Jörg erpresst worden war. Hatte Kim das wirklich zusammen mit Radow getan? Er dachte an das Abendessen bei Carolin zurück und schlug sich gegen die Stirn. „Natürlich, jetzt wird mir einiges klar."

„Was meinst du?", wollte Konrad wissen.

„Als ich Kim das erste Mal mit zu meiner Schwester genommen habe, war sie sehr verhalten. Gut, Krüger hat mir ja bestätigt, dass sie sich aus der Therapie kennen. Aber da steckt mehr dahinter. Wahrscheinlich hat sie wegen der Erpressung so reagiert."

„Das könnte natürlich sein", erwiderte Konrad.

„Sie hatte ja nicht gewusst, dass meine Schwester den Mann heiratet, den sie und Radow erpresst haben."

„Aber bisher ist es reine Vermutung. Wir haben keine Beweise, dass die beiden ihn erpresst haben. Vielleicht gibt es auch noch jemanden, der einen Nutzen davon hat."

Marcel schüttelte den Kopf. „Nein, ich bin mir sicher, wir sind auf dem richtigen Weg." Er ging zu seinem Schreibtisch. Auf dem Computer war noch der Bericht über Kims Eltern geöffnet. Plötzlich wusste er, welche Erinnerung die ganze Zeit an ihm genagt hatte. „Die Scheune."

„Welche Scheune?"

„In der sich Kim damals versteckte, nachdem ihre Eltern ermordet wurden." Marcel holte tief Luft. „Ich war
heute Morgen nur so früh hier, weil ich Kims Geschichte dahingehend prüfen wollte. Bingo. Das ist wirklich so
passiert. Es gab Fotos, auf denen die Scheune war, und
sie kam mir bekannt vor. Jetzt weiß ich endlich, woher.
Wenn man aus dem Wohnzimmerfenster von Jörg Krügers Haus sieht, schaut man direkt auf die Scheune des
Nachbargrundstücks."

„Also hat Kim dort als Kind gewohnt?"

„Offensichtlich. Sie hat zwar nur erzählt, dass sie mit
ihren Adoptiveltern in einer Villa gelebt hat und deshalb
so erschrocken auf Jörgs Anwesen reagiert hat. Aber nun
bin ich mir sicher, dass sie es kannte."

„Okay, jetzt werden es auch mir ein paar Zufälle zu viel.
Wann ist die Hochzeit deiner Schwester?"

„Die Trauung beginnt 14 Uhr."

„Gut, ich bin zwar nicht passend gekleidet, aber ich be-
gleite dich. Bis 14 Uhr ist noch genügend Zeit, um uns
mit Jörg Krüger zu unterhalten."

# KAPITEL 28

„Was machst du hier?" Carolin funkelte Marcel böse an. „Du bist nicht eingeladen." In dem langen weißen Kleid aus Tüll sah sie umwerfend aus. Es lag eng an ihrem Körper. Und obwohl sie etwas mollig war, sah es traumhaft an ihr aus. Ihr schwarzes welliges Haar war mit silberglänzendem Schmuck geziert.

„Marcel, mein Liebling", ertönte die Stimme seiner Mutter. Sie tauchte hinter Carolin auf. „Hast du es doch noch geschafft? Ich war echt ein wenig enttäuscht, als Caro sagte, dass du zeitlich keine Möglichkeit hast, zu kommen." Sie nahm Marcels Kopf in beide Hände und küsste ihn auf die Stirn.

„Hallo, Mama." Er zeigte auf Konrad. „Kennst du Konrad noch?"

Sie lächelte. „Wie könnte ich so einen Gentleman vergessen? Nun kommt doch rein."

Carolin erwiderte nichts. Ihr finsterer Blick jedoch zeigte, wie sauer sie war.

Die beiden folgten Carolin und Marcels Mutter in das Wohnzimmer, in dem Jörg mit Marcels Vater saß. Die beiden sahen aufgrund ihrer Anzüge und der regen Unterhaltung aus wie zwei Geschäftsmänner, die über eine wichtige Angelegenheit diskutierten. Abrupt endete das Gespräch.

„Was für eine Freude, mein Sohn." Sein Vater erhob sich mühsam aus dem Sessel. Marcel erschrak bei seinem Anblick. Er hatte deutlich an Gewicht verloren und wirkte so viel älter als vor einem Jahr.

„Hallo, Papa. Kocht Mama nichts mehr?"

Sein Vater lachte. „Unsinn, sie ist die beste Köchin der Welt, das weißt du doch."

Marcel schloss seinen Vater in die Arme. Dabei fiel sein Blick auf Jörg, auf dessen Stirn dicke Schweißperlen standen.

„Dann steht der Hochzeit ja nun nichts mehr im Wege." Marcels Mutter strahlte.

Das tat ihm im Herzen weh, denn er wusste, dass er gleich die gesamte Feierlichkeit versauen würde. Er räusperte sich. „Mama, Konrad und ich sind nicht wegen der Hochzeit hier."

Carolin öffnete den Mund, doch sie schwieg.

„Jörg, wir würden uns gern mit dir unterhalten", sagte Marcel.

„Schatz, was ist denn los?", fragte seine Mutter besorgt.

„Muss das jetzt sein?" Carolin funkelte ihn böse an. „Wir wollen gleich heiraten und ich würde gern die letzten Einzelheiten durchgehen." Marcel konnte den Anblick seiner Schwester nur schwer ertragen. Angst stand in ihren Augen. Sie hatte endlich den Mann ihrer Träume gefunden und nun stand ihre Ehe auf der Kippe, noch bevor sie überhaupt angefangen hatte.

„Es geht ganz schnell. Uns läuft die Zeit davon und ich denke, Jörg kann uns helfen."

„Dann los. Wir wollen doch dem jungen Glück nicht im Wege stehen, mein Sohn."

„Papa!", schrie Carolin empört auf. „Warum tust du das? Das ist mein Tag. Jörg kann Marcel auch morgen noch helfen."

„Kind, du weißt, wie wichtig die Polizeiarbeit ist. Marcel würde hier nicht auftauchen, wenn es nicht wirklich nötig wäre."

Marcel fühlte Unbehagen, aber so war sein Vater schon immer gewesen. Er war stolz, dass sein Sohn den Traum lebte, den er selbst gehabt, doch sich nach einem Unfall im Kindesalter nie hatte erfüllen können.

„Gut, lasst uns in mein Büro gehen", schlug Jörg vor.

„Ich komme mit", sagte Carolin.

Marcel wollte etwas einwenden, doch so würde Carolin wenigstens von den Vorlieben ihres Verlobten erfahren und entscheiden können, ob sie diese Ehe wirklich eingehen wollte.

Jörg lief vor, Carolin und Konrad folgten ihm.

Marcel drehte sich noch einmal zu seiner Mutter und hielt ihre Hand. „Tut mir leid, Mama. Ich weiß, es ist ein doofer Zeitpunkt, aber es geht um Leben und Tod und Jörg kann uns sicher helfen."

Seiner Mutter standen Tränen in den Augen.

„Papperlapapp, mein Sohn. Du wirst schon wissen, was richtig ist. Mach du nur deine Arbeit. Deine Mutter und ich trinken derweil einen heißen Kaffee und achten auf unsere wunderschöne Enkeltochter." Der Stolz in den Augen seines Vaters bereitete Marcel noch mehr Bauchschmerzen.

Er lächelt dennoch und lief den anderen nach.

Jörg hatte sich an das Fenster gestellt und mit dem Rücken daran angelehnt.

Carolin saß mit verschränkten Armen in einem schwarzen Ledersessel und schaute wie ein trotziges Kleinkind.

In dem Raum roch es nach Vanille. Der Duft stammte aus einem Sprüher, der regelmäßig Sprühstöße absonderte. Ein Geruch, den Marcel abgrundtief hasste. Er war so widerlich, dass er in ihm einen Brechreiz auslöste.

„Also, was gibt es denn so Wichtiges zu besprechen, das nicht bis nach der Hochzeit warten kann?", fragte Carolin.

Marcel schaute zu Konrad. Der nickte.

„Herr Krüger, wir sind bei der Sichtung Ihres Laptops auf eine sehr interessante Geschichte gestoßen, zu der wir noch ein paar Fragen haben."

Jörg Krüger starrte Konrad an, sein Adamsapfel sprang auf und ab. „Okay, die wären?"

„Wir fragen uns, warum Sie so nette Fotos auf Ihrer Festplatte verstecken."

Jörg Krüger schluckte und schaute zu Carolin. „Möchtest du dich nicht lieber um deine Eltern kümmern? Es wird sicher etwas länger dauern."

„Ich bleibe. Was ist hier los?"

Jörg Krüger seufzte. Seine Hände zitterten. „Fahren Sie fort, Herr Kommissar."

„Sie hatten ein Verhältnis mit einem Mann."

„Wie bitte?" Carolin stand auf.

„Keine Panik. Das war vor unserer Zeit, Caro." Jörg hob seine Hände. Dann schaute er zu Konrad. „Ja, das ist korrekt. Und glauben Sie mir, ich schäme mich dafür. Es war damals eine sehr schwere Phase in meinem Leben und dumm von mir, mich darauf einzulassen."

„Sie erzählten uns, Sie kennen Mattes Radow nicht."

Jörg Krüger wurde blass.

„Moment, Jörg, du hast mit Mattes Radow geschlafen? Willst du mir sagen, dass du schwul bist?"

Marcel beobachtete seine Schwester, die Jörg mit offenstehendem Mund anstarrte. Es tat ihm leid, dass ihr ganzes Glück, in das sie so viel Hoffnung gesetzt hatte, binnen weniger Minuten zerstört wurde.

Jörg nestelte mit den Händen. „Nein, natürlich nicht, Liebling." Dann schaute er abwechselnd Marcel und Konrad an. „Es tut mir leid, dass ich gelogen habe. Ich hatte gehofft, es würde nie an die Öffentlichkeit gelangen."

„Ich gehe davon aus, die Fotos sind nicht freiwillig entstanden."

„Nein, von den Aufnahmen habe ich nichts gewusst, bis ich sie zugeschickt bekommen habe."

Carolin griff sich an die Stirn. „Ich fasse das nicht."

„Caro, bitte halte dich zurück", sagte Marcel. „Das könnt ihr später klären."

Sie ließ sich seufzend in den Sessel zurückfallen. Auch sie war kreidebleich geworden.

„Hat Radow Sie mit diesen Fotos erpresst?", fragte Konrad.

„Ich habe nicht erfahren, wer es war. Es sollte ein Treffen geben, doch dazu ist es nie gekommen. Aber ich kann mir nicht vorstellen, dass er mich erpresst hat. Ich war für Mattes sehr wichtig. Er hat in mir viel gesehen und mir vertraut. Ich glaube nicht, dass er unsere Beziehung aufs Spiel gesetzt hätte. Außerdem war er verheiratet. Er wollte selbst nicht, dass es herauskommt.

Marcel verschränkte die Arme. Er war sicher, dass Jörg log. „Könntest du dir vorstellen, dass Kim es war?"

Jörg hob abrupt seinen Kopf. „Was? Kim?"

Marcel nickte.

„Das … Nein … Also ich weiß es nicht. Warum sollte sie mich erpressen wollen?"

„Sie wusste, dass ihr Ex-Mann eine Affäre mit einem Mann hatte. Deshalb hat sie sich von ihm getrennt. Vielleicht wusste sie auch, dass du die Affäre bist, ihr Psychologe. Oder sie hat mit Radow zusammengearbeitet."

Konrad warf Marcel einen warnenden Blick zu.

„Das darf doch alles nicht wahr sein." Carolin schüttelte fassungslos den Kopf.

„Ich kann mir das nicht vorstellen", antwortete Jörg mit zittriger Stimme. Seine Muskeln spannten sich deutlich unter dem Anzug.

„Das heißt, Sie wurden auch nie aufgefordert, etwas zu tun, damit man Sie nicht verrät?", fragte Konrad.

„Korrekt. Es ist nie etwas gekommen."

„Mich würde interessieren, wie du an die Villa gekommen bist."

Jörg schaute Marcel mit gerunzelter Stirn an. „Was hat das jetzt damit zu tun?"

Auch Carolin sah Marcel fragend an.

„Es interessiert mich nur. Hier ist 2000 ein schreckliches Verbrechen passiert. Wusstest du davon?"

„Du meinst die Ermordung der Eheleute?"

„Ja."

„Nun, wenn es dich so interessiert ... Ich habe das Haus vor ungefähr acht Jahren gekauft. Möchtest du die Unterlagen sehen?"

„Nein, schon gut." Marcel winkte ab. „Wusstest du, dass es die Villa von Kims Eltern war?"

Jörg runzelte die Stirn. „Was? Nein, ich habe keine Ahnung, wie das Paar hieß, dem das Haus früher gehört hat."

„Kim ist hier groß geworden?", fragte Carolin, die immer verwirrter dreinschaute.

Niemand beantwortete ihre Frage.

„Herr Krüger, wo waren Sie am Abend des 22. Oktobers?", fuhr Konrad fort.

„Was soll denn die Frage?", mischte sich Carolin ein.

Auch diese Frage beantwortete ihr keiner.

„Am 22.? Moment." Jörg schaute in seinen Terminkalender. „Ich hatte den letzten Patienten um 18 Uhr."

„Und danach?"

„Bin ich nach Hause gefahren."

Marcel drehte sich zu Carolin, die ihre Stirn runzelte und auf ihrer Unterlippe kaute.

„Ja, das stimmt. Jörg kam gegen halb sieben nach Hause", bestätigte sie dann.

Marcel war innerlich unruhig. Mit all den Antworten war er unzufrieden und mittlerweile überzeugt, dass Jörg irgendetwas verschwieg. „Ich glaube, Radow hat dich erpresst. Es wäre sicher nicht schön geworden, wenn deine Verlobte davon erfahren hätte, oder? Deshalb musstest du es vertuschen. Hast du ihn getötet?"

„Marcel!", schrie Carolin. „Bist du bescheuert?! Wie kannst du so etwas sagen? Du verlässt jetzt auf der Stelle das Haus. Ich will dich nie wieder hier sehen!"

Marcel ließ sich von den Worten seiner Schwester nicht stören. „Ich hätte gern eine Antwort, Jörg."

„Ich habe ihn nicht getötet. Mit Carolin hat die Affäre doch gar nichts zu tun. Sie war vor unserer Zeit, ich habe niemanden betrogen."

„Aber trotzdem hast du es vor ihr verheimlicht." Marcel verschränkte die Arme.

„Ist das jetzt ein privates Problem, das du hast, oder bin ich tatverdächtig?" Jörg funkelte Marcel böse an.

„Hast du vielleicht mit Radow gemeinsame Sache gemacht und die Morde begangen? Hat er dich dazu gezwungen?"

„Merkst du noch, was für einen Schwachsinn du da redest? Ich habe niemanden getötet. Weißt du, Marcel, ich habe wirklich geglaubt, endlich glücklich werden zu können." Jörg schüttelte den Kopf. „Aber mit solch einer schweren Anschuldigung kann diese Hochzeit nicht stattfinden."

„Jörg", sagte Carolin mit weinerlicher Stimme. „Wir lieben uns." Dann schaute sie Marcel zornig an. „Du bist für mich gestorben."

Ein Stachel bohrte sich tief in Marcels Herz.

„Tut mir leid, aber ich kann das nicht." Jörg band sich die Krawatte ab und schmiss sie auf den Schreibtisch. Dann drehte er sich zu Konrad. „Bin ich verhaftet?"

Konrad schüttelte den Kopf. „Nein, wir bitten Sie aber, für uns zur Verfügung zu stehen."

„In Ordnung." Jörg eilte aus dem Zimmer.

„Warte." Carolin hievte sich aus dem Sessel und versuchte hinterherzurennen.

Konrad schaute Marcel kopfschüttelnd an. „Musste das sein?"

„Konrad, dieser Mann lügt doch. Ich bin sicher, dass er da mit drinsteckt."

„Wir haben dafür aber keinen Beweis. Ich glaube nicht, dass ich dir das noch einmal erklären muss." Konrad ging aus dem Zimmer.

Marcel folgte ihm. Sein Kloß in der Kehle schwoll an, als er das schockierte Gesicht seiner Mutter sah.

Carolin lag heulend in ihren Armen.

Marcels Vater kam auf ihn zu, stellte sich neben ihn. „Das sieht nicht gut aus. Ich hoffe, dass du dich nicht in Jörg täuschst, was auch immer du ihm vorwirfst. Er war sehr wütend."

Marcel seufzte. „Tut mir leid, Papa, ich fürchte, heute wird keine Hochzeit stattfinden."

Sein Vater nickte, steckte seine Hände in die Anzughose und wippte auf und ab.

Plötzlich kam Carolin auf Marcel zu. „Du bist das größte Arschloch, das ich kenne. Das werde ich dir niemals verzeihen. Du hast mir den schönsten Tag meines Lebens ruiniert." Sie zeigte auf seine Nichte. „Marlene sollte heute getauft werden. Weißt du, wie schwer es war, einen Termin für Sonntag zu bekommen? Du hast alle Pläne zerstört. Ich hasse dich." Sie gab Marcel einen Schubs gegen die Brust.

„Bitte, Carolin. Ich weiß, es ist sehr hart für dich, aber er macht nur seine Arbeit", sagte ihr Vater.

„Seine Arbeit? Er hat Jörg des Mordes beschuldigt."

Sein Vater schaute ihn mit großen Augen an. Die dunklen Augen, die immer unbändige Ruhe ausstrahlten, zeigten zum ersten Mal große Sorge.

„Ich habe ihn gefragt, weil er ein Motiv haben könnte. Ich kann keine Rücksicht darauf nehmen, dass er dein Verlobter ist. Die Frage hätte ich jedem gestellt."

„Nur weil du kein Glück bei den Frauen hast, musst du meins nicht zerstören. Finde deine Kim, die sich mehr als auffällig verhält und einen viel größeren Grund hätte, ihren Ex zu ermorden."

Marcels Mutter stöhnte auf. Sie fasste sich an die Brust und ließ sich in den Sessel sinken.

„Mama." Marcel rannte zu ihr. „Ist alles in Ordnung?"

Sie schüttelte den Kopf. „Ihr seid Geschwister, ich möchte nicht, dass ihr euch so streitet. Was ist denn nur passiert. Es klingt alles sehr schlimm."

Marcel hockte sich zu ihr hinunter und legte seinen Arm um ihre Schulter. „Ganz ruhig. Das bekommen wir schon wieder in den Griff." Marcel vergrub sein Gesicht in dem grauen Haar seiner Mutter und sog den Duft ihres Shampoos ein. Das fruchtige Aroma katapultierte ihn in seine Kindheit. Schon damals hatte sie dieses Shampoo benutzt. Marcel hatte so oft an ihren Haaren gerochen, weil der angenehme Geruch ihn beruhigt hatte.

Konrad hüstelte verlegen.

„Mama, ich muss jetzt los. Es tut mir leid, dass dieser Tag so endet." Die Trauer in den Augen seiner Mutter zerriss ihm das Herz.

Vielleicht hätte Marcel sich die letzte Frage an Jörg wirklich sparen sollen. Doch eventuell war es gut, dass er es angesprochen hatte. Wenn Jörg Krüger mit drinsteckte, war er definitiv nicht der richtige Mann für Carolin.

Marcel drückte seine Mutter und seinen Vater noch einmal, die beide schmerzerfüllt dreinschauten. Es war, als hätte er ihnen allen den Boden unter den Füßen weggerissen. Mit einem mulmigen Gefühl verließ er mit Konrad die Villa.

„Du kannst auch hierbleiben."

„Nein, ich glaube, Carolin tötet mich, wenn ich da noch mal reingehe."

Konrad nickte. „Das ist ein großer Schock für sie."

„Ja, ich kann sie sogar etwas verstehen. Das biege ich schon wieder hin."

Sie liefen zum Auto.

„Aber ich glaube Jörg kein Wort. Irgendetwas stimmt mit ihm nicht." Marcel war so aufgebracht, dass er den Impuls, gegen die Mülltonne zu treten, nur schwer unterdrücken konnte.

Konrad stieg an der Fahrerseite ein, Marcel auf der anderen Seite.

„Uns läuft die Zeit davon. Vielleicht sind die zwei potenziellen Opfer gar nicht mehr am Leben", sagte Konrad.

„Vielleicht. Aber vielleicht kümmert sich Kim um sie, wir sollten also nicht aufgeben."

Konrad seufzte. „Das sowieso nicht."

Marcel sank in den Beifahrersitz, lehnte den Kopf nach hinten und schloss die Augen. Er gähnte und war einfach nur unglaublich müde.

# KAPITEL 29

W ie dumm kann man denn sein? Das ist ein großer Haufen Mist!" Die unerträgliche Person schnaufte vor Wut. „Wieso hast du mir nichts von den Erpressungen erzählt?"

Jörg schwitzte. Er befürchtete, dass es gleich eskalieren würde. „Ich hätte nicht gedacht, dass man die auf dem Laptop findet." Er könnte sich dafür ohrfeigen, dass er die Erpresserfotos nicht vernichtet hatte. Er konnte sich noch nicht einmal erklären, warum er sie aufgehoben hatte. „Ich habe ja nicht damit gerechnet, in den Fokus der Ermittlungen zu geraten."

„Es war doch klar, dass die Bullen irgendwann die Verbindung zwischen dir und Radow herstellen. Und zu den Opfern, die von dir vermittelt wurden. Ich kann nicht glauben, dass du unseren Plan gefährdet hast."

„Ich regele das schon." Er wusste nur noch nicht, wie. Jörg seufzte.

Die Affäre hatte ihm gutgetan. Jörg war nach Danas Tod taub gewesen, und bei Mattes hatte er das erste Mal nach ihrem Ableben wieder etwas empfunden. Das mit

ihm war keine Liebe gewesen, aber es hatte sich gut angefühlt, auch wenn es absolut falsch gewesen war. Hätte er
über Radows Leben Bescheid gewusst, hätte er sich nicht
auf ihn eingelassen. Dann wäre er nicht in diese beschis-
sene Situation geraten.

Ein Knall schreckte ihn auf.

Dieser abartige Mensch hatte auf den Tisch geschlagen.
„Sieh zu, dass du diesen Plan fertig ausführst. Ich möchte
endlich frei sein!"

In Jörg brodelte Wut. „Fällst du wirklich auf den
Scheiß, den Radow dir erzählt hat, rein?"

„Du hast doch dasselbe erzählt. War es etwa nur eine
Lüge?"

Jörg stand auf und verließ das Zimmer. Er biss sich auf
die Zunge, weil er sich über das, was er aus Zorn heraus gesagt hatte, ärgerte. Das war gefährlich. Es war allein seine Schuld, dass er in dieser beschissenen Situation
steckte. Dass Marcel und seine Kollegen ihn nun auf dem
Schirm hatten. Er blieb kurz stehen, atmete tief ein und
aus. *Konzentriere dich!*

Es war Zeit, ein neues Opfer zu holen, damit die nächste Opferung umgesetzt werden konnte.

Er stieg in seinen schwarzen Honda und fuhr zu der
Adresse der Frau, die diese kranke Person einmal in ihr
Leben gelassen hatte und nun dafür bezahlen würde.
Eigentlich war es gar nicht geplant gewesen, so früh wie-
der jemanden zu opfern, denn an diesem Tag sollte seine
Hochzeit stattfinden. Von Wut getrieben, dass Marcel
ihm seine Ehe versaut hatte, hatte er jedoch beschlossen,
den Zeitplan anzupassen.

Jörg sortierte seine Gedanken, um die Inszenierung des Traumes durchzugehen. Durch die Stadt konnte er das Opfer nicht jagen. Das war zu gefährlich. Besonders da die Kripo ein Auge auf ihn geworfen hatte. Er musste also improvisieren. Vor allem aber sollte er sich beeilen.

Die Frau aus Zimmer zwei lag im Kofferraum und das Fentanyl würde bald aufhören zu wirken. Es war nur eine geringe Dosis gewesen, damit sie ruhig war und er sie ins Auto transportieren konnte. Später würde sie die volle Dröhnung bekommen und friedlich einschlafen. Alle ihre Muskeln würden sich entspannen, inklusive ihrer Atemmuskulatur. Sie würde ersticken, aber sanft.

Hingegen würde Sarah Hanisch in dieser Nacht einen schmerzhaften Tod sterben.

Die Verabredung mit Sarah war wieder ein Kinderspiel gewesen. Sofort hatte die arme Frau ihm vertraut und zugesagt. Er hatte als Treffpunkt einen Parkplatz in Koblenz Arzheim festgelegt.

Langsam fuhr er auf den Parkplatz, seine Scheinwerfer überstrahlten den dunklen Ort. Er spürte keine Aufregung mehr und erschrak selbst über sich, wie einfach ihm das Entführen und Ermorden mittlerweile gelang.

Es stand nur ein Auto dort. Ein roter Mini, Sarah Hanischs Wagen.

Er parkte neben ihr und stieg aus. Sofort drang der Gestank von Urin und Fäkalien in seine Nase. *Die Menschen sind Schweine.* Jörg hoffte, nicht irgendwo hineinzutreten.

Die Frau stieg ebenfalls aus.

*Du dummes Mädchen. Warum nur seid ihr Frauen so unglaublich naiv?*

„Hallo", begrüßte sie ihn. „Sind Sie Jörg?"

„Richtig, hallo."

Sarah schaute in seinen Honda. Sie suchte vermutlich nach der Person, wegen der sie eigentlich hier war.

Jörg handelte schnell. Packte sie am Oberarm, drehte sie um, sodass sie mit dem Rücken an seiner Brust lehnte. Er hielt ihr den Mund zu. Es war nicht nötig, sie zu betäuben.

Sarah Hanisch versuchte, sich zu befreien, doch sein Griff war eisern.

Er zog sie zu seinem Auto, fesselte ihre Hände auf den Rücken und platzierte sie auf dem Beifahrersitz. Dann band er ihre Beine zusammen.

Sie weinte. „Was tun Sie da?" Ihr stand die Panik ins Gesicht geschrieben.

Jörg streichelte ihr über die Wange. „Pssst, ganz ruhig. Ich lasse Sie gleich laufen." Doch er würde ihr nicht sagen, dass er sie dann verfolgen würde.

Sie schaute ihn voller Hoffnung an.

Er setzte sich ans Steuer und fuhr los.

Sarah atmete schwer. „Was wollen Sie von mir?"

Jörg schwieg, weil er ihr nicht erzählen konnte, warum sie an diesem Tag sein Opfer wurde. Es war besser, wenn sie in dem Glauben blieb, dass sie noch eine Chance hatte, denn dann würde sie um ihr Leben rennen. So wie in dem Traum. Eine Bemerkung konnte er sich dennoch nicht verkneifen. „Wären Sie nicht gekommen, wären Sie diese Nacht nicht in so einem Schlamassel gelandet."

Sarah schluchzte. „Bitte, ich habe Kinder und einen Mann. Die werden mich vermissen."

„Ja, das werden sie wohl, aber das ändert Ihr Schicksal nicht." Er fuhr in die Gegend des Arzheimer Waldes, in dem er auch Jennifer Lorenz gejagt hatte.

In einem Gebiet des Waldes verband eine alte Holzbrücke zwei Waldabschnitte, die durch einen breiten Bach voneinander getrennt waren. Sie ging von einem flachen Teil des Waldes zu einem höher gelegenen und war somit perfekt. Sarah würde an der höchsten Stelle abstürzen, weil er dort fünf Bretter manipuliert hatte, die nicht halten würden, wenn er sie darüber jagte. Auf der tiefer liegenden Seite konnte er dann zu ihr hinunterklettern. Sie würde nicht tief fallen, wahrscheinlich musste er anschließend noch nachhelfen. Jedoch war das Gebiet unter der Brücke voller großer Steine und Felsen und sie würde sich ernsthaft verletzen, wenn sie darauf knallte.

Sarah Hanisch schluchzte „Ich kann mit Ihnen schlafen, wenn es das ist, was Sie wollen."

Er lachte auf. „Glauben Sie mir, das ist ganz und gar nicht das, was ich will." Er schaute sie grinsend an. „Auch wenn Sie wunderschön sind, aber Sie wissen doch, ich bin vergeben."

Sarah runzelte die Stirn. „Aber was wollen Sie dann? Ich habe kein Geld."

„Ich will auch kein Geld von Ihnen. Sie haben einmal in Ihrem Leben einen Fehler gemacht, für den Sie jetzt auf andere Weise bezahlen müssen."

Die Frau verstummte, offensichtlich kramte sie in ihrem Kopf nach einer passenden Erinnerung. Aber die würde sie vermutlich nicht finden, denn sie hatte es nie als einen Fehler angesehen. Wahrscheinlich war es auch nie einer gewesen, denn dieser abartige Mensch hatte krankhafte Fantasien.

Auf einem Wanderparkplatz stellte Jörg das Auto ab. Er drehte sich zu Sarah. „Sie hören mir jetzt gut zu. Es ist wichtig, dass Sie keinen einzigen Fehler machen, verstanden?"

Mit tränennassen Augen nickte sie.

„Wir werden jetzt ein wenig spielen. Sie bekommen von mir ein paar Minuten Vorlauf und rennen den Weg hinauf." Er zeigte auf einen kleinen Pfad. „Dann kommt eine Brücke, über die Sie laufen müssen. Ich werde Sie mit dem hier jagen." Er zog eine Waffe aus seiner Jackentasche.

Sarah riss die Augen auf.

Ihr entsetzter Blick weckte Vatergefühle in ihm. Dieses arme Wesen musste gerade so viel erdulden.

„Sie wollen mich töten", antwortete sie schluchzend.

„Nein, das möchte ich nicht." Das war nicht mal gelogen, aber er hatte keine Wahl.

„Warum wollen Sie mich dann mit einer Waffe durch den dunklen Wald jagen? Ich habe Angst."

„Genau das sollen Sie haben. Ich möchte Ihre Furcht sehen. Ich werde sie aufnehmen, damit ich sie jemandem zeigen kann, der Ihre Panik gern sehen möchte."

Die verzweifelte Frau schaute ihn irritiert an. „Ich verstehe das nicht."

„Das müssen Sie auch nicht. Ich erkläre Ihnen jetzt, wie es weitergeht, okay?"

Die Frau nickte.

„Wenn Sie über die Brücke rennen, stellen Sie sich vor, wie am anderen Ende Ihre Kinder und Ihr Mann nach Ihnen rufen und winken. So, als wollten sie Sie in Sicherheit bringen. Wenn Sie es schaffen, am anderen Ende der Brücke anzukommen, bevor ich Sie eingeholt habe, sind Sie frei. Ich schwöre Ihnen, ich werde Sie nicht erschießen."

Sarah starrte in seine Augen. Vermutlich versuchte sie, in ihnen zu lesen, ob er die Wahrheit sprach. „Ich verstehe nicht, warum Sie das tun."

„Das müssen Sie auch nicht. Tun Sie einfach, was ich sage."

Sie nickte.

„Also, verlieren wir keine Zeit mehr. Denken Sie daran, Ihre Kinder und Ihr Mann warten auf Sie. Sie müssen all Ihre Kraft zusammennehmen und rennen." Jörg hoffte, dass sie das umsetzte, damit der Traum perfekt nachgespielt werden würde. Er stieg aus dem Auto und stülpte sich eine schwarze Skimaske über den Kopf.

„Was soll das denn jetzt?", fragte Sarah. „Es ist ein wenig spät für eine Maske." Sie schaute ihn zornig an.

Das gefiel ihm. Ohne zu antworten, schnallte er die Kamera an seinen Kopf und startete die Aufnahme. Jörg zerrte Sarah aus dem Auto, entfesselte sie und ließ sie los. „Jetzt sollten Sie um Ihr Leben rennen." Er richtete die Pistole auf sie.

Sarah Hanisch ließ sich nicht lange bitten und sprintete den Pfad nach oben. Immer wieder drehte sie sich um.

Jörg wartete einen Augenblick. Das Atmen unter der Maske fiel ihm schwer. Nach ein paar Minuten rannte er gemütlich hinter ihr her.

Sarah hatte sichtlich Mühe, den matschigen Pfad hin aufzurennen. Immer wieder rutschte sie aus und fiel hin.

Schon ziemlich bald war Jörg ihr näher, als er wollte. Er drosselte sein Tempo, ließ sie wieder etwas vorlaufen. Sie sollte das Gefühl bekommen, eine reelle Chance zu haben.

Sie schrie, ihre ganze Angst hallte durch den dunklen Wald.

Als sie der Brücke näher kam, beschleunigte Jörg seinen Schritt, um aufzuholen. Er wollte, dass sie schneller lief. Umso höher war die Wahrscheinlichkeit, dass die Bretter unter ihrem Gewicht einkrachten. „Na los, laufen Sie, ich habe Sie gleich."

Sarah drehte sich schreiend um, die Augen panisch aufgerissen. Sie beschleunigte ihre Geschwindigkeit.

Die Brücke wackelte beängstigend.

Jörg hatte Mühe, sein Gleichgewicht zu halten.

Sarah schrie lauter, weinte und rannte um ihr Leben. Die Nachtsichtkamera filmte all ihre Verzweiflung und Angst.

Jörg holte zu ihr auf.

Ein entsetzlicher Schrei fuhr ihm durch das Mark. Es krachte laut und Sarah war nicht mehr auf der Brücke.

Er hielt die Kamera nach unten und sah, wie die Frau regungslos mit verrenkten Extremitäten auf einem Felsen lag.

Vorsichtig ging er wieder zum Anfang der Brücke zurück und kletterte an der Seite den Abhang hinunter, akribisch darauf bedacht, nicht selbst abzurutschen. Anschließend musste er auch noch die Frau aus Zimmer zwei, Viktoria, nach unten bringen.

Als er bei Sarah ankam, leuchtete er Sarah mit einer Taschenlampe ins Gesicht.

Ihre Augen waren halb geöffnet, Blut quoll aus ihrem Mund. Sie stöhnte leise. Ihre Beine und Arme schienen gebrochen zu sein. Weglaufen konnte sie definitiv nicht mehr.

Das Plätschern des Wassers klang wie eine Melodie und verlieh dem schrecklichen Szenario ein wenig Frieden.

Jörg beugte sich zu ihr hinunter und streichelte ihre Stirn.

Mit einem Mal schoss eine schmerzhafte Erinnerung in seine Gedanken. Er dachte daran, wie er Dana im Arm gehalten hatte. Er sah ihre Angst vor dem Sterben und wie sie ihn anflehte, ihr zu helfen. Er hatte nichts tun können.

Sein Puls raste. „Tut mir leid, Sarah." Er drehte sie um, sodass sie mit dem Gesicht im Wasser lag.

Am Hinterkopf klaffte eine große Wunde. Der Schlag war heftig genug gewesen, dass sie das Bewusstsein verloren hatte. Es kam keine Regung mehr von ihr. Sie war perfekt gelandet.

Jörg schaltete die Kamera aus. Er war froh, dass er nicht nachhelfen musste. Schnell kletterte er den Abhang wieder hinauf. Dann eilte er zum Auto und öffnete den Kofferraum.

Viktoria war wach, verhielt sich aber ruhig.

Er hievte sie aus dem Wagen. „Kommen Sie, ich habe etwas, was Sie sich ansehen sollten." Er schulterte einen Rucksack, der neben Viktoria gelegen hatte. Dann packte er sie unter dem Arm und zog sie mit sich.

Sie war noch etwas high, deshalb war es nicht leicht, sie zu führen. Außerdem roch sie nach Urin. „Wo bringen Sie mich hin?", lallte sie.

„Ich habe dafür gesorgt, dass Ihre Qualen vorbei sind. Gleich werden Sie sehen, dass ich Ihren Traum weitergegeben habe." Der Schweiß stand ihm auf der Stirn.

Er schaute in den Himmel, der sich mittlerweile schon etwas aufhellte. Dann fing es an zu tröpfeln.

*Auch das noch.*

Regen konnte er in dieser Situation nicht gebrauchen. Der Boden war schon vom letzten Regen matschig.

Als er an den Abhang kam, setzte er sich auf den Boden und zog Viktoria zu sich. „Wenn Sie auch nur eine Dummheit wagen, werde ich Sie einfach nach unten schmeißen." Vorsichtig rutschte er hinunter, bremste sich mit den Füßen an den kleinen Felsen ab, um den Halt nicht zu verlieren. Stück für Stück zog er sie hinter sich her, bis er wieder sicheren Boden unter den Füßen hatte.

Sarah lag noch immer so da, wie er sie verlassen hatte.

„Was haben Sie getan?", schrie Viktoria entsetzt.

Er wischte sich den Schweiß mit einer Hand von der Stirn, mit der anderen hielt er Viktoria fest. „Ich habe Ihren Traum und Ihre Angst dieser Frau weitergegeben." Innerlich schüttelte er den Kopf. Noch immer konnte er nicht fassen, dass er so eine dermaßen hirnrissige Idee vorgeschlagen hatte, damit die geisteskranke Person ihren eigenen Albtraum loswurde. Er hätte sich doch denken müssen, dass dieser Unmensch darauf eingehen würde. Er war jedoch geschockt gewesen, als diese Person auch noch verlangt hatte, dass die Traumgeber ebenfalls sterben sollten. Sie spann sich eine eigene Theorie, wie sie ihr Problem lösen konnte.

„Lassen Sie mich los." Viktoria zerrte an seinem Arm. „Sie tun mir weh."

Er merkte, dass er seine Hand fest um ihren Arm gekrallt hatte, und lockerte den Griff etwas. An einem großen Felsen setzte er Viktoria ab. Dann zeigte er auf die zerstörte Brücke. „Sie ist wie in Ihrem Traum mit der Brücke eingestürzt. Sehen Sie?"

Die Frau schaute nach oben, dann auf Sarah. Sie hielt die Hand vor den Mund und schluchzte. „Ich wollte doch nicht, dass jemand wegen mir stirbt. Was haben Sie nur getan? Was ist das für eine merkwürdige Forschung?"

„Manchmal muss man eben Opfer bringen." Wie zweideutig es doch in seinen Ohren klang. Auch er musste diese Opfer bringen, um jemanden zu retten. Er schaute zu Viktoria. „Ich werde Ihnen jetzt etwas zur Beruhigung geben. Es wird Ihnen guttun."

Viktoria schaute ihn mit leeren Augen an. Es war sicher zu erkennen, dass sie nur noch den Wunsch hatte, zu sterben. Ihr schien klar geworden zu sein, dass sie mit diesem Wissen, mit diesen Erfahrungen, nie mehr unbeschwert würde leben können.

Jörg krempelte ihren Ärmel hoch, suchte nach einer Vene und spritzte ihr das Fentanyl. Dann schaute er zu, wie sie langsam und friedlich einschlief. Er faltete ihre Hände, holte die Botschaft aus dem Rucksack, die sie zuvor geschrieben hatte, und legte diese in ihre Hände.

Alles auf Wunsch des Menschen, der skrupellos dabei zusah, wie er andere tötete.

Er streichelte der Frau aus Zimmer zwei über die Haare. „Schlaf gut, Viktoria." Anschließend ging er noch einmal zu Sarah und fühlte ihren Puls.

Sie war bereits tot.

Über ihm zwitscherten Vögel, die langsam den Morgen einläuteten. Das Rascheln der Bäume, das Regenprasseln auf den Blättern, das Plätschern des Baches und der Geruch frischen Holzes und nassen Laubes schenkten ihm einen Moment des Friedens.

Er war erschöpft. Nur noch eine, dann waren vier Opferungen vollendet und er wäre frei. Doch irgendetwas in ihm sagte, dass es danach längst nicht vorbei sein würde.

Mit der Kamera schwenkte er noch einmal über die beiden leblosen Opfer und machte sich dann auf den Rückweg. Erschrocken sprang er hinter einen großen Baum, als er Menschen reden hörte, die auf die Brücke zukamen. *Scheiße, scheiße, scheiße. Wer ist das denn?* Vorsichtig sah er an dem Stamm vorbei.

Zwei Jogger liefen den Pfad nach oben – ungeachtet des Wetters und der Uhrzeit.

Jörg hielt die Luft an und rührte sich nicht. Die kleinste Bewegung würde ihn verraten.

Die Männer joggten an ihm vorbei. Sie waren in ein Gespräch vertieft. In Kürze würden sie die defekte Brücke sehen und die zwei Frauen finden.

Jörg musste verschwinden. Auf seiner Stirn stand der Schweiß. Als sie ein Stück entfernt waren, rannte er los.

Am Auto angekommen, war er nass bis auf die Haut. Er fühlte sich wie gelähmt, unfähig zu funktionieren.

Er schaute auf die Uhr, es war bereits halb sieben. Viel zu lange hatte er getrödelt.

Jörg setzte sich ans Steuer, startete den Wagen und fuhr los. Hitze wallte durch seinen Körper, als ihm klar wurde, dass die Jogger sein Auto gesehen haben mussten. Er schlug wütend auf das Lenkrad. Seine Hände zitterten. Was, wenn die sich das Nummernschild gemerkt hatten?

„Scheiße, scheiße, scheiße." Er wackelte so heftig am Lenkrad, dass er es aus Versehen herumriss und das Auto auf der nassen Fahrbahn ins Schleudern kam. Er trat auf die Bremse, was das Schlittern nur noch verschlimmerte. Sein Atem stockte.

Würde er nun einen Unfall bauen, wäre alles vorbei.

Sein Herz schlug ihm bis zum Hals, als das Auto endlich zum Stehen kam. Schnell schaute er sich um.

Noch war niemand zu sehen.

„Verflucht." Er atmete tief durch und raste ziellos weiter. Weg vom Tatort, an dem es gleich von Polizisten wimmeln würde. Er war in eine weitere Katastrophe geraten und musste schnellstens eine Lösung finden.

# KAPITEL 30

*Montag, 26. Oktober 2020*

Stefan kam außer Atem ins Büro gerannt. „Ein neuer Mord."

Konrad schaute auf. „Wie bitte?"

„Wir wurden zu einem weiteren Mord gerufen."

Konrad stöhnte genervt. „Verdammt, kann das wirklich kein anderer übernehmen? Wir haben schon genug mit der Soko Traumopfer zu tun."

„Es ist vermutlich unser Fall. Im Arzheimer Wald."

Marcel erhob sich. „Ach du Scheiße."

„Wieder so drapiert?", fragte Konrad.

„Richtig. Eine Frau, die wohl von einer Brücke gestürzt ist, sie ist tot. Und eine, die an einem Felsen gelehnt saß und die gleiche Botschaft in der Hand hielt. Dieses Opfer hat gelebt, als es von zwei Joggern gefunden wurde."

Marcel und Konrad starrten Stefan an.

„Einer der Jogger ist Arzt und hat sie beatmet, bis der Notarzt eingetroffen ist. Sie ist aber in keinem guten Zustand."

Marcel verspürte einen kleinen Funken Hoffnung. „Beten wir, dass sie überlebt, damit sie uns sagen kann, wer dieses Schwein war."

„Die Frage ist jedoch, ob sie Hirnschäden haben wird, wenn sie es schafft." Stefan presste die Lippen zusammen.

„Da die Jogger die Frau lebend gefunden haben, kann der Täter nicht lange weg gewesen sein. Er hat den zweiten Opfern immer Fentanyl verabreicht, also muss das unmittelbar davor geschehen sein."

Konrad nickte. „Du hast recht. Ich rufe bei der Rettungsleitstelle an, die Wirkung von Fentanyl kann man mit einem Gegenmittel aufheben." Er wählte den Notruf und schaltete auf laut. „Kriminalpolizei Malter, guten Morgen. Sie haben gerade einen Einsatz im Arzheimer Wald, wo eine Frau bewusstlos gefunden wurde."

„Das ist korrekt. Meine Kollegen sind derzeit noch vor Ort und versorgen die Frau."

„Das Geschehen vor Ort scheint zu einem Fall zu gehören, in dem wir gerade ermitteln. Bisher wurde den Opfern eine hohe Dosis Fentanyl verabreicht, daran sind sie gestorben. Vielleicht hilft Ihnen das weiter."

„Wunderbar, das hilft uns sogar sehr. Ich informiere meine Kollegen. Vielen Dank, Kommissar Malter."

„Gern geschehen. Auf Wiederhören." Konrad legte auf.

Marcel hatte sich derweil seine Gedanken gemacht. „Das bestätigt, dass Radow nicht allein agiert hat oder nie unser Täter war." Sein Magen krampfte. „Und ich habe schon eine Ahnung, wer dahintersteckt."

Konrad nickte. „Jörg Krüger. Okay, wir fahren zum Tatort. Stefan, du stattest mit Mareike Krüger einen Besuch ab und lässt dir sagen, wo er letzte Nacht war. Anschließend nimmst du dir den Schlafmediziner Doktor Lenz noch mal vor."

„Alles klar." Stefan verließ das Büro.

Marcel faltete die Hände zum Gebet. „Gott, lass diese Frau überleben."

Wenige Minuten später raste Konrad mit Blaulicht nach Arzheim.

Ein Kollege von der Schutzpolizei nahm sie am Parkplatz in Empfang. Gerade als er den Weg erklärte, traf auch Becker mit seinem Team ein.

Dieser stieg aus dem Wagen. „Was ist das für ein scheiß Kerl?"

„Frag mich nicht", erwiderte Konrad.

Gemeinsam gingen sie den Pfad hinauf.

Als sie am Tatort ankamen, eilte ein weiterer Kollege der Schutzpolizei auf sie zu. „Guten Morgen. Sind Sie informiert?"

Konrad nickte.

Ein paar Sanitäter zogen eine Trage den Abhang hoch.

Anschließend kam auch der Notarzt dazu. „Guten Tag, mein Name ist Doktor Marten. Vielen Dank, dass Sie uns die Information mit dem Fentanyl gegeben haben. Wir haben der Frau Naloxon gespritzt, um die Wirkung des Opiates aufzuheben. Damit hat sich ihr Zustand schnell gebessert."

„Das heißt, sie überlebt?", fragte Marcel. Sein Herz schlug kräftig gegen seine Rippen.

„Wenn sie keine weiteren inneren Verletzungen hat. Allerdings wissen wir noch nicht, wie das Outcome sein wird. Es kommt nun ganz darauf an, wie lange sie in dem Zustand ohne ausreichend Sauerstoff war. Ob und wie gut sie sich erholt, wird erst die Zeit zeigen. Wir bringen sie jetzt auf die Intensivstation des Stadtklinikums."

„In Ordnung", sagte Konrad. „Vielen Dank."

Becker war mittlerweile den Abhang hinuntergestiegen und hatte mit der Spurensicherung begonnen.

Etwas weiter ab standen zwei Männer, die kreidebleich waren.

Konrad und Marcel gingen zu ihnen.

„Guten Morgen, mein Name ist Schweißer." Er zeigte seinen Dienstausweis. „Kripo Koblenz. Sie haben die Frauen hier gefunden?"

Der Ältere der beiden nickte. „Ja, mein Sohn und ich gehen dreimal die Woche hier joggen. Schon im Morgengrauen, weil wir danach arbeiten müssen."

„Haben Sie die Frauen entdeckt, als Sie über die Brücke gelaufen sind?", fragte Marcel.

Der jüngere Mann schluckte. Ihm standen Tränen in den Augen.

„Wir haben gesehen, dass am Ende der Brücke fünf Bretter fehlten", sagte der Vater. „Das hat uns gewundert, weil die Brücke gestern noch intakt war. Deshalb haben wir uns umgeschaut. Im Wasser haben wir dann die Frau gesehen." Der Mann strich sich über das Gesicht, als könne er das Entsetzliche einfach aus seinem Gedächtnis löschen. „Wir sind sofort hinuntergeklettert. Und da haben wir die andere Frau am Felsen gefunden.

Ich habe ihren Puls kontrolliert und konnte noch einen schwachen Herzschlag feststellen. Ich bin Arzt, deshalb habe ich gleich mit der Beatmung begonnen."

„Das haben Sie ganz großartig gemacht. Sie haben ihr damit das Leben gerettet und uns sehr geholfen", sagte Marcel.

„Bei der anderen Frau konnte ich leider nichts mehr tun."

„Schon in Ordnung."

„Die Dame am Felsen hatte einen Zettel in der Hand. Ich habe ihn der Polizei überreicht. Es tut mir leid, ich habe das alles angefasst, aber ich musste sie zum Reanimieren hinlegen."

„Machen Sie sich darüber keine Gedanken", erwiderte Marcel ruhig. „Wir werden Fingerabdrücke von Ihnen nehmen, damit wir diese zuordnen können."

„Selbstverständlich."

„Und Sie haben niemanden gesehen, der von diesem Tatort weggegangen ist oder Ihnen entgegenkam?" Konrad schaute sich um. „Es gibt ja nur diesen Weg, da die Brücke zerstört wurde."

„Nein, wir haben keinen getroffen. Aber am Parkplatz stand ein Auto. Wir hatten uns gewundert, dass zu so einer frühen Zeit schon jemand hier war."

„Können Sie sich erinnern, was das für eine Automarke war?"

„Ein schwarzer Honda, mehr kann ich Ihnen nicht sagen." Der Mann schaute seinen Sohn an. „Ist dir noch etwas aufgefallen?"

„Ich habe ein Koblenzer Nummernschild gesehen. Darauf habe ich geachtet, weil mich interessiert, wo die Leute herstammen." Er wurde rot. „Aber ich schaue immer nur auf den Ort. Tut mir leid."

„Sonst noch irgendwelche Auffälligkeiten. Ein Schriftzug oder so?"

„Nein, leider nicht."

„Schon in Ordnung", sagte Marcel. „Vielen Dank für Ihren Einsatz." Er reichte jedem eine Visitenkarte. „Melden Sie sich, wenn Ihnen noch etwas einfällt. Ansonsten bitte ich Sie, später auf das Präsidium am Moselring zu kommen, damit wir Ihre Fingerabdrücke nehmen können."

„Das machen wir", sagte der Vater, dann gingen die beiden den Pfad hinunter.

Marcel wischte sich den Schweiß von der Stirn. „Was für ein Glück, dass die zwei hier vorbeigekommen sind."

Konrad nickte.

Sie liefen zurück zum Tatort.

„Da die Brücke gestern noch in Ordnung war, hat unser Täter sie vermutlich absichtlich zerstört, um diesen Unfall zu inszenieren." Konrad zeigte auf den Abhang hinunter. „Da können wir keine Spuren finden. Das ist ein reines Getrampel."

Ein Beamter der Schutzpolizei räusperte sich. „Wenn ich mich kurz einklinken darf. Ich war als Erstes vor Ort und habe schnell Fotos gemacht, ehe ich runtergestiegen bin." Er holte sein Handy heraus und öffnete die Bildergalerie. „Zwar waren die Jogger schon hier und sicher sind ihre Fußspuren dabei, aber man kann noch gut erkennen, dass da eine lange Schleifspur im Matsch ist. Wahrscheinlich hat der Täter das überlebende Opfer hinuntergezogen."

„Gute Arbeit, Kollege. Schicken Sie das bitte unserer Abteilung." Marcel wusste, dass das nichts brachte, aber er wollte dem jungen Polizisten nicht den Stolz nehmen.

„Natürlich." Der Polizist strahlte und ging zu seinem Kollegen.

Marcel stellt sich an den Abhang. „Kannst du uns schon etwas sagen, Wolfgang?"

„Ist nicht einfach. Mit dem Wasser schwimmen uns auch alle Hinweise weg. Sie ist definitiv mit dem Kopf hier auf dem Felsen aufgeschlagen." Er zeigte auf einen großen Stein. „Aber offenbar mit dem Hinterkopf, da hat sie eine große Wunde. Ich vermute, dass sie noch gelebt hat, als der Täter sie umgedreht hat, damit sie mit dem Gesicht im Wasser liegt."

„Alles klar. Wir fahren zum Krankenhaus und schauen, wie es um das Opfer steht."

„In Ordnung, ihr hört von mir." Wolfgang hob seine Hand zum Abschied, ohne aufzusehen.

Konrad und Marcel liefen zum Auto zurück.

„Ich werde das Gefühl nicht los, dass Jörg Krüger irgendetwas damit zu tun hat." Marcel blieb stehen. „Ich vermute, Radow und Kim haben gemeinsame Sache gemacht und Krüger erpresst. Aber Radow ist tot und Kim schafft das hier rein körperlich nicht allein. Also muss es noch jemand Drittes geben, der die Morde ausführt.

„Du könntest recht haben." Konrad nahm sein Handy. „Hallo, Stefan. Warst du bei Jörg Krüger?" Konrad hörte schweigend zu. „Alles klar. Ruf eine Fahndung nach ihm aus." Er legte auf.

„Was ist?", fragte Marcel, konnte sich die Antwort aber selbst geben.

„Er ist nicht auffindbar."

# KAPITEL 31

Ich fahre jetzt zu meiner Schwester und rede ihr ins Gewissen. Vielleicht kann ich durch sie erfahren, wo er sein könnte. Er scheint jede Menge Geld zu haben. Eventuell hat er ein paar Häuser, von denen wir noch nichts wissen."

Konrad nickte. „In Ordnung. Ich halte hier die Stellung."

Auf dem Weg nach Moselweiß glitten Marcels Gedanken noch einmal zu Kim. Er ärgerte sich darüber, dass er auf sie hereingefallen war. Kramte nach jeder Sekunde ihres Kennenlernens, um zu prüfen, ob er irgendetwas übersehen hatte. Es gab jedoch kein Indiz, dass sie ihm ihre Gefühle nur vorgespielt hatte. Alles hatte sich echt angefühlt. Er schüttelte den Kopf. Links und rechts könnte er sich für seine Dummheit eine reinhauen.

Er fuhr in die Einfahrt von Jörgs Anwesen und atmete erleichtert auf, als er das Auto seiner Eltern sah. Es war gut, dass Carolin im Anschluss an das Gespräch nicht allein sein würde.

Er lief die große Marmortreppe hinauf und klingelte.

Seine Mutter öffnete die Tür. Ihre Augen waren rot gerändert. „Marcel." Sie lächelte schwach. „Ich befürchte, dass Carolin nicht sonderlich erfreut sein wird, dich hier zu sehen."

„Ich weiß, Mama, aber ich muss dringend mit ihr sprechen."

Die Mutter öffnete die Tür ganz und ließ Marcel eintreten. „Dein Kollege hat es schon versucht. Sie redet kaum." Marcels Mutter lief vor ins Wohnzimmer, aus dem lautes Gebrüll schallte. Sein Vater hatte Marlene auf dem Arm, das sehr verkrampft aussah, und versuchte sie zu beruhigen.

Carolin saß daneben und reagierte nicht auf das Geplärr.

„Ich kann versuchen, sie zu besänftigen", sagte seine Mutter und nahm Marlene auf den Arm.

Sofort verstummte sie.

„Hallo, mein Sohn", begrüßte sein Vater ihn.

Carolin drehte sich um. Der Zorn in ihren Augen jagte Marcel einen Schrecken ein. „Was willst du hier? Verschwinde!"

„Caro, bitte. Ich weiß, dir geht es nicht gut damit, aber ich muss dringend mit dir sprechen."

„Nicht gut? Du hast mein Leben zerstört. Endlich war ich glücklich und du hast es mir nicht gegönnt."

„Aber Kind, dein Jörg taugt nichts, wenn er einfach abhaut und nicht wiederkommt. Lass Marcel doch erst einmal reden." Marcels Vater tätschelte Carolin die Schulter.

Er stand wie ein Schiedsrichter zwischen seinen beiden Kindern und schaute sie abwechselnd an.

„Ich möchte aber nicht wissen, was er zu sagen hat", antwortete Carolin trotzig.

„Ich mache das nicht, um dich zu ärgern. Glaube mir, ich möchte selbst nicht, dass es wahr ist. Es gab einen neuen Mord und es ist derselbe Tathergang wie bei den anderen Opfern. Bitte, wir müssen wirklich herausfinden, ob Jörg etwas damit zu tun hat. Es gibt zu viele Hinweise auf ihn, die wir nicht ignorieren können. Und nun ist er auch noch verschwunden, obwohl wir ihn gebeten haben, für uns zur Verfügung zu stehen."

„Er muss sich wahrscheinlich erst einmal von dem Schock erholen, dass du ihn als Mörder ansiehst. Vielleicht ist es deine Kim", antwortete Carolin etwas ruhiger und wischte sich die Tränen aus den Augen.

„Auch da sind wir dran, Caro. Ich bin in der gleichen Situation wie du. Wir müssen schauen, ob die beiden gemeinsame Sache machen."

Carolin hob ihren Blick. „Jörg hat niemanden getötet."

„Ich wünsche es mir für dich. Aber hast du nicht mitbekommen, wie die beiden sich angesehen haben, als sie das erste Mal aufeinandergetroffen sind?"

Carolin drehte die Augen nach oben. „Jörg hat es dir doch erklärt, sie war bei ihm in Therapie."

„Weißt du, wie er damals an die Villa gekommen ist? Ich kann mir beim besten Willen nicht vorstellen, dass allein der Verdienst als Psychologe für so eine Bude reicht. Von irgendwoher muss er doch noch Geld erhalten."

Carolin schaute ihn irritiert an und biss auf ihrer Lippe herum. „Er hat mir erzählt, dass er das Haus sehr günstig erstanden hat. Es wollte keiner kaufen, weil man vermutet, dass die Geister des Ehepaares hier noch herumspuken. Da hat er zugeschlagen."

„Himmel, Kind, das hat er dir erzählt?" Marcels Vater schlug die Hände vor den Mund. „Das kennt man doch nur aus dem Fernsehen."

„Hast du einen Kaufvertrag gesehen?", fragte Marcel.

„Nein, Jörg bewahrt das alles in seiner Praxis auf."

„Dort haben wir nichts dergleichen gefunden." Marcel rief Konrad an und gab ihm das weiter. Dann legte er auf und seufzte.

Es war offensichtlich, dass Jörg Carolin nicht alles von sich erzählt hatte.

„Wollt ihr euch nicht hinsetzen?" Marcels Mutter schunkelte Marlene im Arm und sah ihre Familie besorgt an. „Wo seid ihr da nur hineingeraten?"

Carolin verschränkte die Arme. „Ich bin nirgendwo hineingeraten. Mag sein, dass deine Kim Dreck am Stecken hat, aber Jörg ist ein angesehener Psychologe. Warum sollte er so etwas Schreckliches tun?"

„Wir können solche Taten nie verstehen. Caro, wo versteckt er sich? Wir suchen nach ihm, um einige Fragen zu klären. Wenn du weißt, wo er sein könnte, sag es. Lass es nicht so weit kommen, dass wir dein Telefon kontrollieren müssen."

Wütend zog Carolin ihr Handy aus der Gesäßtasche. „Hier, tu dir keinen Zwang an." Sie hielt ihm das Telefon hin und funkelte ihn bissig an. „Du hast ihn gestern vertrieben. Wir haben ihn seitdem nicht mehr gesehen. Ich bin selbst verrückt vor Sorge und weiß nicht einmal, ob er überhaupt noch mit mir und unserer Tochter zusammen sein will." Carolins Augen wurden feucht.

Marcel schaute seinen Vater an, um sich bestätigen zu lassen, dass Jörg nicht mehr aufgetaucht war.

„Er war nicht mehr hier", sagte dieser.

Marcel wandte sich wieder an Carolin. „Hat er noch irgendwelche Häuser, Ferienwohnungen oder so, wo er sich verstecken könnte?"

„Ich weiß von keinen." Carolin wischte sich die Tränen trocken. Sie sah ihren Vater an. „Bitte glaubt mir doch. Jörg hat niemanden getötet."

Marcel seufzte. Es war verständlich, dass seine Schwester zu ihrem Verlobten hielt. Niemand wollte so etwas wahrhaben. Doch er konnte darauf keine Rücksicht nehmen und musste weiterbohren. „Warum versteckt er sich, wenn er nichts damit zu tun hat? Und warum geht er nicht ans Telefon? Weißt du von Freunden, bei denen er untergekommen sein könnte?"

„Nein, ich kenne seine Freunde noch nicht so gut. Er wird sich verstecken, weil er erst einmal verdauen muss, dass der Bruder seiner Verlobten ihn beschuldigt, ein Mörder zu sein. Wie würdest du dich fühlen?"

„Wir möchten nur mit ihm reden, nicht mehr. Hast du mal darüber nachgedacht, dass du auch in Gefahr sein könntest?"

„Warum sollte ich? Jörg liebt mich."

„Überleg doch mal. Jennifer und Astrid waren Freundinnen von dir. Was, wenn Jörg über dich an sie gekommen ist?"

Marcels Mutter schluchzte laut auf und schlug sich die Hand vor den Mund.

Carolin schaute ebenso entsetzt.

„Ich mache mir Sorgen, dass du vielleicht auch auf seiner Liste stehst."

„Gütiger Himmel, Marcel", sagte seine Mutter. Dann blickte sie hilflos zu seinem Vater.

„Beruhige dich, ich passe auf Carolin auf."

„Das ist totaler Unfug. Ich liebe Jörg, er würde doch nicht die Mutter seiner Tochter umbringen. Er hat auch nicht meine Freundinnen getötet." Carolin ging aus dem Zimmer.

Sein Vater legte die Hand auf Marcels Schulter. „Ich versuche später noch einmal, mit ihr zu reden. Das ist gerade etwas viel für sie."

Marcel nickte, versprach sich aber nicht viel davon. Carolin stand hinter ihrem Verlobten. Wahrscheinlich so lange, bis die Kriminalpolizei eindeutige Beweise hatte.

„Glaubst du wirklich, dass Jörg ein Mörder ist?", fragte seine Mutter mit brüchiger Stimme. Sie zitterte und war so bleich geworden, dass Marcel Sorge hatte, sie würde umkippen.

Er nahm ihr Marlene aus den Armen, die friedlich schlief, und legte sie in ihre Wiege. „Ich weiß es nicht. Mehr möchte ich dazu nicht sagen. Wenn ihr wollt, könnt ihr alle zu mir ins Haus kommen."

„Danke, Marcel. Wir lassen es uns durch den Kopf gehen", sagte sein Vater.

„Gut, ich muss wieder los. Tut mir leid, dass ihr in diesen Schlamassel geraten seid."

„Mach dir keine Sorgen. Wir wissen, dass du nur deine Arbeit erledigst. Hoffentlich klärt sich alles schnell auf. Wir bleiben unter diesen Umständen länger in Koblenz."

„Das ist gut, Carolin kann sicher etwas Unterstützung gebrauchen." Marcel umarmte seinen Vater, anschließend seine Mutter und gab Marlene einen Kuss auf die Stirn. Dann sah er seinen Vater noch einmal an. „Es läuft eine Fahndung nach Jörg und Kim. Bitte ruf an, wenn er auftaucht. Versucht euch nicht von Carolin beeinflussen zu lassen."

„Selbstverständlich melde ich mich sofort."

Marcel verließ die Villa mit einem mulmigen Gefühl. Seine Familie in diesem Haus zu wissen, bereitete ihm Bauchschmerzen.

Im Auto telefonierte er mit Konrad. „Ich habe nichts. Carolin hüllt sich entweder absichtlich in Schweigen oder sie weiß nicht viel vom Leben ihres Verlobten. Vielleicht seht ihr euch noch mal die Geschichte von Kims Adoptiveltern an. Johanna und Hans Berger. Irgendwie lässt mich die Frage nicht los, warum Jörg Krüger ausgerechnet in diesem Haus lebt. Und ich möchte wissen, von wem er es gekauft hat."

„In Ordnung, schauen wir uns an. Stefan durchwühlt schon alle Akten und Krügers Laptop nach einem Kaufvertrag für die Villa oder andere Grundstücke."

„Mein Vater wird sich bei mir melden, wenn Jörg zurückkommt. Aber ich bin sicher, er wird sich weiter vor uns verstecken."

„Da bin ich auch sicher. Wir werden gleich die Presse über den Fall im Wald informieren. Wenn unser Täter erfährt, dass ein Opfer überlebt hat, wird er vielleicht nervös und macht Fehler."

„Oder er wird schneller zuschlagen, aus Angst, dass wir ihm auf den Fersen sind. Er hält immerhin vermutlich noch ein Opfer gefangen. Wenn es nicht noch mehr sind. Wir wissen nicht, ob es noch welche gibt, die nicht vermisst gemeldet wurden."

„Stimmt, es öffentlich zu machen, ist ein Risiko. Ich werde es noch einmal mit dem Staatsanwalt besprechen."

„Wisst ihr, wer die Opfer von heute sind?"

„Ja, das Opfer in der Klinik ist Viktoria Gassen, 43 Jahre alt, die im Schlaflabor von Mattes Radow betreut wurde. Ihr Albtraum handelte von einer Verfolgung durch die Stadt, dann über eine Brücke, die unter ihr einstürzt."

„Meine Güte, wie krank das ist, einen Traum nachzuspielen. Wie kommt man nur auf so etwas? Und was ist mit dem Todesopfer?"

„Wurde heute Morgen vom Ehemann als vermisst gemeldet. Sarah Hanisch, 30 Jahre. Sie wurde in der Nacht angerufen und hat ihrem Mann nur gesagt, dass sie eine alte Bekanntschaft treffen wolle. Seine Frau sagte wohl, es handele sich um einen Notfall. Sie kam nicht zurück. Ihr Auto wurde auf einem Parkplatz in Arzheim gefunden. Offen, der Schlüssel hat noch gesteckt."

„Konnte der Mann sagen, ob die Bekanntschaft ein Mann oder eine Frau ist?"

„Nein, er hat sich zwar gewundert, aber nicht weiter nachgefragt, weil er zu müde war."

„Vielleicht lockt Kim diese Frauen unter einem Vorwand aus dem Haus. Wir sollten noch einmal prüfen, ob es Verbindungen zwischen ihr und den Frauen gibt. Die müssen ihren Täter doch gekannt haben, sonst würden sie nicht mitten in der Nacht einfach so jemanden treffen."

„Ja, das prüfen wir noch mal genau. Klar ist, dass Sarah Hanisch ebenfalls im gleichen Studiengang wie Jennifer Lorenz und Astrid Lohne war."

„Das ist kein Zufall. Es könnte also gut sein, dass Jörg über Caro an die Opfer kommt. Ich habe Angst, dass Carolin auch eines von ihm wird."

Konrad hustete. „Entschuldige, ich habe mich verschluckt. Wir werden alle Studenten des Jahrgangs informieren müssen, solange wir keinen festgenommen haben. Deine Schwester ist nicht allein zu Hause?"

„Nein, meine Eltern sind bei ihr. Ich fahre jetzt los. Bis gleich."

„Beeil dich, wir können jede Hand gebrauchen."

Marcel schaute noch einmal auf die große Villa, der man ihre Jahre ansah. Das Gebäude war gepflegt, aber hatte bereits seine Macken. Und Marcel war sich ganz sicher, dass dieses Haus auch ein Geheimnis barg. Er seufzte. Sie mussten den Fall schnell klären.

Er startete den Motor und rollte vom Anwesen. Als er auf die Straße am Moselufer fuhr, überkam ihn der Gedanke, dass er noch nicht alle Möglichkeiten ausgeschöpft hatte. Irgendetwas musste es geben, das er noch versuchen konnte. Entgegen aller inneren Warnungen, weil es eigentlich ungünstig war, entschied er sich, nicht gleich zum Präsidium zu fahren. Denn er hatte eine Idee, wo er nach Hinweisen suchen konnte.

Sein Telefon klingelte erneut und er zuckte zusammen. Es war, als würde er bei seinem absurden Gedanken erwischt werden. Er nahm ab. „Ja?"

„Hey, Marcel." Becker räusperte sich. „Deine Fingerabdrücke wurden bei Mattes Radow gefunden. Wir wissen ja, warum. Ich wollte nur, dass du das zuerst erfährst."

Marcel schluckte und plötzlich fand er seine Idee alles andere als clever. Nun in Kims Haus herumzuschnüffeln, würde ihm noch mehr Ärger einbringen. Er ballte seine Hand. „Alles klar, ich habe schon eine offizielle Meldung eingereicht, dass ich eine Auseinandersetzung mit ihm hatte. Dass man von mir Fingerabdrücke findet, war ja abzusehen."

„Ich reiche den Bericht dann weiter."

„Danke, Wolfgang." Marcel legte auf. Der Drang, zu Kim nach Hause zu fahren, war immer noch stark. Dabei stand seine Mitarbeit an diesem Fall auf der Kippe. Frustriert biss er sich in die Faust. Der Zwiespalt tobte in ihm. Er wollte unbedingt einen Beweis finden, dass Kim nicht dieses Monster war, auf das gerade alles hindeutete.

# KAPITEL 32

*Montag, 26. Oktober 2020*

Als Marcel vor Kims Haus parkte, fiel ihm der schwarze Honda wieder ein, bei dem er das Gefühl gehabt hatte, dass der Fahrer ihn und Kim beobachtet hatte. Adrenalin schoss ihm durch den Körper. War es vielleicht derselbe Honda, den die Jogger am Parkplatz gesehen hatten? Er schrieb Konrad eine Nachricht, dass er auf Jörg und Kim angemeldete Autos prüfen sollten.

*Schon längst in Auftrag gegeben*, antwortete Konrad.

Marcel stieg aus dem Wagen und blickte sich um.

Die Straße schien wie leer gefegt.

Er ging die Stufen hinauf und schaute noch einmal hinter sich. Dann lief er an die linke Hausseite. Er hob einen Pflasterstein aus dem Boden und holte den Hausschlüssel hervor.

Kim hatte ihm dieses Versteck verraten. Und wieder fragte er sich, warum sie ihm das anvertraut hatte, wenn sie die ganze Zeit ein falsches Spiel gespielt hatte.

Er lief zur Haustür, schloss sie auf und ging schnell hinein, in der Hoffnung, dass ihn keine neugierigen Nachbarn beobachteten und gar für einen Einbrecher hielten.

Ihr Duft war noch allgegenwärtig.

Sofort verursachte die Erinnerung ein Kribbeln in seinem Bauch. Er legte den Kopf in den Nacken und schloss die Augen. *Konzentriere dich!*

Er lief ins Wohnzimmer und öffnete die Türen des Fernsehschränkchens. Darin waren nur ein paar Zeitschriften, Fernbedienungen und Kerzen verstaut.

An der Wand stand ein langes Sideboard im Landhausstil, das in der Mitte drei Schubladen hatte. Marcel kramte jede einzelne durch. Er fand ein paar Akten. Arbeitszeugnisse, Bankdaten, irgendwelche Versicherungsverträge und Sachen aus der Schule, in der sie unterrichtete.

Das Klingeln seines Handys jagte ihm einen großen Schrecken ein. Er fasste sich ans Herz, bevor er den Anruf annahm. „Konrad, was gibt es?"

„Wo bleibst du denn?"

„Sorry, ich musste noch tanken. Ich bin gleich da. Gibt es was Neues?"

„Wir haben endlich die Auskunft von Kim Bergers Bank. Am Tag ihres Verschwindens wurde sowohl ihr Konto als auch ihr Sparbuch geleert. Ein Angestellter ist zu einhundert Prozent sicher, dass Kim Berger selbst vor Ort war."

„Wenn sie uns nur weismachen will, dass sie verschwunden ist, hat sie es gut durchdacht. Wir glauben, sie ist weg, dabei mordet sie fleißig mit Jörg." Marcel spürte erneut Enttäuschung, gemischt mit der unbändigen Wut auf sich und Kim. „So muss sie ihre Karten nicht nutzen und wir können sie nicht verfolgen", presste er mühsam hervor.

„Bleib ruhig, wir haben immer noch keinen Beweis dafür, dass sie an den Morden beteiligt ist. Vielleicht ist sie nur abgetaucht, weil sie aus Wut Radow getötet hat oder Angst hatte, sich wegen des angeblichen Mordes der Polizei zu stellen. Ich lasse mir gerade einen Durchsuchungsbeschluss für ihr Haus geben."

Marcels Wangen glühten. Konrad würde ausrasten, wenn er wüsste, was er gerade tat. „Okay."

„Da ist noch etwas", sagte Konrad. „Stefan hat herausgefunden, wie Jörg zu der Villa gekommen ist."

„Wie?", fragte Marcel aufgeregt.

„Das Grundstück gehörte seinen Eltern. Jörg Krüger ist der Sohn von Hans und Johanna Berger. Er hatte mit ihnen gebrochen und einen anderen Namen angenommen. Deshalb ist es uns leider nicht aufgefallen."

Marcel blieb die Spucke weg. „Kims Adoptiveltern sind Krügers Eltern." Er hielt sich die Hand auf den Bauch, ihm wurde übel.

„Korrekt."

„Das ist ein weiterer Beweis, dass die beiden sich schon lange kennen. Nicht nur über die therapeutische Beziehung. Beide haben mich die ganze Zeit belogen."

„Es ist schon ein merkwürdiger Zufall. Er ist freiwillig mit sechzehn von zu Hause weg. Kim wurde erst später von ihnen adoptiert. Vielleicht haben sie das untereinander nicht mitbekommen."

„Das glaubst du doch selber nicht, Konrad. Ich habe Jörg gesagt, dass Kims Adoptiveltern in der Villa ermordet worden sind. Außerdem stand es in jeder Zeitung, er hat das sicher mitbekommen. Es wird einen Grund geben, warum er es verheimlicht hat."

„Okay, da gebe ich dir recht. Aber Kim muss nicht gewusst haben, dass ihre Adoptiveltern schon einen leiblichen Sohn hatten. Wenn das Verhältnis zwischen Krüger und seinen Eltern so schlecht war, haben sie möglicherweise nie etwas erzählt."

Marcel schluckte. „Ich weiß nicht, was ich Kim noch glauben kann. So gern ich mir einreden möchte, dass sie nicht die ist, für die ich sie gerade halte, es gibt zu viele Indizien." Eine unbändige Trauer durchflutete ihn. Aber er zwang sich, sich auf den Fall zu konzentrieren. „Also hat Jörg das Haus geerbt?"

„Genau wie Kim Berger. Stefan versucht gerade, herauszufinden, warum sie das Haus nicht besitzt, sondern Jörg."

„Alter Schwede, das ist doch alles unglaublich. Wie seid ihr darauf gekommen, dass die beiden dieselben Eltern haben?"

„Wir konnten über eine Überwachungskamera den schwarzen Honda einfangen, der vom Arzheimer Wald kam. Das Nummernschild läuft noch immer auf Hans Berger, Krügers Vater und Kims Adoptivvater. Ich fresse einen Besen, wenn Jörg Krüger nicht unserer Täter ist."

„Ich bin auch überzeugt, dass er es ist." Marcels Kehle brannte. „Hoffentlich finden wir ihn, ehe er Carolin um den Finger wickelt und sie in große Gefahr gerät."

„Sieh zu, dass du ins Präsidium kommst. Ich will noch mit dir in die Klinik zu Frau Gassen. Die Ärzte sagen, sie ist aufgewacht."

„Das ist super. Ich beeile mich." Marcel legte auf und seufzte. Es war verdammt dumm gewesen, hier aufzutauchen. Nun musste er Konrad erklären, warum seine Fingerabdrücke auf den Schranktüren zu finden waren.

In seiner Verzweiflung hockte sich Marcel auf den Boden. Er konnte die Ungewissheit nicht mehr aushalten. Und mit einem Mal ließ ihn seine Kraft im Stich.

Ohnmacht, Angst und Wut überfielen ihn. Sein Körper zitterte unkontrolliert. Diese Gefühle mussten aus ihm heraus, ehe sie ihn zerstörten. Wie ein kleines Kind hockte er auf dem Boden und heulte. Mit jeder Träne schwemmte er den Druck aus sich heraus, der ihm seit Tagen auf der Seele lastete.

Er wusste nicht, wie lang er auf dem Boden saß. Als er sich beruhigt hatte, wischte er sich die Augen trocken und stand auf. Er atmete tief ein und aus und wollte das Haus verlassen, erblickte dann aber im Flur einen Karton auf der Garderobe. Kurz überlegte er, ob er einen Blick hineinwerfen sollte. Es würde nicht mehr lange dauern, bis das Haus durchsucht werden würde. Doch sein Drang, eine Antwort zu finden, war größer als die Vernunft. Er zog einen Stuhl heran, holte die Pappschachtel nach unten und öffnete sie.

Darin lagen Fotos von Kim und ihren Adoptiveltern. Kindergartenfotos, Bilder von Festen.

Eins fiel ihm besonders auf.

Johanna und Hans Berger hielten sich strahlend in den Armen und lachten in die Kamera. Als er in das Gesicht des Mannes schaute, erkannte er Jörgs blaue, ausdrucksstarke Augen. Die Verwandtschaft war nicht zu leugnen.

Plötzlich jagte ein unsäglicher Schmerz durch seinen Kopf. Sofort wurde ihm übel. Wankend drehte er sich um und riss die Augen auf. Keine Sekunde später krachte er auf den Boden.

# KAPITEL 33

*Montag, 26. Oktober 2020*

Sein Kopf dröhnte, als wäre eine Walze darüber gefahren. Blinzelnd versuchte er die Augen zu öffnen. Stück für Stück kamen die Erinnerungen zurück. Er dachte daran, wie in Kims Haus plötzlich dieser Schmerz durch seinen Kopf gejagt war. Wie er sich umgedreht hatte und dann zu Boden gefallen war.

Marcel atmete stoßweise aus, um den Schmerz, der sich bereits wieder ankündigte, fortzuatmen. Langsam öffnete er die Augen.

Er lag in einem Zimmer, das komplett weiß war. Nur das Bett, ein Tisch und zwei Stühle standen in dem Raum. In der rechten oberen Ecke hing eine Kamera.

Verwirrt sah er an sich herunter und stellte fest, dass er nur Unterhemd und Unterhose trug.

Als er sich umdrehte, sah er rechts von sich durch eine Glasscheibe in ein anderes Zimmer. Ein Mann lag dort im Bett.

Der Raum auf der linken Seite war leer.

Marcel wurde schnell klar, wo er sich befand. Es war der Ort, an dem die traumgeplagten Patienten festgehalten wurden.

Er massierte sich die Schläfen, dachte angestrengt nach, wer ihn in Kims Haus überfallen hatte. Doch alles war so schnell gegangen, dass er niemanden hatte sehen können. Oder erinnerte er sich bloß nicht mehr daran?

Er setzte sich auf. Ihm war übel und er hatte das Gefühl, dass sich ein Pelz auf seiner Zunge gebildet hatte. Einen Augenblick wartete er, bis der Schwindel vorbeigegangen war. Dann stellte er die Beine auf den Boden. Sein Nacken schmerzte und in seinen Ohren pfiff es unangenehm. Der erste Versuch, aufzustehen, endete damit, dass er zurückfiel. Beim zweiten blieb er aufrecht, jedoch nur auf sehr wackeligen Beinen. Langsam setzte er einen Fuß vor den anderen und balancierte mit ausgebreiteten Armen. Jeden Moment drohten ihm die Beine zu versagen, so duselig war es in seinem Kopf.

Erleichtert atmete er aus, als er an der Glasscheibe ankam und sich festhalten konnte. Er klopfte an das Glas.

Der Mann hob seinen Kopf an.

Marcel erschrak bei seinem Anblick. Seine Augenränder waren dunkel. Sein Gesicht war blass und die Wangen wirkten eingefallen. Er sah aus, als wäre er kaum noch am Leben.

Sehr mühsam stand der Mann auf und schleppte sich an die Glasscheibe. Er zeigte auf die Wand in seinem Zimmer.

Marcel runzelte die Stirn.

„Du kannst mit der Freisprechanlage sprechen", ertönte eine Stimme in Marcels Zimmer.

Er sah links neben der Scheibe eine Anlage.

„Einfach den roten Knopf drücken."

Marcel folgte der Anweisung. „Sind Sie Daniel Rust?"

Der Mann starrte ihn mit großen Augen an. „Woher weißt du das?"

„Ich bin Kriminalkommissar. Wir sind dem Täter bereits auf der Spur. Man wird uns sicher bald helfen."

„Wie meinen Sie das? Welchem Täter? Ich verstehe nicht recht."

Marcel runzelte die Stirn. „Sie werden doch hier gefangen gehalten, oder nicht?"

Daniel Rust hob die Augenbrauen. „Nein, ich bin freiwillig hier. Mich plagt ein Albtraum. Ich bin Proband für die Erforschung einer neuen Methode."

Marcel schluckte. So also hatte der Täter die Opfer zu sich gelockt.

„Zugegeben, es ist eine sehr fragwürdige Methode. Bis vor Kurzem waren wir noch zu viert. Bei den anderen scheint die Therapie beendet zu sein. Doch irgendwie waren alle länger da, als uns ursprünglich gesagt wurde."

„Was wurde denn mit Ihnen besprochen?"

„Eine Woche. Wir durften uns mit niemandem darüber unterhalten. Es war alles geheim. Meine Familie glaubt, ich wäre auf einer Geschäftsreise. Wenn ich noch länger wegbleibe, dreht meine Frau durch."

Marcel senkte den Blick und atmete eine Schmerzwelle weg, die durch seinen Kopf jagte. „Ihre Frau hat Sie als vermisst gemeldet. Sie hatte ein komisches Gefühl." Er seufzte. Es wurde Zeit, dem Mann die Wahrheit zu sagen. „Herr Rust, das hier ist keine Forschung."

Der Mann schaute ihn mit offenem Mund an. „Was erzählen Sie da?"

„Die anderen, die hier waren, sind nicht austherapiert, sondern wurden ermordet."

Daniel Rust wurde kreidebleich und schwieg. Sein Blick ruhte auf Marcels Mund, so als warte er darauf, dass Marcel es als Spaß deklarierte.

„Bleiben Sie ganz ruhig. Mein Kollege wird uns finden", sagte Marcel, obwohl er nicht wusste, ob das rechtzeitig geschehen würde. Er konnte nur hoffen, dass sie schnell einen entscheidenden Hinweis finden würden, der sie zu diesem Ort führen würde.

„Wie sind Sie denn hier reingeraten? Haben Sie auch Albträume?"

Marcel schüttelte den Kopf, bereute es jedoch sofort. Schmerzerfüllt hielt er ihn fest. „Nein, habe ich nicht. Ich vermute, ich bin dem Täter während der Ermittlungen zu nahe gekommen. Kann er uns hören?"

Der Mann zog die Mundwinkel nach unten und zuckte mit den Schultern. „Tagsüber ist er kaum hier. Er kommt immer nur nachts, um uns beim Schlafen zu beobachten."

„Es ist also ein Mann? Kennen Sie ihn?"

„Klar, es ist Jörg Krüger. Ein Psychologe. Er behandelt Patienten mit Albträumen. Ich war einer davon und er hat von neuen Forschungsarbeiten gesprochen, die uns mit den fiesen Träumen helfen sollten."

Marcel war nicht erstaunt darüber, sein Gefühl hatte es ihm die ganze Zeit gesagt. „Kennen Sie auch einen Mattes Radow?"

„Mir ist ein Pfleger aus dem Schlaflabor bekannt, der hieß Radow. Er hat mir Jörg Krüger für die weitere Therapie empfohlen."

Marcel legte seine Stirn an die Glasscheibe und wartete, bis die Schwindelattacke vorüberging. Mühsam versuchte er die Puzzleteile zusammenzufügen. Radow und Krüger hatten also zusammengearbeitet. Aber was war dann passiert? Warum war Radow ermordet worden?

„Alles in Ordnung mit Ihnen? Sie sehen übel aus."

„Es geht schon." Marcel fiel das Atmen schwer und auch das Stehen mühte ihn ab. „Sind sonst noch Patienten hier?"

„Die anderen sind alle weg. Die ersten kannte ich nicht gut, nur Viktoria, sie war gestern noch da. Ich dachte die ganze Zeit, dass sie entlassen wurde." Dem Mann stiegen die Tränen in die Augen. „Ist sie wirklich tot?"

Marcel durfte nichts von ihrem Überleben sagen, da die Möglichkeit bestand, dass Jörg noch nichts davon wusste. Doch es könnte auch sein, dass er nervös und unachtsam wurde, wenn er von Viktorias Zustand erfuhr, wodurch Marcel eine kleine Chance bekommen könnte, ihn zu überwältigen. Er musste es versuchen. „Sie hat überlebt." Es war ein Bluff, denn Marcel wusste nicht, ob Jörg ihnen gerade zuhörte.

Daniel Rust stöhnte auf. „Das alles ist ja noch viel schlimmer als der Albtraum, den ich habe."

„Können Sie mir sagen, ob Jörg Krüger allein agiert?"

„Gesehen habe ich keinen anderen außer ihn und die Patienten. Aber ich habe vor Kurzem einen lauten Streit mitbekommen. Herr Krüger war sehr aufgebracht. Er hat definitiv mit einer Frau gestritten."

Kim. Auch da hatte sein Gefühl ihn nicht getrogen.

„Na, Marcel, bist du nun aufgeklärt?" Jörg Krügers Stimme hatte sich durch eine Freisprechanlage etwas verzerrt angehört, doch Marcel hatte sie sofort erkannt.

Daniel Rust schaute entsetzt auf und eilte zurück in sein Bett.

„Du elendiges Schwein. Das wirst du bereuen", rief Marcel. „Meine Kollegen sind dir längst auf der Spur."

Die Tür zu seinem Zimmer öffnete sich. Jörg stand mit einer auf Marcel gerichteten Waffe im Raum. „Hoffen wir, dass sie dich rechtzeitig finden."

Marcel wankte zum Bett zurück. Das Pfeifen in seinem Ohr verschlimmerte sich. Er setzte sich. „Warum tust du das?"

„Das würdest du nicht verstehen." Jörgs Hand, in der er die Waffe hielt, zitterte leicht.

„Haben dich Kim und Radow erpresst? Womit haben sie dich noch in der Hand?"

„Du solltest dir deinen Kopf nicht so sehr zerbrechen. Die Morde lassen sich sowieso nicht mehr ändern. Dass du nun hier bist, bringt meinen eigentlichen Plan zwar durcheinander, aber manchmal muss man eben improvisieren." Jörg wischte sich Schweiß von der Stirn. „Du hättest dich niemals mit Kim einlassen sollen, dann wärst du heute nicht hier."

In dem Punkt konnte Marcel ihm nicht widersprechen, wollte aber versuchen, Jörg zu verunsichern, um ihn überwältigen zu können. „Du kommst damit nicht durch, Jörg. Viktoria Gassen hat überlebt. Sie erzählt meinen Kollegen in diesem Moment, wer hinter den Morden steckt." Marcel hoffte, dass Jörg den Bluff nicht durchschaute.

Dieser schluckte. „Dann wissen sie immer noch nicht, wo ich dich verstecke."

Es entstand eine unerträgliche Stille.

Marcel schaute sich um.

In dem Zimmer waren nur kleine, schmale Fenster ziemlich nah an der Decke angebracht, sodass er die Umgebung des Gebäudes nicht erkennen konnte. Er erkannte nur Wolken, die vorbeizogen und aussahen, als würden sie Fratzen schneiden.

Jörg schob den Stuhl näher zu Marcel, setzte sich darauf und hielt die Waffe weiter auf ihn gerichtet.

Marcel zermarterte sich den Kopf, wie er Herr dieser Lage werden konnte. Doch durch die hohen Töne im Ohr und die üblen Kopfschmerzen konnte er keinen klaren Gedanken fassen, geschweige denn würde er einen Mann mit einer Waffe überwältigen können. Er betete, dass Konrad schnell sein würde.

Jörg seufzte laut. „Ich bin echt wütend, dass du mir nun in meinen Plan pfuschst. Eigentlich habe ich für dich keine Zeit."

Marcel schaute Jörg in die Augen.

Sie waren leer, kaum einen Funken Leben erkannte er in ihnen. Seine Gesichtsfarbe war fahl, generell wirkte seine Körperhaltung erschöpft.

„Jörg, du musst das nicht tun. Ich sehe dir doch an, dass du gar nicht morden willst. Sprich mit mir. Erpresst dich Kim?"

Kurz, nicht mal eine Sekunde lang, lag Verzweiflung in Jörgs Augen. Aber sie verflog so schnell, wie sie gekommen war. „Du hättest dich nicht einmischen sollen, dann säßest du jetzt nicht hier und in wenigen Tagen wäre all das vorbei gewesen."

„Witzbold, ich kann ja wohl kaum wegschauen, ich bin Kripobeamter." Marcel ärgerte sich, denn er hatte kurz das Gefühl gehabt, Zugang zu Jörg zu finden. Aber dieser hatte sofort wieder dichtgemacht. Er wollte es anders versuchen. „Ich verstehe nicht, wie du das meiner Schwester, der Mutter *deiner* Tochter, nur antun kannst? Willst du sie etwa auch so wie ihre Freundinnen aus dem Studium töten?"

Jörg schwieg, doch Marcel konnte in seinen Augen lesen, dass er genau das vorhatte.

„Das werde ich verhindern, das schwöre ich dir." Marcel rieb sich die Schläfe. Sein Schädel brummte stärker. „Bist du nur mit Caro zusammen, um an die Freundinnen ranzukommen?"

„Gib es auf. Du wirst nicht mehr lange leben."

„Du mieses Arschloch. Sie ist meine Schwester, verdammt." Marcel machte einen Satz nach vorn.

„Wag es ja nicht." Die Waffe in Jörgs Hand zitterte noch mehr.

Marcel blieb stehen, weil er wusste, dass Jörg in der Lage war, ihn über den Haufen zu schießen. „Ist ja gut. Ich möchte nur, dass meiner Schwester nichts zustößt. Ihr habt eine kleine Tochter, die braucht doch ihre Mutter."

„Halt endlich deine Klappe."

„Bitte werde vernünftig, deiner Tochter zuliebe. Es wird sich positiv auf das Strafmaß auswirken. Setz dem ein Ende. Sag gegen Kim aus."

Der Schmerz, der nun in Jörgs Augen zu erkennen war, hielt länger an als die Verzweiflung zuvor und machte Marcel neue Hoffnung.

„Wenn du zu dem Ganzen gezwungen wirst, dann lässt es sich klären. Das alles wird der Richter beachten."

Jörg verdrehte die Augen.

Die Hoffnung verflog so schnell, wie sie gekommen war.

„Bist du jetzt fertig? Gut, dann möchte ich dir erzählen, was ich mit dir anstellen werde. Du gehörst ja nun mal nicht zu der Art Opfer, die ich bevorzuge. Du hast keine Albträume, also brauche ich niemanden zu opfern. Aber ich werde dich töten. Ich schenke dir einen Albtraum von jemandem und werde ihn an dir ausführen."

Jörg schmunzelte, was jedoch sehr gespielt aussah.

„Du bist wahnsinnig. Was soll der Mist mit den Opferungen?"

„Die Damen wurden geopfert, damit meine Probanden hier ihren Albtraum und ihre Qualen ablegen konnten."

Marcel schüttelte den Kopf. Es war genau der Mist, den Radow Kim auch erzählt hatte. Noch ein Hinweis mehr, dass sie mit in der Geschichte steckte. Marcel runzelte die

Stirn. „Wenn du das getan hast, um deine Probanden von den Qualen zu befreien, warum hast du sie dann auch getötet?"

Jörg zuckte mit den Schultern und schmunzelte. „Ich kann nur sagen, dass alles seine Richtigkeit hat."

Marcel verzweifelte langsam. „Du intelligenter Psychologe glaubst doch nicht wirklich, was du da vom Stapel lässt, oder?"

„Das spielt keine Rolle."

„Werd vernünftig. Ich kann doch eins und eins zusammenzählen. Du mordest für Kim und Radow, weil die dich in der Hand haben." Marcel achtete genau auf Jörgs Reaktion.

Doch dessen Mimik änderte sich kein bisschen. „Der Plan darf nicht scheitern. Ich würde einen zu hohen Preis dafür bezahlen. Deshalb muss ich dich nun auch beseitigen, damit ich zu Ende führen kann, was ich begonnen habe." Jörg legte die Pistole auf den Tisch.

Marcels Blick glitt zu der Waffe. Kurz dachte er darüber nach, nach ihr zu greifen.

Jörg schnalzte mit der Zunge. „Vergiss es. Selbst wenn du es schaffen würdest, mich zu überwältigen, kommst du hier nicht raus."

*Hoffentlich sind die Kollegen bald da, bevor er mir eine Kugel in den Kopf jagt.*

„Du wirst das vierte Opfer sein."

„Wer sollte anstelle von mir getötet werden?"

Jörg hob die Augenbrauen. „Würdest du mich bitte nicht unterbrechen?! Vergiss die Person, denn du bist besser, es wird viel mehr wehtun."

Marcel riss die Augen auf. „Ich hatte recht. Carolin sollte das vierte Opfer sein. Du Schwein."

Jörg hob gleichgültig die Hände. „Nun bist du es. Das wird Carolin sehr schmerzen. Ich werde dich in eine Scheune sperren, in die totale Finsternis, und dann wird dich ein Zombie angreifen."

Kims Traum. Plötzlich durchflutete ihn ein Gefühl der Angst. War Kim vielleicht doch nur ein Opfer und Jörg hatte alles inszeniert?

„Höchstwahrscheinlich untermale ich es noch mit ein paar netten Geräuschen."

„Du glaubst doch nicht wirklich, dass ich mich davor fürchte. Ich bin nicht einer deiner Patienten. Veranstaltest du den ganzen Scheiß, weil du dich an der Angst der Menschen aufgeilst?"

Jörg antwortete nicht, schaute Marcel nur müde an.

„Wo ist Kim? Hast du sie auch getötet?"

Jörg runzelte kurz die Stirn, fand aber schnell zu seiner ausdruckslosen Mimik zurück. „Mir ist ziemlich egal, ob du Angst hast oder nicht. Schlussendlich kommt es nur darauf an, dass du tot bist."

„Du kranker Idiot."

Jörg beugte sich nach vorn. „Glaub mir, ich würde es zu gern sofort tun. Aber wir wollen ein wenig Spaß haben", flüsterte er. Er stand auf, nahm die Waffe und ging zur Tür. Er drehte sich noch einmal zu ihm um. „Genieße die letzten Stunden deines Lebens." Dann verließ er das Zimmer.

Marcel atmete die Luft, die er angehalten hatte, geräuschvoll aus. Jörgs Worte hallten in seinen Ohren nach.

*Wir wollen ein wenig Spaß haben.* Wir. Es waren also mindestens zwei. War Kim wirklich beteiligt? Saß sie irgendwo, beobachtete ihn und lachte sich über seine Dummheit ins Fäustchen? Oder war es Doktor Lenz?

Marcel wurde fast wahnsinnig. Er legte sich auf das Bett, um den Schwindel loszuwerden. Sein Kopf hämmerte unaufhörlich.

Er kniff die Augen zu und dachte an Carolin, die erfahren würde, dass ihr Verlobter ein Serienmörder war. Die trotz einer Behinderung ein kleines Baby allein großziehen musste, falls sie nicht doch noch eines seiner Opfer wurde.

Dann dachte er an seine Eltern, die seinen Tod nur schwer verkraften würden. Er erinnerte sich an die Worte seines Vaters, die er zu ihm gesagt hatte, als er erfahren hatte, dass Marcel zur Kriminalpolizei wollte. „Bitte pass immer gut auf dich auf. Niemals möchte ich meine Kinder zu Grabe tragen müssen. Erst sind wir an der Reihe."

Marcel drehte sich auf die Seite. Eine Träne kullerte seine Wange hinab. Er hatte keine Angst um sich, sondern nur Sorge um seine Familie, die es nicht verkraften würde, von seinem Tod zu erfahren. Das wollte er ihnen nicht antun. Die Zeit zum Sterben war noch nicht da.

# KAPITEL 34

*Montag, 26. Oktober 2020*

Die unerträgliche Hitze in seinem Inneren machte ihm zu schaffen. Er schlug sich mehrmals gegen den Kopf. Der ganze Plan lief immer mehr aus dem Ruder. Ihm war aber gar keine andere Wahl geblieben, als Marcel niederzustrecken und mitzunehmen, als er auf diesen überraschenderweise in Kims Haus getroffen war.

Noch immer hämmerten Marcels Worte in seinem Kopf. „Du kommst damit nicht durch, Jörg. Viktoria Gassen hat überlebt. Sie erzählt meinen Kollegen in diesem Moment, wer hinter den Morden steckt." War das nur ein Bluff von Marcel? Klar, da waren die Jogger gewesen, aber die hätten ja schlecht das Fentanyl aus dem Körper bekommen können. Doch es hätten Profis gewesen sein müssen, die sich in Reanimation auskannten, um den Kreislauf einer Sterbenden aufrechtzuerhalten. Angestrengt dachte er nach, ob er sich in der Dosierung vertan hatte.

Aber er konnte es drehen und wenden, wie er wollte, er saß bis zum Hals in der Scheiße. Und er wusste partout nicht, wie er aus dem Schlamassel herauskommen sollte.

Er entschied, nicht aufzugeben. Um die letzte Opferung zu vollziehen, musste er schnell handeln, und es durften keine Fehler mehr passieren.

Nervös schaukelte er mit dem Stuhl hin und her. Er beobachtete Marcel auf dem Monitor.

Dieser hatte sich zur Seite gedreht und sich nicht mehr geregt. Jörg war klar, dass der Kommissar nach einem Ausweg suchte, und er musste achtgeben, denn er hatte es mit keinem leichten Gegner zu tun. Marcel würde sicher jede Situation ausnutzen, um ihn zu überwältigen. Außerdem war es nur eine Frage der Zeit, bis seine Kollegen ihn fanden.

Diese Katastrophe musste er irgendwie dieser furchtbaren Person erklären. Die würde nicht erfreut sein. Er war sich nicht sicher, ob sie die Idee, Marcel als Viertes zu opfern, akzeptieren würde, da es von dem Plan abwich. Aber vielleicht könnte er diesem Unmenschen einen plausiblen Grund einreden. Er hatte es schon einmal geschafft, die schwache Psyche auszunutzen.

Er massierte sich die Augen, um die Müdigkeit hinauszuwischen. Ein wenig Schlaf wäre sein größter Wunsch, doch den durfte er sich nicht erlauben. Erst musste er Marcel töten und dann den Mann aus Zimmer eins. Den letzten Traumgeber. Danach war sein Soll erfüllt. Er würde verschwinden und nie wieder auf der Bildfläche auftauchen.

Vor seinem inneren Auge sah er Dana lächeln. Voller Stolz schaute sie ihn an, weil er sein Versprechen gehalten hatte. Wie sehr er sich nach ihr sehnte. Was waren sie glücklich gewesen …

Er dachte darüber nach, wie sein Leben verlaufen wäre, wenn er Dana nicht verloren hätte. Er konnte sich nicht beschweren. Nachdem er freiwillig in einem Heim groß geworden war, weil sich seine Eltern zu oft in sein Privates eingemischt hatten, hatte er gute Wege eingeschlagen. Eins musste er seinen Eltern lassen, seinen Fleiß und Ehrgeiz hatte er von ihnen gelernt und das hatte ihn zu einem bekannten und beliebten Psychologen gemacht. Auch wenn er die Liebe seines Lebens verloren hatte, war es ihm gut ergangen.

Bis zu dem Tag, an dem er sich auf Mattes Radow eingelassen hatte. Nur deshalb war er in dieser furchtbaren Situation gelandet. War zum Mörder geworden. Etwas, das er nie hatte sein wollen.

Jörg schüttelte die trüben Gedanken ab und schaute auf den Monitor. Marcel hatte sich noch immer nicht gerührt. Jörg fragte sich, ob das schon zu einem Plan gehörte.

Er blickte auf die Uhr. In ein paar Stunden würde er ihn töten. Seine Idee mit dem Traum verwarf er. An Marcel einen Traum nachzuspielen, würde nur zu Irritationen und Diskussionen führen. Er entschied, nicht von dem ursprünglichen Plan abzuweichen. Das Opfer, das als Viertes geopfert werden sollte, stand schon lange fest, und das nicht ohne Grund. Er würde Marcels Tod deshalb schnell und qualvoll umsetzen.

Um sich zu stärken, brauchte er aber vorher einen Moment Ruhe.

Gerade als er seine Augen geschlossen hatte, hörte er Marcel aufschreien. „Jörg, bitte, mir platzt der Schädel. Ich kann nicht mehr. Bring mir etwas gegen die Schmerzen."

Jörg schaute auf den Monitor.

Marcel hielt sich mit beiden Händen den Kopf und wälzte sich im Bett hin und her. War es eine Falle? Hatte Marcel sich das ausgedacht und wartete nur darauf, dass er kam?

Jörg würde dieses Risiko nicht eingehen. Mit zittriger Hand drückte er den An-Knopf der Freisprechanlage. „Hör auf, so herumzubrüllen. Ich falle nicht auf dich herein. Du kommst hier nicht mehr lebend heraus."

Plötzlich ging die Tür auf.

Jörg stockte der Atem. Wie gelähmt schaute er zur Tür.

# KAPITEL 35

*Montag, 26. Oktober 2020*

Die Kopfschmerzen trieben Marcel in den Wahnsinn. Sie waren so enorm, dass sie kaum auszuhalten waren. Kein Wunder, so oft wie er in den letzten Tagen Prügel kassiert hatte. Und das immer wieder auf seinen Kopf.

Durch den Lautsprecher hörte er ein leises Rauschen und dann jemanden sprechen. „Was ist hier los?"

„Ich erkläre es dir", antwortete Jörg, der offensichtlich die Freisprechanlage angelassen hatte, seit er ihm die Schmerztabletten verweigert hatte.

In Marcel zog sich alles zusammen. Er bemühte sich, kein Geräusch von sich zu geben, um sich nicht zu verraten. Seine Übelkeit nahm zu. Der Schmerz betäubte seine Sinne.

Es war Kims Stimme gewesen. Damit hatte er nun endgültig den Beweis, dass sie ebenso eine Täterin und nicht einfach nur abgehauen war.

„Ich bitte drum. Was sucht Marcel hier?"

„Kim, bitte", antwortete Jörg hastig.

„Bist du komplett wahnsinnig geworden?", schrie sie ihn an.

„Ich wollte in deinem Haus nach Beweisen suchen, die uns verraten könnten. Aber er war da und hat herumgeschnüffelt. Ich musste handeln."

Es folgte Stille.

Marcel spürte regelrecht, wie sie ihn anstarrte. Er blieb ruhig liegen, vermied es in die Kamera zu schauen, damit er nicht verriet, dass er jedes Wort mithören konnte.

„Du bist doch wahnsinnig", schrie Kim.

„Was soll ich denn tun?"

„Lass ihn sofort gehen."

„Auf keinen Fall. Er würde wenige Minuten später mit seinen Kollegen zurück sein."

Es folgte eine kurze Pause.

Kim wollte offensichtlich nicht, dass Marcel nun zu einem Opfer wurde, und er hoffte, dass er dies zu einem späteren Zeitpunkt für sich nutzen konnte.

„Was machst du eigentlich hier?"

„Ich hatte ein ungutes Gefühl und so wie es aussieht, war das völlig berechtigt", sagte Kim. „Es ist doch total irre, einen Polizisten zu kidnappen. Was hast du mit ihm vor?"

„Ich werde ihn töten. Er ist uns im Weg."

„Nein!", schrie Kim. „Das werde ich nicht zu lassen. Ich flehe dich an, lass ihn gehen."

„Ich bin doch nicht doof. Verdammt, Kim, musstest du dich ausgerechnet an Marcel Schweißer ranmachen?"

„Ich kann mir doch nicht aussuchen, in wen ich mich verliebe."

Marcel kitzelte es in der Nase und ehe er sich versah, nieste er. Er riss die Augen auf. *Verdammt.*

„Scheiße, er hat alles mitbekommen", fluchte Jörg.

Es knackte und dann hörte Marcel nichts mehr.

Er befürchtete, dass Jörg noch wütender war und gleich in sein Zimmer stürmen würde. Krüger war in die Ecke getrieben und das bedeutete, dass Marcel schnell beseitigt werden musste.

Aber es kam niemand.

Nach einigen Minuten atmete Marcel erleichtert aus. In ihm tobte jedoch weiterhin Chaos. Es war weniger die Angst vor dem Tod, die ihn so aufwühlte, sondern Kims Aussage. *Ich kann mir doch nicht aussuchen, in wen ich mich verliebe.* Damit war Hohlbeins Theorie hinfällig. Kim hatte nicht geplant, mit ihm anzubändeln, weil er bei der Kriminalpolizei arbeitete. Und sie hatte auch nicht gewusst, dass die Verlobte ihres Komplizen Marcels Schwester war. Deshalb hatte sie bei dem gemeinsamen Abendessen so erschrocken reagiert.

Auch wenn er nun den Beweis hatte, dass Kim in die Sache verwickelt war, fehlten ihm Antworten auf so viele Fragen. Und die wollte er aus ihrem Mund hören. „Kim, bitte rede mit mir. Erkläre es mir!", brüllte er nach draußen.

Doch es blieb still.

# KAPITEL 36

S ein Herz setzte aus, als die Tür aufging und gegen die Wand schlug. Marcel richtete sich auf und starrte in Jörgs wütende Augen.

„Mich kotzt das richtig an. Du bringst den ganzen Plan durcheinander. Warum musstest du in ihrem Haus herumschnüffeln?"

„Jörg, bitte lass uns in aller Ruhe reden. Sag mir, was los ist. Du bist es deiner Verlobten und deiner Tochter schuldig." Alles war wie Watte in Marcels Kopf und er kämpfte gegen die Ohnmacht.

Jörg war außer sich, atmete schnell. Doch es standen ihm auch Tränen in den Augen. „Hör auf, mich umstimmen zu wollen. Du hast keine Chance. Ich habe keine Chance."

Marcel faltete die Hände. „Bitte lass mich kurz mit Kim reden. Ich möchte wenigstens eine Erklärung von ihr."

Jörg lachte laut auf. „Was soll die dir denn bringen? Du nimmst sie doch nur mit ins Grab."

Marcel stellte seine Beine auf den Boden. Der Schwindel verstärkte sich sofort. Er beugte sich vorn über und erbrach. Obwohl er gerade in der deutlich schwächeren Position war, ließ er Jörg nicht aus den Augen.

„So wie es aussieht, verreckst du sowieso bald", sagte dieser.

„Bitte lass mich mit Kim reden. Erfülle mir diesen letzten Wunsch."

„Nein, Kim hat dir nichts mehr zu sagen."

„Ich habe es doch vorhin gehört. Sie will gar nicht, dass du mich tötest. Sie hat mich geliebt."

„Leider ist es in diesem Fall ganz allein meine Entscheidung, was mit dir geschieht."

Marcel ließ die Schultern sinken. Der Druck in seinem Magen wurde erneut stärker, sodass er seine Galle nicht bei sich behalten konnte. Er beugte sich nach vorn und erbrach abermals. Der dabei entstehende Druck in seinem Kopf machte den stechenden Schmerz noch schlimmer. Marcel sah alles nur verschwommen. „Kim? Hörst du mich? Bitte, ich möchte mit dir reden", rief er mit letzter Kraft.

Jörg kam auf ihn zu. „Es ist dein Vorteil, dass du störst und es deshalb schnell gehen muss, dich zu beseitigen. Du wirst keine Schmerzen haben."

Marcel stellte sich auf. Mit wackligen Beinen und verschwommener Sicht wappnete er sich. Er würde bis zu seinem Tod kämpfen.

Jörg platzierte eine Spritze auf dem Tisch. „Leg dich wieder hin. Umso schneller schläfst du."

„Leck mich. So einfach werde ich es dir nicht machen."

Jörg lachte. „Sei nicht stur. In deinem Zustand hast du null Aussichten auf Erfolg, mich aufzuhalten." Er griff nach Marcels Oberarmen und drückte ihn nach unten.

Marcel riss die Arme hoch.

Das Überraschungsmoment war auf seiner Seite. Marcel holte aus und schlug Jörg die Faust ins Gesicht.

Jörg wankte und knallte gegen den Stuhl. Er verlor das Gleichgewicht und fiel um.

Marcel nutzte die Situation, beugte sich nach unten, holte noch einmal aus, traf aber nur den Boden. Seine Sicht war stark begrenzt, er sah alles doppelt. Ein unbändiger Schmerz jagte durch seinen Magen.

Jörg hatte hineingetreten.

Marcel fiel nach hinten, rollte sich aber schnell auf dem Boden von Jörg weg, ehe dieser aufstehen konnte. So verschaffte er sich etwas Zeit. Er drehte sich auf den Bauch, ging auf die Knie und stützte sich mit den Armen auf dem Boden ab. Er schaffte es rechtzeitig auf die Beine, bevor Jörg bei ihm war.

Dieser machte einen Satz, griff mit beiden Händen um Marcels Hals und drückte zu.

Seine Luft wurde knapp und in seinem Kopf kribbelte es. Aus Versehen biss er sich auf die Zunge und nahm den metallischen Geschmack wahr. Der Gedanke, zu sterben, ohne noch einmal mit Kim gesprochen zu haben, hielt ihm vom Aufgeben ab. Er riss sein Bein hoch und traf Jörgs Genitalien. Ohne Pause wiederholte Marcel es, bis der Druck auf seinem Hals schwächer wurde.

Dann griff er nach Jörgs Handgelenken und riss sie hinunter. Ignorierte den Schmerz, der sich durch seinen gesamten Körper schlängelte. Erneut krachte seine Faust in Jörgs Gesicht.

Blut spritzte aus dessen Mund. Er spuckte es auf den Boden. „Ich wollte dir einen schmerzfreien Tod gönnen, aber nun werde ich dich töten, egal, wie."

„Dann los", lallte Marcel. Das Sprechen fiel ihm schwer. Es war, als wäre seine Zunge angeschwollen und passte nicht mehr in seinen Mund.

Jörg taumelte auf ihn zu. Ein Vorteil für Marcel.

Er machte einen Schritt zur Seite und stellte Jörg ein Bein, sodass dieser gegen die Wand knallte.

Ein Schmerzensschrei hallte durch das Zimmer.

Marcel wollte zur Tür laufen, in der Hoffnung, dass er sie von außen zuschließen konnte. Doch er war einen Schritt zu langsam.

Jörg griff nach seinen Fußgelenken und riss sie nach hinten.

Marcel stürzte, sein Kopf landete unsanft auf dem Boden. Es fühlte sich an, als wäre er in tausend Stücke zersprungen. Um sich herum nahm er ein Rauschen wahr. Seine Muskeln entspannten sich. Er sah ein, dass er mit seinen Kräften am Ende war.

Jörg drehte ihn auf den Rücken, zog ihn an seinen Armen über den Boden. „Ich habe dir doch gesagt, es ist unnötig, sich zu wehren." Er schnaufte angestrengt. „Aber man muss es dir lassen, ich habe dich unterschätzt. Du hast bis zum Letzten gekämpft. Schade, dass unsere Bekanntschaft so enden muss."

Marcel stöhnte, zu mehr war er nicht in der Lage. Sein Herz pumpte wild, doch das Adrenalin reichte nicht aus, dass er sich wehren konnte.

Jörg packte ihn unter den Armen und hievte ihn auf das Bett.

Marcel wandte sich zur Seite.

„Nein, nein, nein, jetzt bleibst du schön brav, dann wird dein Tod auch nicht so schmerzhaft." Jörg packte ihn und drehte ihn zurück auf den Rücken. Er fixierte seine Füße und Hände am Bett.

Marcel bäumte sich trotzdem auf, musste aber schnell feststellen, dass es nichts brachte.

Jörg stand auf und holte die Spritze vom Tisch. Er hielt sie in die Luft und spritzte ein wenig der darin enthaltenen Flüssigkeit hoch, bis ein Tropfen an der Nadel zu sehen war.

Marcel lief eine Träne an der Wange hinunter. „Bitte nicht. Denk an Carolin und meine Eltern."

Jörg schlug Marcel auf die Armbeuge und stach die Nadel in eine Vene. Er nickte. „Carolin wird wirklich entsetzt sein, wenn sie von deinem Tod hört. Sie hat dich sehr geliebt. Nur leider hattest du nie Zeit für sie. Das hat sie enttäuscht. Du hättest nach ihrem Unfall ein wenig mehr für sie da sein sollen."

Das schlechte Gewissen verdrängte Marcels Angst vor dem Sterben. „Bitte töte Carolin nicht."

„Ich weiß, Schuldgefühle sind eklig", sagte Jörg. „Ich kenne das. Marlene wird ohne ihre Eltern aufwachsen müssen. Das ist für mich auch ein ätzendes Gefühl."

„Noch i... ssst ... niifff ... su ..."

„Psst, streng dich nicht so an."

Es wurde kalt in Marcels Vene und er merkte, wie ihm immer schwummriger wurde.

Jörg legte die Hand auf Marcels Stirn. „Ich möchte dir noch ein schönes Gefühl bescheren, ehe du einschläfst", flüsterte er in Marcels Ohr. Sein Atem bereitete Marcel eine Gänsehaut. „Kim hat dich wirklich sehr geliebt, da kannst du dir sicher sein. Aber sie war die Falsche für dich." Dann wischte er Marcels Tränen von den Wangen.

Marcel hörte auf, gegen den Tod zu kämpfen. Er war müde. Er dachte an all die Menschen, die er zurückließ.

„Schlaf in Frieden", waren die letzten Worte, die er vernahm, ehe alles dunkel wurde.

# KAPITEL 37

E r ging am Rande eines Waldes entlang. Die Dunkelheit machte ihm zu schaffen. Er wollte rennen, weg von der Bestie hinter ihm, doch er kam nur sehr langsam von der Stelle.

Ein fieses Lachen ertönte, das ihm durch Mark und Bein fuhr. Es wurde lauter und lauter. Der Mann näherte sich unaufhörlich.

Doch Marcel konnte nicht rennen. Seine Beine versagten, er fiel zu Boden.

Ein Lichtstrahl zielte genau auf sein Gesicht.

Er hob den Arm über die Augen, weil es wie Feuer in ihnen brannte. Das fiese Lachen wurde unerträglich. Ein kalter Schauer lief ihm über den Rücken.

Plötzlich wurde alles hell um ihn herum. Eine verzerrte Fratze beugte sich über ihn, grinste ihn breit an. Große Pranken drückten auf seinen Hals.

Er bewegte sich hin und her. Die bunten Farben des Regenbogens flogen wie Pfeile durch die Lüfte. Plötzlich schwebte er über all dem und sah zu, wie die Bestie seinem Körper das Leben auspresste. „Hör auf!", schrie er von oben.

Doch der Mann reagierte nicht.

Ein schriller Piepton schmerzte in seinen Ohren. Er presste die Hände darauf und kniff die Augen zu.

Dann traf ihn eine Hand an der Wange.

„Marcel, wach auf!"

Erneut klatschte ihm eine Hand ins Gesicht.

„Nun wach endlich auf!"

Sein Kopf hämmerte. Es fühlte sich an, als würde jemand etwas Spitzes in seine Stirn bohren.

„Marcel", flüsterte die zarte Stimme. „Du musst aufwachen."

Er öffnete die Augen und rechnete fest damit, dem Mann, der ihm gerade den Hals zugedrückt hatte, in die gruseligen Augen zu schauen. Durch einen schmalen Schlitz erkannte er die Umrisse eines Kopfes. Er blinzelte, bis das Bild schärfer wurde.

Kim sah ihn mit ihren blauen Augen an. Die braunen Haare fielen ihr ins Gesicht. Ihr Mienenspiel war von Panik und Sorge gezeichnet. „Komm schon, du musst mir helfen. Ich kann dich nicht tragen", sagte sie.

Marcel war noch immer benommen und blickte sich erschrocken im Zimmer nach dem Clown um. Dann kam seine Erinnerung zurück. Krampfhaft versuchte er, sich aufzusetzen, doch seine Kräfte reichten nicht.

Kim streichelte ihm über die Wangen. Ihre Augen waren nass. „Bitte steh auf. Wir müssen hier weg. Uns bleibt nicht viel Zeit. Er wird dich töten."

„Kim", flüsterte Marcel. „Hast du …" Das Sprechen fiel ihm noch immer schwer.

„Ich habe mit all dem nichts zu tun, wirklich nicht. Ich erkläre dir alles später, aber erst müssen wir hier raus. Er ist gleich wieder da. Er will dich irgendwo hinbringen und dann wird er dich töten."

Marcel schaffte es mit Kims Unterstützung, sich aufzusetzen. Zwar waren die Schmerzen in seinem Kopf deutlich weniger, aber er hatte keine Kraft und seine Sicht war noch immer verschwommen. Er würde nicht weit kommen. „Jörg hat mir etwas gespritzt."

„Das war Ketamin, ein Schmerzmittel, das auch betäubt und Halluzinationen verursacht."

„Ich bin zu schwach, Kim, du musst Hilfe holen. Sofort."

Kim traten erneut Tränen in die Augen. „Dafür ist es zu spät. Ich schaffe es nicht hier …"

„Ganz recht, es ist zu spät."

Marcel zuckte zusammen. Er hatte Jörg nicht kommen sehen.

„Kim, warum hilfst du ihm? Du kannst nicht mit ihm zusammenbleiben. Ich habe dir doch gesagt, dass ich ihn töten muss."

Kim stand auf und stellte sich vor Jörg, ihre Hände in die Hüften gestemmt. „Ich werde nicht zulassen, dass du ihn umbringst. Und wenn du es doch tust, dann töte auch mich."

Jörg seufzte. „Sei nicht so dumm. Ich würde dich niemals ermorden. Das alles hier habe ich doch nur dir zuliebe getan."

Kim schaute Marcel mit weit aufgerissenen Augen an. „Das klingt, als wollte ich das alles, aber glaube mir, ich habe mit all dem nichts zu tun. Ich erkläre dir das."

Marcels Kopf war wie Matsch, und er schaffte es nicht, die Zusammenhänge zu verstehen. Sein Blick glitt zur Seite in das Nachbarzimmer.

Daniel Rust stand an der Glasscheibe und beobachtete das Szenario.

Erleichtert, dass dieser noch am Leben war, atmete Marcel aus. Er wandte sich wieder den beiden zu.

„Ich habe dich darum nicht gebeten, Jörg. Bis vor wenigen Tagen wusste ich nicht mal, wer du bist." Kim schniefte in ein Taschentuch. „Schon gar nicht möchte ich, dass Marcel etwas zustößt. Ich liebe ihn, und das solltest du am besten verstehen."

„Ich habe deiner Mutter versprochen, auf dich aufzupassen. Wenn mich dein feiner Freund festnimmt, kann ich das nicht mehr. Verdammt, Kim, du solltest gar nicht hier sein."

„Ich bin sicher, dass meine Mutter niemals gewollt hat, dass du zu einem Mörder wirst."

Marcel runzelte die Stirn. Es fiel ihm nicht leicht, den beiden zu folgen.

Kim weinte und hielt sich die Hand an die Brust. Zitternd drehte sie sich zu Marcel. „Es tut mir so leid, dass ich dich angelogen habe. Ich kannte Jörg, er war mein Therapeut. Dass er auch mein Vater ist, wusste ich wirklich nicht."

„Wie bitte?" Marcel war fassungslos.

„Jörg kam vor ein paar Tagen zu mir und hat es mir erzählt. Meine Mutter ist verstorben. Und ich bin bei meinen Großeltern in der Villa aufgewachsen." Sie senkte den Kopf. „Nur wusste ich nicht, dass es meine Großeltern sind. Dieses Detail haben sie mir verschwiegen."

Marcel wischte sich über das Gesicht. Er schaute zu Jörg. „Du bist Kims Vater? Warum wusste Kim das nicht?"

Jörg seufzte. „Kims Mutter Dana war achtzehn, als wir sie bekommen haben. Ich war zwanzig. Wir hatten immer ein wenig Streit, weil ich mit meinen Eltern nichts zu tun haben wollte. Ich habe diese feine Gesellschaft nicht leiden können … dieses Getue." Jörg standen Tränen in den Augen. „Nachdem Kim auf die Welt gekommen war, war Dana überfordert. Sie und ich hatten kein Geld und auch Danas Eltern waren arm. Also bestand Dana darauf, dass meine Eltern halfen, Kim großzuziehen. Ich war deshalb sauer, denn ich wollte einfach nicht, dass sich meine Eltern einmischen. Dana und ich haben uns geliebt und uns so sehr auf Kim gefreut." Er wischte sich die Augen trocken.

Kim schluchzte.

„Komm zum Punkt, Jörg." In Marcels Kopf drehte sich alles. „Warum wuchs Kim bei deinen Eltern auf? Und warum wurdest du verheimlicht?"

„Ich war verärgert, dass Dana so auf die Unterstützung meiner Eltern beharrt hatte, da habe ich einen fatalen Fehler gemacht."

„Was hast du getan?", fragte Marcel, mittlerweile genervt, weil Jörg gerade im Selbstmitleid versank.

„Ich habe ihr gedroht, dass ich mich nicht als Vater zu erkennen gebe, wenn sie meine Eltern um Hilfe bittet. Ich war in diesem Moment so verletzt. Dana war sauer und machte Schluss. Aus lauter Verzweiflung hat sie Kim dann meinen Eltern angeboten. Sie haben sie nur wenige Tage nach der Geburt adoptiert. Ich habe nie die Vaterschaft anerkannt, sie steht nirgends." Jörg rieb sich die Augen. „Es tut mir so leid. Ich war ein Idiot."

„Aber warum haben sie Kim nie von dir erzählt?"

„Weil ich es so wollte und sie ebenso mit mir abgeschlossen hatten."

„Was ist mit Dana passiert?", wollte Marcel wissen.

„Sie ist ein Jahr später gestorben. Nachdem sie Kim abgegeben hatte, hat sie kaum noch gegessen und getrunken. Ich war bei ihr, wollte mich entschuldigen. Doch es war zu spät. Ihr Körper war nicht mehr stark genug. Das war alles meine Schuld, weil ich so ein Sturkopf war." Jörg ließ sein Gesicht in die Hände fallen und schluchzte.

Kim sah Marcel aus tränennassen Augen an und setzte sich zu ihm auf das Bett.

Marcel schaute zu Jörg. „Warum heißt du Krüger? Hast du geheiratet?"

Jörg fuhr sich nervös über das Gesicht. „Nein, Krüger ist der Nachname meiner Liebe Dana. Ich habe ihn mir ändern lassen. Rein gar nichts sollte mich mit den Bergers noch in Verbindung bringen."

„Wieso bist du dann in die Villa gezogen? Hätte Kim sie nicht erben müssen, zumindest zu gleichen Teilen wie du?"

Jörg schluckte.

Kim zog die Augenbrauen zusammen. „Ich habe einen Brief von einem Notar erhalten, als ich achtzehn war. Der hat mir eine große Summe Geld gegeben. Er sagte, dass meine Adoptiveltern im Falle ihres Todes die Villa verkauft haben wollen und ich den Erlös bekomme. Ich hatte mit so was ja gar nicht gerechnet, deshalb habe ich das nie hinterfragt."

Jörg wurde rot. „Ich habe den Notar geschmiert. Solch einen Willen gab es seitens meiner Eltern nicht. Ich habe die Villa als mein Erbe angenommen und dem Notar in Auftrag gegeben, Kims Anteil bei Volljährigkeit zu überreichen und es so dastehen zu lassen, als sei die Villa verkauft worden."

„Und der Notar hat sich ohne Weiteres darauf eingelassen?", fragte Marcel.

„Er hatte jede Menge Dreck am Stecken und gar keine Wahl."

Kim seufzte und schüttelte den Kopf.

Marcel mühte sich ab, nicht das Bewusstsein zu verlieren. Die Schmerzen in seinem Kopf wurden wieder stärker. Ihm war übel, aber er wollte nun unbedingt wissen, ob Kim in die Morde verwickelt war. „Was soll das alles hier?", fragte er und zeigte in den Raum.

„Es muss sein, um Kim zu schützen. Sie war in Gefahr, weil sie in eine Sache gerutscht war, von der sie nichts wusste. Also habe ich sie aufgesucht und ihr erklärt, dass sie wegmuss. Es sollte so aussehen, als sei sie abgehauen."

„Weil sie Mattes Radow ermordet hat?"

„Was?" Kim sprang auf. „Mattes ist tot?"

Jörg nickte. „Ich habe Radow getötet. Wegen seiner kranken Fantasie fingen diese ganzen Verbrechen an. Er wollte Kim für seine Zwecke nutzen. Das musste ich verhindern."

Kim war kreidebleich geworden. Sie sah Marcel an. „Du hast geglaubt, ich hätte ihn getötet?"

„In der Nacht, als Radow mich angegriffen hat, hast du dir gewünscht, du könntest ihn töten. Wir dachten, du hast ihn ermordet und bist geflüchtet. Du bist dringend tatverdächtigt. Die Kripo sucht nach dir."

Eine dicke Träne tropfte zu Boden. „Es ist verständlich, dass du da an mich gedacht hast. Schließlich habe ich schon mal einen Menschen getötet."

Marcel hätte sie am liebsten in die Arme genommen, doch es kostete schon genug Kraft, dieses Verbrechen zu entwirren.

„Du hast niemanden getötet", flüsterte Jörg.

Marcel und Kim sahen abrupt auf.

„Wie bitte?", sagte Kim nach einem Augenblick des Schweigens.

„Es stimmt nicht, dass du jemanden umgebracht hast. Radow hat dir die ganze Zeit etwas vorgemacht."

„Woher weißt du das?", fragte Marcel.

„Er hat es mir anvertraut." Jörg setzte sich auf den Stuhl. Er seufzte, ließ die Schultern hängen. „Mattes hat dich nicht geliebt, er war schwul. Sein einziges Ziel war es, deinen Albtraum zu erforschen. Er war besessen davon, dass man einen Albtraum weitergeben kann, indem man jemanden opfert. Deshalb hat er sich an dich herange-macht, als du in dem Schlaflabor warst." Jörg schluckte.

Hielt sich den Hals. „Ich war derjenige, mit dem er dich betrogen hat."

Kim starrte ihn mit aufgerissenen Augen an. „Du warst seine Affäre?"

„Ich habe damals nicht gewusst, dass du mit ihm verheiratet bist, das schwöre ich. Er suchte mich ebenso wegen Albträumen auf. Nach und nach kamen wir uns näher. Und irgendwann hat er mir von diesem absurden Plan erzählt, dass du jemanden opfern sollst, damit dein Albtraum weggeht. Eines Tages kam er zu mir in die Praxis und sagte, dass alles schiefgegangen ist."

Kim schüttelte den Kopf. „Ich fasse es nicht."

„Was ist schiefgegangen?", fragte Marcel.

„Er hat Kim diese Tablette gegeben. Ketamin. Sie hat wohl stärker gewirkt als beabsichtigt, deshalb war sie weggetreten." Jörg schaute Kim an. „Trotzdem ist er mit dir zu einem Menschen gefahren, den er für deinen Albtraum opfern wollte. Auf dem Weg dorthin ist er unvorsichtig gewesen und hat eine Frau überfahren. Mattes hat daraufhin seinen Plan geändert, ist mit dir nach Hause und hat dir eingeredet, dass du jemanden bestialisch getötet hättest."

„Ich habe die ganze Zeit geglaubt, ich wäre eine Mörderin." Kim weinte nun bitterlich.

Marcel legte einen Arm um sie. „Warum hast du das nicht der Polizei gemeldet?"

„Ich wollte es. Aber dann hat er zum ersten Mal Kims vollen Namen gesagt. Ich war die ganze Zeit davon ausgegangen, dass seine Frau Radow heißt. Ich war geschockt, doch ich habe mir nichts anmerken lassen."

Marcel runzelte die Stirn. „Du beantwortest meine Frage nicht. Gerade weil du erfahren hast, dass deine Tochter in Gefahr ist, hättest du zur Polizei gehen müssen."

„Ich weiß, es war dumm von mir. Ich wollte erst wissen, was er plant, und ihn dann mit diesen Details bei der Polizei melden.

„Und was hat er beabsichtigt?", wollte Marcel wissen.

„Er wollte ein neues Opfer suchen, an das er Kims Albtraum abgeben konnte. Wie gesagt, er glaubte wirklich daran. Für ihn war es Forschung."

„Du wusstest also dann von dem Plan und bist trotzdem nicht zur Polizei gegangen, sondern hast den Blödsinn geglaubt und mitgemacht, oder wie soll ich das alles hier verstehen?"

„Ich habe die Affäre beendet und wollte ihn in eine Psychiatrie einweisen lassen. Auch habe ich ihm gesagt, dass ich den Unfall der Polizei melden muss. Aber er hatte mich in der Hand."

Marcel wusste sofort, was Jörg meinte. „Dann hast du die Erpresserfotos bekommen."

Jörg nickte. „Ganz richtig. Aber das war nicht das Einzige. Kim geriet in Gefahr. Ich durfte es nicht der Polizei sagen."

„Warum war sie in Gefahr?", fragte Marcel. Er hielt Kim noch immer in seinen Armen, die wie Espenlaub zitterte.

„Ich kann euch das nicht erzählen."

„Jörg, ich bitte dich", wisperte Kim.

„Glaubt mir, ich musste all die Menschen töten, um Kim zu retten. Ein Vater tut so etwas für seine Tochter."

Marcel prustete los. „Ein guter Vater wäre zur Polizei gegangen, um seiner Tochter zu helfen." Er schüttelte den Kopf. „Hat Radow mitgemacht?"

„Nein, er hat mir nur die Sachen aus dem Schlaflabor besorgt, die ich brauchte."

„Wer steckt noch dahinter?"

„Es ist besser, wenn ihr nichts davon wisst. Sonst muss Kim sterben."

„Hat Doktor Lenz etwas damit zu tun?", fragte Marcel unbeirrt weiter.

„Hör auf zu bohren, Marcel." Jörg erhob sich, presste seine Hände an die Schläfen und lief im Raum auf und ab.

„Waren die jungen Frauen Zufallsopfer?"

„Nein."

„Schatz? Bist du da?", rief plötzlich eine Stimme.

Jörg riss die Augen auf und starrte erschrocken zur Tür.

Auch Marcel war geschockt. „Bist du komplett wahnsinnig geworden? Du hältst die Opfer die ganze Zeit in deiner Villa fest, in der sich auch deine Verlobte und deine Tochter befinden?", brüllte er Jörg an.

Seine Schwester kam zur Tür hereingehumpelt, blieb stehen und starrte Marcel sichtlich geschockt an.

# KAPITEL 38

*Montag, 26. Oktober 2020*

W as will die hier?", schrie Carolin hysterisch und zeigte auf Kim.

Jörg stellte sich vor Kim. Er breitete seine Arme aus. „Bleib ganz ruhig."

Carolin zog eine Waffe aus dem Hosenbund hinter ihrem Rücken und zielte auf ihn. „Was bist du eigentlich für ein dämlicher Idiot? Warum bringst du mir dieses Flittchen ins Haus?"

Marcel starrte seine Schwester an, die in dem Moment ganz und gar nicht die war, die er kannte. Fassungslos betrachtete er das Szenario und fragte sich, ob er doch noch träumte.

„Antworte mir, Jörg", fauchte sie. Es fehlte nur, dass sie Feuer spie, dann hätte sie etwas von einem Drachen gehabt.

Marcel versuchte aufzustehen, doch noch immer wirkte das Ketamin. „Carolin, nimm sofort die Waffe runter."

„Du hast mir gar nichts zu sagen. Du bist genauso ein Idiot wie Jörg. Soll ich dir erzählen, was deine feine Kim getan hat?" Sie lachte laut auf. „Sie hat deine Schwester zu diesem Krüppel gemacht." Carolin zeigte an sich hinunter. „Sie hat Drogen genommen und sich ans Steuer gesetzt. Und dann hat sie mich über den Haufen gefahren. Schau mich an, du Hexe. Wegen dir habe ich nur noch ein Bein und bin durch die Hölle gegangen."

Kim schüttelte den Kopf. „Ich schwöre, das war ich nicht."

„Sie hat recht", sagte Jörg. „Es war dein feiner Freund Mattes. Er hat dir dieses ganze Märchen nur erzählt, um seinen Arsch zu retten und seine absurde Idee weiterzuverfolgen. Und du bist darauf reingefallen."

„Was?" Marcels Magen verkrampfte. Er hatte das Gefühl, er würde von einer Hand zerquetscht werden. „Caro, bist du etwa an den Morden beteiligt?"

„Ach, halt dein Maul." Carolin schaute zu Jörg und zeigte auf Kim. „Was will sie hier?"

„Sie ist meine Tochter. Verdammt, du und Radow habt euch das falsche Opfer ausgesucht."

Carolin lachte erneut hysterisch auf. „Hast du mir die ganze Zeit etwas vorgespielt?"

„Natürlich. Jeder Depp hätte das gemerkt."

Marcel versuchte mit seinem schweren Kopf dem Gespräch zu folgen und alles zu sortieren. „Hast du die ganze Zeit nur so getan, als würdest du Kim nicht kennen, Caro?"

„Wirklich gekannt habe ich sie nicht, nur auf einem Foto von Mattes gesehen. Es war ein großer Schock, als du ausgerechnet mit der Frau bei uns aufgetaucht bist, die mich fast getötet hätte. Ich musste mich zusammenreißen, um ihr nicht gleich an die Kehle zu springen. Ich konnte mich nur beherrschen, weil Jörg mir versprochen hat, dass ich diese schrecklichen Bilder, diese Albträume vergesse."

„Woher kanntest du Mattes?", fragte Marcel.

„Sein schlechtes Gewissen hat ihn zu mir geschickt. Er hätte es nicht mehr ertragen können, dass ich nie erfahren habe, wer mich überfahren hat. Also hat er mir erzählt, dass Kim es gewesen sei."

„Und dann?"

„Er hat gesagt, dass wir Kim opfern müssen, damit mein immer wiederkehrender Albtraum endlich aufhört. Ich habe auch erst gedacht, der spinnt total. Aber dann hoffte ich, es könnte stimmen. Rache hat schließlich schon immer geholfen." Sie sah zu Jörg. „Du bist noch schlimmer als ich. Es ist deine Schuld, dass all die unschuldigen Menschen gestorben sind, weil du mir solche Märchen erzählt hast."

Jörg senkte den Blick. Dann schaute er zu Marcel. „Ich wollte doch nur verhindern, dass Caro sich an Kim rächt. Deshalb habe ich sie überzeugt, stattdessen vier Opferungen durchzuführen."

„Du elendiger Bastard. Du hast mir was vorgemacht", brüllte Carolin. Ihr Gesicht war zu einer beängstigenden Grimasse verzerrt. Hass sprühte aus ihren Augen.

„Warum bist du nicht zu mir gekommen, wenn du die ganze Zeit gewusst hast, wer dich überfahren hat?" Marcel hatte ruhig gesprochen und hob seine Hände, um zu beschwichtigen, obwohl es innerlich ihn ihm brodelte. Er wollte erfahren, warum seine Schwester zu solch Taten fähig war.

„Wann warst du denn schon für mich da? Ich bin dir extra nach Koblenz gefolgt, weil ich dich so sehr geliebt habe. Du hast deinen scheiß Job allerdings immer mehr beachtet als mich. Ich hatte schlimme Albträume und jede Nacht Angst, aber du warst nie da. Nur Radow hat mich verstanden."

In Marcel erwachte erneut die Reue. Nur weil er mit ihren Emotionen nicht umgehen konnte, hatte er sich zurückgezogen. Womöglich trug er Mitschuld daran, dass so ein Ungeheuer aus ihr geworden war. „Es tut mir leid, Caro."

„Spar es dir." Carolin funkelte Jörg zornig an. „Ich hatte gedacht, mit dir wird alles besser."

„Warum wolltest du, dass diese ganzen Menschen sterben?", fragte Marcel seine Schwester.

„Das kann dir Jörg doch besser erklären, oder?" Sie schaute Jörg provozierend an.

„Ich habe mich in Carolins Leben eingeschlichen", sagte Jörg. „Sie hat sich in mich verliebt und ich habe diesem Monster das Gleiche vorgespielt. So hatte ich sie unter Kontrolle. Aber Radow hat nicht aufgehört, ihr diesen Unsinn einzureden, Kim zu opfern, um ihre Albträume loszuwerden. Er hatte eine scheiß Wut auf Kim, weil sie ihn verlassen und somit seine Forschung versaut hat."

Kim schüttelte den Kopf.

„Ich habe begriffen, dass du Kim retten wolltest, aber wieso die ganzen anderen Opfer?", fragte Marcel. In ihm bebte alles, und in seinem Kopf dröhnte es so heftig, dass er beinahe wahnsinnig wurde. Er spürte, dass er nicht mehr lange durchhalten würde.

„Carolin war besessen von dieser Rache. Also habe ich ihre psychische Verfassung ausgenutzt und ihr erklärt, dass man einen Albtraum losbekommen kann, indem man vier Menschen opfert, die vorher den Albtraum nachspielen. Ich habe ihr eingeredet, dass Radow zwar mit der Opferung recht hat, aber es nichts bringt, wenn man den Verursacher tötet. Carolin ist drauf angesprungen."

Carolin humpelte auf Jörg zu und zog ihm die Waffe über den Schädel. „Du Bastard, das wirst du bereuen."

„Hör auf, Caro!", rief Marcel.

Jörg hielt sich den Kopf, taumelte kurz, fing sich jedoch schnell wieder und stellte sich erneut schützend vor Kim.

Einen Augenblick war es ruhig in dem Zimmer.

„Dann hast du so viele Menschen getötet, damit Carolin und Radow nicht mich töten?", fragte Kim, worüber Marcel froh war, denn er war zu erschöpft, um weiterzubohren.

„Ich wollte damit nur erreichen, dass sie dich nicht opfert. Wirklich bewusst wurde mir der dämliche Plan erst, als Carolin wirklich darauf einging." Jörg hatte sich nicht zu Kim umgedreht, während er gesprochen hatte. Er behielt Carolin im Auge.

„Und Radow hat sich problemlos darauf eingelassen, dass der Plan nun ganz anders war?", fragte Marcel.

„Ja", antwortete Jörg. „Er wollte vor allem seine Theorie bestätigen, dass man einen Albtraum jemand anderem übertragen kann."

„Also haben er und du die Opfer ermordet?"

„Er hat alle getötet", sagte Carolin mit Arroganz in der Stimme und zeigte auf Jörg.

„Aber nur weil du es wolltest, du Monster. Du hast festgelegt, wie es passiert, wen wir opfern, und dann hast du dir voller Freude die Videos angeschaut. Du bist so krank."

„Ihr habt Videos von den Morden gedreht?", fragte Marcel entgeistert. Er hielt abermals seinen Kopf, durch den ein heftiges Stechen jagte.

Jörg nickte. „Carolin wollte ihre Angst genau sehen. Sie hat sich regelrecht an der Panik aufgegeilt."

Marcels Schwester lachte laut. „Es war zu göttlich. Sie haben es gar nicht anders verdient, diese Huren."

„Es waren deine Freundinnen, Caro", sagte Marcel fassungslos. „Ich hatte die ganze Zeit Angst um dich, weil ich dachte, dass du ebenfalls in Gefahr bist."

„Freundinnen … Dass ich nicht lache. Sie haben mir immer die Männer weggeschnappt, diese schönen, langbeinigen Schlampen. Nie haben sich die Männer für mich interessiert. Immer war ich nur die Freundin, über die sie an meine Freundinnen kamen. Ich war nur das fünfte Rad am Wagen."

„Also habt ihr sie entführt?" Marcel wurde immer schwindliger. Er hatte Angst, das Bewusstsein zu verlieren.

„Carolin hat sie herausgelockt, indem sie erzähl hat, sie brauche Hilfe. Weil sie behindert ist, wollte keine ihrer Freundinnen ihr den Wunsch abschlagen. Sie hat ihnen erzählt, dass ich sie abhole, weil sie nicht fahren kann."

Carolin grinste. „Ich hätte nie gedacht, dass ich ihnen je so eine Abreibung verpassen könnte."

„Was bist du für ein Mensch? Mama und Papa werden vor Kummer zugrunde gehen. Hast du mal an deine Tochter gedacht?"

Kurz blitzte Traurigkeit in Carolins Augen auf. „Ach, du warst doch immer schon der absolute Liebling, der alles richtig gemacht hat. Papa war nie so stolz auf mich wie auf dich." Dann nahm Carolins Miene eine schreckliche Grimasse an, die deutlich zeigte, dass sie nicht mehr bei Sinnen war. „Ich werde euch jetzt alle erschießen, dann schreiend nach oben laufen und behaupten, Jörg hätte es getan. Sie wissen dank Marcel sowieso schon, dass er ein Mörder ist."

„Du bist ein abscheulicher Mensch. Ich habe mich so sehr geekelt, dich anzufassen. Du wirst dafür in der Hölle landen", fauchte Jörg.

„Dort gehst du als Erstes hin." Carolin schaute zu Kim. „Sag Tschüss zu Daddy."

Ein Schuss löste sich aus der Waffe.

Marcel hörte ein Rauschen in seinen Ohren. Er saß auf dem Bett, nicht in der Lage, sich zu bewegen. Vor seinen Augen tanzten Sterne. In seinem Kopf dröhnte es.

„Legen Sie sofort die Waffe nieder!", brüllte eine tiefe, warme Stimme aus dem Hintergrund.

Ein weiterer Schuss knallte durch den Raum.

Marcel hörte Kim laut und voller Panik schreien. Doch er konnte nichts mehr sehen. Er spürte, wie er auf den harten Boden landete. Dann wurde es um ihn ruhig.

# KAPITEL 39

*Dienstag, 10. November 2020*

Doktor Schreiber gab Marcel die Hand. „Guten Morgen, Herr Kommissar Schweißer. Ich habe von meinen Kollegen erfahren, dass Sie wieder voll unter uns sind. Das freut mich sehr."

Marcel richtete sich unter Schmerzen im Bett auf, legte sich jedoch gleich wieder hin, als Schwindel ihn übermannte. „Guten Morgen. Ja, da bin ich, ich kann mich nur nicht mehr an alles erinnern."

„Das ist normal. Sie hatten eine Hirnblutung, kein Wunder, so oft wie Sie eine auf den Kopf bekommen haben. Die Blutung hat auf Ihr Gehirn gedrückt, sodass Sie bewusstlos wurden. Wir haben Sie erfolgreich operiert. Wir mussten Sie eine Weile ins Koma legen, weil sich ein Hirnödem entwickelt und dadurch ein erhöhter Hirndruck gebildet hat. Der Schlauch in Ihrem Kopf entlastet Ihr Hirn. Doch das Schlimmste haben Sie überstanden. Wenn die Drainage aus dem Kopf kommt, gehen Sie in Rehabilitation und dann wird alles wieder gut. Sie haben großes Glück gehabt."

Marcel seufzte. „Danke, Herr Doktor." Er schaute auf das Nachtschränkchen auf der Suche nach seinem Handy, konnte es jedoch nicht sehen. „Könnte ich telefonieren?"

Der Arzt lächelte. „Sie wollen wissen, was die letzten Wochen passiert ist, stimmt's?"

„Wochen? Wie lang habe ich geschlafen?"

„Gute zwei Wochen. Draußen wartet Ihr Kollege, ich schicke ihn herein. Er ist sofort gekommen, als wir ihm sagten, dass wir Sie heute aus dem Koma holen. Aber Sie brauchen Ruhe, also nicht zu lange. Sie sind erst vor wenigen Stunden aufgewacht und haben noch viel Schlafmittel im Körper. Es funktioniert deshalb nicht alles so wie normal." Der Arzt verließ das Zimmer.

Einen Augenblick später kam Konrad zur Tür herein. „Mensch, jage mir bloß nie wieder so einen Schrecken ein. Das Rumprügeln unterlässt du in Zukunft." Konrad setzte sich zu Marcel ans Bett und nahm seine Hand. „Gut, dass du wieder da bist."

„Ich habe versagt. Ich war unprofessionell und es geschieht mir ganz recht, dass ich in diese Situation geraten bin."

„Nun hör auf, das bringt jetzt nichts. Du musst dich schonen." Konrad hatte Tränen in den Augen.

„Heulst du etwa?"

Konrad wischte sich die Augen trocken. „Das ist nur eine Allergie gegen das Krankenhaus."

Marcel lachte. „Alter Lügner."

Konrads Blick wurde ernst. „Wie geht es dir?"

„Ich werde ein paar Tage ausfallen. Mein Hirn ist Matsch und ich muss zur Reha, aber ansonsten geht's mir gut."

„Ich soll dich von allen Grüßen. Ich werde sie nicht aufhalten können, auch bald hier aufzutauchen. Du bist ein ziemlich beliebter Kerl."

„Ich bin nun mal der Beste." Marcel grinste. Dann seufzte er. „Ich weiß gar nicht, wie ich das alles verarbeiten soll … Meine eigene Schwester."

Konrad schluckte. „Es tut mir so leid."

„Ich habe gesehen, dass sie auf Jörg geschossen hat. Kim hat geschrien, doch ich war da schon nicht mehr bei Sinnen. Was ist passiert?"

„Wir sind gerade gekommen, als Carolin auf Jörg Krüger geschossen hat. Vor lauter Panik hat sie die Waffe auch auf Kim abgefeuert."

Marcel riss die Augen auf. „Was? Ist sie …" In ihm zog sich alles zusammen. *Bitte sag, dass ich nicht schon wieder eine Frau verloren habe.*

„Sie lebt. Carolin war so erschrocken, als wir das Haus gestürmt haben, dass sie nicht mehr richtig gezielt hat. Sie hat Kim deshalb nur ins Bein getroffen."

Marcel rang nach Luft. Nun war er es, der heulte. „Und Jörg?"

„Er hat nicht überlebt."

Marcel schüttelte den Kopf. „Es ist unfassbar. Das wird meine Eltern zerstören. Wie geht es ihnen und Marlene?"

„Deine Eltern sind natürlich schockiert. Aber ihnen und deiner Nichte ist nichts geschehen."

„Wie habt ihr herausgefunden, wo wir sind?"

„Als du nicht aufgetaucht bist, haben wir uns schon gedacht, dass du in Schwierigkeiten steckst. Bei der Durchsuchung von Kims Haus haben wir dein Handy und Blut gefunden. Da war uns klar, dass etwas passiert ist.

„Tut mir leid, dass ich in dem Haus war. Ich wollte mich weigern dort hinzufahren, aber ich wollte einfach nicht wahrhaben, dass sie eine Mörderin ist."

„Und das ist sie ja auch nicht. Trotzdem war das ziemlich dumm. Aber das klären wir nicht an deinem Krankenbett." Konrad lächelte. „Während wir das Haus durchsucht haben, haben wir auch herausgefunden, dass Jörg die Villa von …"

Marcel nickte. „Ja, ich weiß. Er hat es mir erzählt."

„Wir haben außerdem entdeckt, dass Jörg Krüger vor ein paar Jahren ein eigenes Schlaflabor angemeldet hat. Die Adresse war die der Villa. Da war uns klar, wo die Opfer festgehalten wurden, und da haben wir auch dich vermutet."

„Das war der richtige Riecher."

„Wir hatten große Sorge, dass Carolin ebenso in Gefahr war, weil sie mit Lorenz, Lohne und Hanisch befreundet war. Wir haben ja schon vermutet, dass Krüger durch Caro an die Opfer kam. Uns war nur nicht klar, warum er sie ausgesucht hat."

Marcel holte tief Luft. „Worauf wir jetzt eine Antwort haben."

„Aus diesen Gründen sind wir zur Villa. Aber Caro wollte uns das Haus nicht freiwillig zeigen. Es hat etwas gedauert, bis wir den Durchsuchungsbeschluss hatten. Dein Vater hat uns jedoch die Tür geöffnet, während wir auf das Go vom Staatsanwalt gewartet haben. Er hat befürchtet, dass sie alle in Gefahr sind, weil Carolin wutentbrannt in den Keller gerannt ist, kurz nachdem sie uns die Türe zugeschlagen hatte. Er hat die Stimme von Jörg gehört und uns ins Haus geholt."

„Mein Vater hatte den richtigen Instinkt." Marcel rutschte etwas im Bett hin und her, weil er einen Druck im Rücken verspürte. „Ihr kennt die ganze Geschichte?"

„Wir brauchen noch deine Aussage, aber Carolin hat bereits alles zugegeben."

Marcel senkte den Blick. „Nun wächst Marlene ohne Eltern auf."

„Deine Eltern kümmern sich um die Kleine. Sie wohnen in deinem Haus."

Es klopfte an der Tür.

„Herein", rief Marcel, in der Hoffnung, dass es Kim war, die ihn besuchen wollte.

Zwei kleine Mädchen, gefolgt von einer Frau und einem Mann traten ins Zimmer. Marcel erkannt Daniel Rust. Er sah deutlich gesünder aus als so, wie Marcel ihn das letzte Mal gesehen hatte.

„Guten Tag, Kommissar Schweißer. Bitte entschuldigen Sie die Störung. Ich wollte mich nicht davon abbringen lassen, mich persönlich bei Ihnen zu bedanken."

„Sie müssen sich bei ihm bedanken." Marcel zeigte auf Konrad. „Er hat uns den Arsch gerettet."

Rusts Frau standen die Tränen in den Augen.

Daniel Rust lächelte. „Ich bin Ihnen allen dankbar, aber Sie haben mir diese Hoffnung wiedergegeben. Ich hatte schon aufgegeben und war lebensmüde. Ich schäme mich für solche Gedanken, weil es sich wie ein Verrat an meiner Familie anfühlt." Er räusperte sich. „Ich bin froh, dass es Ihnen nun besser geht."

„Ich freue mich für Sie", antwortete Marcel. „Zwei reizende Mädchen haben Sie da."

Die Zwillinge kicherten.

„Werden Sie schnell gesund. Und noch einmal vielen Dank an das ganze Team der Kripo. Wir lassen Sie nun in Ruhe." Daniel Rust nahm seine Töchter an die Hand und verließ das Zimmer.

Marcel seufzte. „Wenigstens ein Opfer, das wir wirklich retten konnten. Wie geht es Frau Gassen?"

„Sie hat alles gut überstanden. Keine Hirnschäden. Der Jogger hat rechtzeitig die nötigen Schritte eingeleitet, sodass sie keinen allzu großen Sauerstoffmangel hatte. Sie hat bereits ausgesagt."

Marcel nickte. „Manchmal bin ich echt müde."

„Ich weiß, wovon du sprichst."

Für einen Moment schwiegen sie beide.

Marcel schloss die Augen und sofort tauchte Kim in seinen Gedanken auf. „Weißt du, wo Kim liegt?" Er öffnete die Augen wieder.

„Sie ist schon entlassen worden und war jeden Tag bei dir." Konrad grinste. „Gute Wahl hast du getroffen."

Es klopfte erneut an die Tür und es quietschte, als sie vorsichtig geöffnet wurde.

„Wenn man vom Teufel spricht." Konrad stand auf.

Kim trat ins Zimmer. Ihre Augen waren rot und geschwollen.

„Ich gehe jetzt. Werd schnell fit, wir können nicht ohne dich."

„Danke, Konrad. Grüße alle von mir und sag ihnen, dass sie mich nicht loswerden."

Kim kam auf Marcel zu. „Ich bin froh, dass du wach bist. Ich hatte solch eine Angst dich zu verlieren."

Marcel schaute sie ernst an.

„Es tut mir leid, ich habe wirklich nicht gewusst, was Jörg macht. Ich habe es erst herausgefunden, nachdem ich ihm zur Villa gefolgt war."

Marcel grinste. „Es ist okay, Kim. Ich war ein Vollidiot, weil ich so einer Frau wie dir solche Grausamkeiten zugetraut habe."

„Damit hast du mich nicht verscheucht." Sie nahm seine Hand. „Ich versteh dich ja. Bis vor zwei Wochen habe ich selbst noch geglaubt, dass ich eine Mörderin bin."

„War ein ziemlich blöder Start. Wir sollten noch mal anfangen."

Kim beugte sich über ihn und gab ihm einen Kuss auf den Mund. „Nichts lieber als das."

# LETZTE WORTE

*STOP! Du hörst bitte noch nicht auf zu lesen. Die folgenden Worte sind nämlich auch an DICH gerichtet!*

Es war einmal… so fangen doch Märchen an, nicht wahr?

Mein Märchen begann 2017, obwohl ich da noch ungefähr so war, wie die Opfer in den Geschichten. Also, ich wurde von Wölfen gefressen, bin in Gewässer gestürzt, wurde von Hexen in einen Käfig gesperrt, habe den Goldesel verloren, wurde mit Pech überschüttet … ja ich denke Du hast verstanden.

Aber jeder weiß ja, dass am Ende alles gut wird. So auch bei mir. Denn am Ende habe ich meinen Traumberuf gefunden, obwohl ich nie danach gesucht habe.

Also, noch einmal. Es war einmal … ein kleines Mädchen, das … NEIN! Ich erzähle Dir jetzt natürlich kein Märchen.

Ich bin Täterin, schreibe Thriller und das schaffe ich nicht ohne eine Schar Komplizen in meinem Rücken. Deshalb werde ich die nun auch ganz nach krimineller Manier hier erwähnen.

Die kriminelle Widmung geht dieses Mal an Sarah Baumann, Daniela Bertram und Jessica Ohlenfost, den drei Gewinnerinnen des Albtraumgewinnspiels. Ihre Albträume haben es in „Gefährliche Angst" geschafft und haben so maßgebend an der Spannung beigetragen. Vielen Dank dafür. Es hat mir großen Spaß gemacht sie anzupassen und wahr werden zu lassen.

Mein allergrößter Dank geht dieses Mal an meine kriminelle Komplizin Luise Deckert. Was mussten wir beide uns dieses Mal durch die dunkeln Ecken der Verbrecherwelt kämpfen. Monatelang waren wir schlimmster Folter ausgesetzt, schlussendlich waren unsere Waffen aber am stärksten. Ich danke Dir vom Herzen, dass Du meine Story zu dem gemacht hast, die sie heute ist. Dass du penetrant das Stärkste aus mir herausholst, mich nicht im Sumpf ertrinken lässt und Dich stets mit mir gemeinsam gegen die Feinde stellst.

Ebenso geht mein Dank an Stella Herrero Otero, meine Fehlerteufelfee, Komplizin seit Jahren. Ich bedanke mich für Deine Ehrlichkeit, Deine Zeit und Deine kriminellen Worte. Ich freue mich auf eine lange Komplizinnenzeit.

Daniela Bertram, Jörg Häusler und Sandra Bühnemann- feste Größen in meinem kriminellen Team. Herzlichen Dank für eure Augen, die Unterstützung, sei es beim Testlesen oder Fehlersuchen. Außerdem bedanke ich mich bei meinem riesigen Kriminalreporter-Team.

Ihr habt so geniale Arbeit geleistet. Es war mir eine große Freude euch in meinem Team zu haben.

Und nun zu Dir. Warum ich Dir meinen kriminellen Dank ausspreche? Weil Du Dich in meine verbrecherischen Gefilde getraut und mich mit dem Kauf dieses eBooks oder Taschenbuches unterstützt hast. Und weil Du mir eine messerscharfe Rezension auf den Buchplattformen hinterlassen hast. Hast Du doch, oder? Nicht? Nun, dann würde ich mich wirklich sehr freuen, denn für meine Täter Karriere wäre das äußerst vorteilhaft. Es reicht, wenn Du einen Satz schreibst. Ein Satz jedoch hat große Auswirkungen. Wenn Dir mein neuestes Verbrechen gefallen hat, schaue doch gern unter *www.andreareinhardt.de* vorbei und suche Dir ein weiteres aus. Oder melde Dich unter *www.andreareinhardt.de/newsletter* zu meinem Komplizen-Letter an und verpasse keine Neuigkeiten mehr.

## HAT DIR DAS
## BUCH GEFALLEN?

Ich freue mich sehr, dass du mein Buch bis zu dieser Stelle gelesen hast. Wenn es dir gefallen hat, würde ich mich sehr freuen, wenn du ihm bei dem Online-Shop eine Bewertung gibst, bei dem du bestellt hast. Oder du schreibst bei einem deiner Lieblings-Buchportale eine Rezension.

Ich freue mich nicht nur sehr darüber, Meinungen zu meinem Buch zu lesen, es hilft mir auch dabei, weitere Geschichten zu schreiben und neue Leser für meine Bücher zu finden.

Vielen Dank für deine Unterstützung!

**KAMPENWAND**
VERLAG

# DAS KÖNNTE
# DIR AUCH GEFALLEN

## Taubenblut

### Lutz Kreutzer

»Hey, Fritz, jetzt keine Geschichten Es sind zwei Morde passiert.
Zwei tote Mädchen. Wahrscheinlich aus Thailand. Mit Rubinen oder
sowas im Ohr.« Ein Mann macht sich auf den Weg, nachdem er in
Schande aus seinem albanischen Bergdorf verjagt wird. Bald werden
in einem bayerischen Baggersee zwei Tote entdeckt.

Softcover, 462 Seiten, 12,85 €
ISBN 978-3947738267

Mehr unter: www.kampenwand-verlag.de

# DAS KÖNNTE
# DIR AUCH GEFALLEN

### Verdorbene Brut

Andrea Reinhardt

Stell dir vor, du hast die Wahl dein Leben zu retten, oder das eines
zwölfjährigen Mädchens. Wie würdest du dich entscheiden?
Lena Hader findet die junge Marie, blutverschmiert und abgelegt
in einem Feld. Sie rettet das Leben des Kindes, ohne zu wissen, dass
damit ihr ganz persönlicher Albtraum beginnt.

Softcover, 516 Seiten, 12,85 €
ISBN 978-3947738359

Mehr unter: www.kampenwand-verlag.de